Si esto es una mujer

Crimen y Misterio

Lorenzo Silva (Madrid, 1966) es el creador de la popular serie policíaca de los investigadores Bevilacqua y Chamorro, que le ha valido premios como el Nadal y el Planeta y del que la última entrega es *Lejos del corazón*. También es autor de numerosas novelas (como *La flaqueza del bolchevique*, *Carta blanca* o *Recordarán tu nombre*, entre muchas otras), relatos, ensayos y libros de reportajes y viajes.

Noemí Trujillo (Barcelona, 1976) ha publicado once poemarios y varios libros de literatura infantil y juvenil. Es editora del sello Playa de Ákaba y autora de las novelas *Suzanne* y *El amor tan temido*.

Silva y Trujillo han escrito a cuatro manos las novelas juveniles *Suad* y *El palacio de Petko* y, tras adentrarse juntos en el género policíaco con *Nada sucio*, empiezan esta andadura con una nueva investigadora, la inspectora de policía Manuela Mauri.

Lorenzo Silva
y Noemí Trujillo

Si esto es una mujer

DESTINO

El papel utilizado para la impresión de este libro está calificado como **papel ecológico** y procede de bosques gestionados de manera **sostenible**.

Ediciones Destino, un sello editorial de Editorial Planeta, S. A.
Avda. Diagonal, 662-664, 08034 Barcelona (España)
www.edestino.es
www.planetadelibros.com

Adaptación de la cubierta: Booket / Área Editorial Grupo Planeta
Imagen de la cubierta: © Joan Mateu
Primera edición en Colección Booket: junio de 2020
Segunda impresión: marzo 2021

Depósito legal: B. 5.417-2020
ISBN: 978-84-233-5764-2
Impresión y encuadernación: Liberdúplex, S. L.
Printed in Spain - Impreso en España

Para Edith Napoleón y Joaquín Palacios, a quienes debemos el alma de esta historia

Advertencia previa

Los lugares descritos o aludidos en estas páginas son todos reales. Los personajes y los hechos, aunque de manera ocasional y puntual puedan estar inspirados en hechos y personajes reales, son todos de ficción y no deben conducir a atribuir conducta alguna a personas existentes o que hayan existido en la realidad.

Considerad si es una mujer
quien no tiene cabellos ni nombre.

PRIMO LEVI, *Si esto es un hombre*

I

El graduado

Nada sale bien cuando dejas que te hagan el que no eres. Yo no era, aunque lo firmara con mi nombre, el autor del trabajo de fin de grado, calificado con un sobresaliente, que celebrábamos aquel día. Lo había hecho uno de esos graduados sin ninguna esperanza laboral que venden su talento, no demasiado caro, a quienes como yo podemos pagárselo. Así es como van las cosas en la universidad del siglo XXI. Era un buen tocho, que analizaba el coste económico, político y social de las guerras de Irak y Afganistán. Otro leyó por mí, se documentó, recopiló las cifras de muertos entre los soldados de diversas nacionalidades (incluidos los españoles: una docena en Irak y un centenar en Afganistán, me aprendí para la exposición) más la población civil y el personal contratado. Fue otro quien analizó los datos, consiguió además las estadísticas de heridos, de aquejados por estrés postraumático, ansiedad, depresión y otros males, sacó unas conclusiones y dejó que yo me llevara el mérito y me convirtiese, así, en un graduado de mentira.

Uno más, qué importaba, pensé. Pero importó.

Tanto que no supe decir que no cuando el que me sugirió hacer trampa, igual que él y con el mismo resul-

tado, me propuso que fuéramos a buscarla, para celebrarlo en condiciones. Tanto que no me salió plantarme cuando dijo de llevárnosla al piso. Una voz débil dentro de mí me pedía que hiciera lo correcto, que no me dejase arrastrar por donde me invitaban a ir. Pero quien se ha hecho el que no es una vez corre el riesgo de no encontrar ya nunca más el camino para volver a su yo verdadero. Y justo eso fue, por dejarme llevar, por no saber negarme a ser otro, lo que me ocurrió a mí. No escuché lo que me decía la voz y acabé metido en aquel espanto.

No quiero quitarme ninguna culpa. Porque soy tan animal como él, porque se me puso dura mientras él la golpeaba, porque me dijo «¡córrete dentro de esta puta!» y lo hice y nunca antes y nunca más me he corrido de esa manera, con esa intensidad, con esa sensación tan salvaje. Ella gritaba y no hice nada, ella se resistía y no hice nada, ella sufría delante de mí y no hice nada. Todo pasó demasiado deprisa y yo lo veía desde fuera, como si no estuviera allí, sin comprender, entre otras cosas porque no tenía como él la costumbre de pagar por sexo, cómo algo consensuado se transformaba de pronto en un recital de humillación y violencia. Y todo porque ella no quiso dejarse hacer aquello. Porque ella sí sabía plantarse, y se plantó.

Cuando la estranguló, yo estaba otra vez empalmado. Nos sentamos en el sofá y ninguno quiso pensar sobre lo que había ocurrido. «Descansamos un momento y ahora nos corremos otra vez sobre esta puta de mierda», dijo él. Y una vez más yo le hice caso. Poco después, mientras estábamos en ello, me dijo: «Chúpamela, maricón». Y le obedecí. No sé por qué me dejé llevar; lo que sí sé es que ahí comprendí que yo ya nunca más sería yo.

Él se ocupó de todo, luego. Frío, brutal, diligente. Y apenas me dijo que todo estaba arreglado me puse a esperar, seguro de que al final llegaría, el momento en el que el mundo entero se derrumbase sobre mi cabeza.

2

Guadalupe

Cuando vi a Guadalupe cruzar la puerta del comedor de mi casa con una caja de bombones artesanos supe que algo no marchaba bien. Me pasa con frecuencia, esto de anticiparme a mi pesar a los desastres. Es como una especie de radar, adquirido en mis años de servicio en el grupo de Homicidios y desarrollado en largas noches de insomnio, que me avisa del percance que se avecina. Quede claro que no estoy hablando de presentimientos ni de corazonadas ni pamplinas por el estilo, sino de algo mucho más rotundo: la certeza de que Dios está a lo suyo y la maldad humana es infinita.

Suele ser en medio de esos presagios sombríos cuando vienen los problemas a buscarme, como acudía Guadalupe a mi casa, por primera vez desde que nos conocíamos, simulando interesarse por mi vida y por mi estado de salud. Probablemente no sabía si iba a tener éxito, pero a sus treinta y un años, diez de policía, no era una mujer que desechara una opción que tuviera visos de resultar viable. Entró en el comedor de mi casa, acompañada de sus bombones, a eso de la una del mediodía, con la esperanza de que no le opondría ninguna resistencia. Y así fue. Entre otras cosas, la echaba de menos.

La última vez que alguien me había traído bombones fue cuando di a luz a mi hijo pequeño, Manuel, y de eso hacía ya nueve años. No fue el padre de mi hijo quien tuvo el detalle sino mi excuñada Macarena, que siempre fue un amor y no puedo dejar de reconocer que lo sigue siendo, aunque yo ya no sea la mujer de su hermano. Después de eso, ya no hubo bombones nunca más. Ni en los aniversarios ni en los cumpleaños ni en las celebraciones. Quizá mi mal carácter habitual hacía pensar a mis parejas que yo no era una chica de flores o de bombones, pero se equivocaban. A nadie le amarga un dulce y Guadalupe, que me conocía por debajo de la coraza, sabía que los bombones le facilitarían la entrada a mi guarida. Era una policía sagaz y con clase, la mejor de los que tenía a mis órdenes.

Invité a Guadalupe a que se sentara, preparé café para las dos y observé cómo contemplaba el salón con disimulo: se fijaba en las fotos, en los libros, en los cuadros. Guadalupe, ese era otro de sus puntos fuertes como policía, siempre se había caracterizado por su curiosidad y por su buen ojo. Vio mi colección de mapas de Europa, repartidos sin mucho orden por las paredes blancas, e imagino que tuvo que morderse la lengua para no preguntar por aquella afición mía. La geografía siempre me fascinó, desde joven. De ello tuvo la culpa un profesor que supo enseñarme la parte más humana de esa disciplina, la que se encarga de estudiar las relaciones entre las sociedades y el medio físico en el que habitan. No era aquel el mejor momento, tampoco la ocasión propicia para explicarle a Guadalupe los vínculos sutiles que existen entre un geógrafo y un investigador de policía. Aquello formaba parte además de mi bagaje particular y privado, de mis propias hipótesis personales. El concepto «Europa» ha fracasado, es una enorme falacia y buena parte de los males que arrastramos como sociedad derivan de esa frustración, de cómo lo hemos conseguido arruinar entre todos. Pero Guadalupe no estaba en mi casa para conversar sobre geografía humana, menos aún para interesarse por mi idea de Europa y yo lo sabía, así que la dejé hacer, sin más, esperando a que llegara el momento en el que se decidiera a contarme qué pasaba y qué era lo que motivaba su visita.

Mi compañera miraba también mis diccionarios. Sí, Guadalupe, pensé pero no le dije, me apasiona la lengua, por extraño que pueda parecerte. Es útil para nuestro trabajo. En cualquier interrogatorio la persona interrogada intenta pervertir el léxico en beneficio propio y yo había aprendido, a lo largo de los años de oficio, a interpretar los significados no explícitos de las conversaciones. Pero, de nuevo, Guadalupe no se había plantado en el salón de mi casa para hablar de lingüística ni de significados añadidos, no venía para conocerme mejor ni para saber quién era yo. No era ese el motivo de su visita. Guadalupe había invadido amablemente mi intimidad para intentar ganar un poco de terreno a su favor, para conseguir un golpe de efecto cuando soltara la bomba que traía preparada para mí.

—Es bonita tu casa —observó, finalmente, con

exquisita cortesía, mientras movía despacio la cucharita en el café.

El cuerpo me pedía entrarle a bocajarro, pero las normas de hospitalidad básicas me lo impedían. «Desembucha, Guadalupe, ¿por qué coño has venido?», me repetía para mí intentando que no se notara mucho. Guadalupe era la primera compañera de trabajo que venía a verme desde que estaba de baja y de eso hacía ya más de siete meses. Aunque suene a tópico, es verdad que el tiempo pasa volando; sobre todo cuando puedes olvidarte de quién eres, despojarte de tu nombre, del peso de tus errores y dedicarte a hacer lo que te ayuda a sentirte bien. En aquellos siete meses, entre otras cosas tan inútiles como placenteras, me había hecho el regalo de leerme, uno detrás de otro, los ocho libros de la *Historia de las guerras* de Procopio de Cesarea, una tarea pendiente desde los tiempos de la facultad, e indispensable para entender en condiciones el problema insoluble de esa Europa fracturada y peleada consigo misma que empezó a bosquejar sus fronteras a raíz de aquellas lejanas batallas del siglo VI. Mientras me abandonaba a la lectura de aquellas páginas, tan crudas como emocionantes, repletas de asedios, empalamientos de enemigos y de sediciosos y descalabros épicos de guerreros de valor demente y orgullo suicida, me preguntaba una y otra vez si no habría sido un gigantesco error apartarme de lo que en otro tiempo fue el alimento de mi cerebro para reemplazarlo por el trabajoso rompecabezas de la investigación criminal. Pero lo hecho no puede deshacerse y quien me visitaba pertenecía al mundo al que aquella decisión me había arrojado, tan distinto y tan separado, en todos los aspectos, del que había dejado entonces atrás.

—Nunca he tenido el tiempo ni el dinero para decorarla con muebles vistosos, todo es bastante sencillo —le expliqué, dejándome llevar, como si aquello fuese una conversación entre dos amigas y no lo que realmente era—. Mi mayor inversión ha sido la librería, necesitaba espacio para colocar mis libros de historia, geografía y teoría lingüística. Te parecerá raro, pero me relaja leerlos.

—No me sorprende demasiado. Llevo cuatro años trabajando contigo, sé que te fijas en cosas que otros no ven, normalmente. —Y tras este cumplido inesperado prosiguió—: En tu casa hay muchas fotografías de tus hijos, eso la hace aún más bonita y acogedora.

Yo sabía que Guadalupe había intentado adoptar un niño y que su petición no había salido adelante, así que reparé en el subtexto. Intuí que su casa le parecía menos agradable, por no haber niños en ella, y quise consolarla, pero llevaba tanto tiempo hablando sólo con mis hijos y con Alberto que estaba perdiendo habilidades sociales y no supe muy bien qué decirle. Por otra parte, aunque Guadalupe intentaba comportarse como si fuéramos amigas, aunque yo no me opusiera de manera frontal a esa pretensión suya, ambas sabíamos que no lo éramos, ni podíamos serlo: entre las dos se interponía el principio de jerarquía, como no podía ser de otra manera.

Durante unos segundos que se me hicieron eternos no fui capaz de mirar a Guadalupe a la cara. Ella era una de las pocas agentes de color que integraban la Policía Nacional. Había varias mulatas, pero ella era la única mujer negra del cuerpo. Sus padres eran originarios de Guinea Ecuatorial, aunque ella había nacido en España. La buena de Guadalupe, Guadalupe la valiente. Lucía su placa con orgullo, se enfrentaba a la discriminación y los recelos a diario; cada vez que algún gracioso le preguntaba si tenía la nacionalidad española. La oficial Guadalupe Larbi estaba en mi casa con una caja de bombones y, aunque era lo último que deseaba que me trajera bajo el brazo, no pude dejar de adivinar que venía con un asunto sin resolver y que tenía que ser uno de los francamente jodidos; uno de esos que provocan una conmoción en tu interior cuando metes la nariz en ellos.

Miré la caja de bombones. Estaban todos ahí, bien puestecitos, diciéndome: «Cómeme», «engorda». Cogí el de en medio, con forma de corazón. Guadalupe escogió un bombón de chocolate blanco. No sabía cuánto iba a tardar en decidirse a iniciar la conversación a la que debíamos llegar, pero preferí tomármelo con calma. Siete meses sin ver cadáveres ni fisgar en sus circunstancias me habían servido para tranquilizarme y templar un poco mi mala leche, de sobras conocida por cuantos habían trabajado conmigo, como Guadalupe. También, y muy a mi pesar, era consciente de que aquel tiempo que llevaba apartada de las rutinas de mi trabajo me había vuelto más melancólica, más dispersa y algo propensa a la gandulería.

De esa manera, sin que ninguna de las dos se dejara llevar por la impaciencia, charlamos un rato sobre cuestiones sin importancia. Guadalupe me contó que su marido estaba bien, que ahora trabajaba en Tráfico y que estaba cansado de hacer controles de alcoholemia por la noche. Que la gente seguía bebiendo de más, sobre todo los fines de semana, y que era una papeleta explicarles por qué uno no puede coger el volante si supera la tasa de alcohol en sangre por mucho que controle, que haya comido y que parezca que está bien. Sobre todo cuando se trataba de hacérselo entender a uno de esos individuos que tienen mal beber y una tendencia irrefrenable a no respetar la autoridad. El marido de Guadalupe era guardia civil y formaban una curiosa pareja: combinaban el amor incondicional que sentían el uno por el otro con la rivalidad proverbial entre los dos cuerpos policiales. Los matrimonios entre policías y entre policías y guardias civiles son relativamente frecuentes. Suelen dar lugar a parejas estables y duraderas, gracias a que los que las forman, después de todo, comparten una misma visión del mundo: la de quien está del lado de la ley, con todas las servidumbres, miserias y paradojas que esa labor lleva consigo y que aquellos que no la desempeñan suelen tener dificultades para terminar de entender y aceptar.

Mientras la escuchaba, no pude evitar preguntarme por qué mi matrimonio con Javier era una de las pocas excepciones, uno de los pocos matrimonios entre policías que no habían funcionado bien. Durante muchos años fuimos felices, aunque siempre hubo roces y nubarrones que nos acechaban. A Javier le sacaba de quicio mi mala costumbre de andar perdiendo la placa y tener que investigar para recuperarla; aunque la habré perdido como media docena de veces, he conseguido encontrarla siempre. «Un día de estos te van a expedientar, Manuela», era una de sus frases preferidas. Cuando tardaba en dar con la placa se preocupaba mucho, más que yo; incluso llegó a encargarme una falsificación muy buena, que compró en El Olivo y que era la que utilizaba ahora, para guardar la placa de verdad en un lugar seguro en casa y no volver a perderla más. Lo que a mí me ponía nerviosa eran sus salidas nocturnas, que no tuviera horarios, su vida desordenada.

No intentó centrarse ni siquiera cuando nació nuestro hijo pequeño, siempre prefirió ser un verso libre. Trabajaba en seguridad ciudadana y tenía debilidad por las chicas jóvenes y tatuadas que entraban en el cuerpo y a las que tenía que enseñarles, en prácticas, el duro oficio de policía. Sin embargo, y a pesar de que nuestro matrimonio se fuera al garete, no podía dejar de reconocer su valor y el de su gente para el cuerpo: gracias a que seguridad ciudadana apretó en controles nocturnos, requisó armas y marcó e identificó a los miembros de bandas peligrosas, la estadística de muertos en Madrid había bajado drásticamente en la última década. Y el mérito era, en parte, de Javier, el padre de mis hijos.

El marido de Guadalupe era un hombre hecho y derecho, con principios sólidos, que había sabido serle fiel a su mujer. Javier, en cambio, había sido un niñato irresponsable y, en cierto modo, lo seguía siendo. Era parte de su encanto. Pero era buen policía. Con sus propios métodos y muy eficaz. Pésimo marido, policía fiable.

Guadalupe no llevaba ni media hora en mi casa y ya estaba yo recordando viejos tiempos con Javier, algo que sabía de sobra que era lo último que podía convenirme. Así que pensé que era hora de abordar el tema en cuestión, para no acabar deprimiéndome. Se me ocurrió llevar la conversación hacia la gente del trabajo.

—¿Qué tal está Miguel? ¿Terminó su novela? —le pregunté.

Guadalupe sonrió. Ya había adivinado que yo estaba al tanto de la naturaleza de la misión que la traía a mi casa. Al fin y al cabo, una nunca deja de ser inspectora, aunque esté de baja médica.

—Va despacio. Ya sabes, quiere hacerlo bien. Desde que ha ganado ese premio de cuentos se lo toma muy en serio —me dijo, mientras miraba su reloj como si tuviera prisa—. De hecho, me ha pedido que te pregunte algo. Una duda de esas que tiene a veces. Dice que ha leído una novela en la que el comisario está presente en la escena del crimen y que en todo el tiempo que lleva de servicio él nunca ha visto un comisario en la escena del crimen —prosiguió, algo azorada—. Me ha pedido que te pregunte si tú, alguna vez, has visto alguno. Como tienes más experiencia que nosotros...

Me caía bien Miguel, era un chico limpio. Deportista, hacía bien su trabajo, nunca generaba ningún problema, siempre estaba dispuesto, aguantaba como nadie la falta de sueño y, en sus ratos libres, escribía. También le gustaba bucear, como a mí, y habíamos hecho juntos varias inmersiones. Al comisario Galván le fastidiaba tener a un literato en la Brigada, todos sabíamos que Miguel no era santo de la devoción de Galván y precisamente por ese motivo me caía bien. Porque Galván era un hijo de puta de mucho cuidado y el principal responsable, entre otras fechorías que no iba a perdonarle jamás, de la «jubilación anticipada» de mi buena amiga Martina.

—Es muy poco probable que un comisario esté en la escena del crimen, para eso estamos nosotros, los equipos —le respondí, con delicadeza—. Los comisarios, incluso los que no andan intrigando, tienen que atender mucha burocracia. Nunca he visto un comisario en la calle, pero no es del todo imposible, dile que podría pasar.

—Se lo diré —asintió.

Miré a Guadalupe a los ojos. Los tenía grandes y oscuros y vi en ellos una sombra de tristeza profunda. Parecía verdaderamente afectada por algo que no era capaz de comunicar con palabras.

—Queremos que vuelvas —me soltó de pronto.

Me lo imaginaba. Lo esperaba, en cierto modo. Durante los siete meses de baja yo misma me había preguntado muchas veces si no había llegado el momento de volver, pero una y otra vez había pospuesto enfrentarme a la pregunta. No dejaba de ser curioso que al final fuera la oficial Guadalupe quien la verbalizara, quien pusiera la cuestión delante de mis narices para que me batiera con ella.

—¿A quién te refieres cuando dices «queremos»? —indagué.

—A Miguel y a mí nos gustaría que te reincorporaras, si tú crees que te encuentras lo bastante bien para hacerlo —dijo—. Echamos de menos que alguien silbe en los despachos...

Estaba claro. Lo que Guadalupe me estaba diciendo era que ella y Miguel querían que volviera, pero a la vez me transmitía que nadie más me echaba de menos. También me hizo caer en la cuenta de que llevaba siete meses sin silbar. Sobrecoge cómo en ocasiones se instala en nosotros el silencio, y cómo nos pasa inadvertido.

—Guadalupe, ¿vas a contarme de una vez lo que pasa? —le pregunté, tratando de echar a un lado mis preocupaciones.

Guadalupe me miró entonces fijamente. Yo sabía que ella me apreciaba. Estábamos a finales de julio y hacía un calor del demonio. El calor no es bueno para nada: en verano aumentan las muertes. Asesinatos y suicidios, siempre más suicidios que asesinatos, pero ya tenía claro que no era un suicidio lo que la tenía preocupada. No era normal que estuviera tan mohína, ella solía ser muy alegre, o así la recordaba yo, por lo menos. Siete meses no cambian tantas cosas. A Guadalupe le costaba poner en palabras lo que tenía que decirme, no terminaba de ver el momento de hacerlo. Al fin, se decidió:

—Hace tres meses que se encontró la cabeza de una mujer de origen subsahariano en el vertedero de Valdemingómez.

Sonó raro en su voz ese eufemismo, *subsahariano*. Antes de que Guadalupe me diera más detalles, acepté la confirmación de mi más oscuro presentimiento: la cazadora que había dentro de mí estaba de vuelta, para bien o para mal. Para mal, más probablemente.

3
El cadáver

—La cabeza apareció en el centro de tratamiento de residuos de Las Dehesas, en Valdemingómez; la encontró un operario de la planta, durante el proceso de triaje —dijo Guadalupe, mientras sacaba de su bolso una carpeta marrón que depositó cerrada sobre la mesa en la que estábamos tomando café—. Al verla detuvo la cinta transportadora, nos llamó y la juez de guardia inmovilizó la planta. Removimos muchas toneladas de basura, pero no encontramos nada más. Treinta días de trabajo, jornadas de catorce horas, decenas de miles de euros gastados en la tarea y no sacamos nada. Dos días después del hallazgo de nuestra cabeza en Las Dehesas, apareció una extremidad inferior en el vertedero urbano de Pinto. Por orden del juez de allí, la Guardia Civil removió otro montón de toneladas de basura. También les costó una pasta, pero al menos ellos tuvieron suerte y encontraron más restos; entre ellos, un tronco. Una vez que se le hizo la autopsia y se cotejó la información supimos, gracias al ADN de la víctima, que aquel cadáver se correspondía con nuestra cabeza. Además se encontró en su vagina ADN de tres varones, lo que nos hizo pensar que podía tratarse de una prostituta.

Había leído en la prensa la noticia del hallazgo en el vertedero de Pinto. Corría el rumor de que el culpable podría estar emulando al descuartizador de Majadahonda y el caso me había llamado la atención. El depósito controlado de Pinto, según la información del periódico, recibía al año unas setecientas mil toneladas de basura, de 71 municipios que sumaban en total casi dos millones de habitantes. Hacía tiempo que existía una lucha política entre los partidarios del cierre y los que proponían la ampliación del vertedero. La aparición de aquellos restos humanos había devuelto el asunto a la primera línea informativa. En cuanto al hallazgo de la cabeza en Valdemingómez, se me había pasado por completo, y también su vinculación con los restos de Pinto, si es que la prensa había llegado a informar de la coincidencia, que por lo que Guadalupe me contaba no parecía el caso. Si un homicidio no logra convertirse en noticia estrella en las primeras cuarenta y ocho horas desde su descubrimiento, tiene casi todas las papeletas para caer de manera irreversible por el sumidero de los sucesos sin audiencia y, por tanto, sin importancia. Me molestaba sentirme fuera de juego y desinformada, pero aquellas eran las consecuencias de llevar siete meses apartada del servicio.

—Se contrató a la misma empresa para que investigara a fondo los dos vertederos —siguió explicando Guadalupe—, y el resultado de su análisis fue que en el caso de Valdemingómez el camión que había dejado los residuos procedía probablemente de

Villaverde y en el caso de Pinto, de Getafe. No puedo decirte lo fiable que era esa hipótesis, pero los jueces y los jefes se atuvieron sin más a ella y, como resulta que los dos municipios implicados son de nuestra competencia, nos adjudicaron la responsabilidad exclusiva del caso. La Guardia Civil compartió con nosotros toda la información que tenía de los restos que habían encontrado en el vertedero de Pinto. Al frente de la investigación, Galván puso a la inspectora Rosario. En el equipo estamos con ella el subinspector Sergio, Miguel y yo.

Guadalupe suspiró. Intuí a Rosario tras ese suspiro. Sergio era buena gente; poco hablador, pero trabajador y de confianza.

—Es el caso más endiablado que me ha tocado nunca —dijo—. Tres meses después, no hemos conseguido identificar el cadáver. Las muestras que se tomaron de la víctima no han dado resultado en ninguna base de datos. La única hipótesis que tenemos acerca de su identidad es que se trata de una prostituta negra, recién llegada, sin papeles. Pero no existe ninguna desaparición de alguien con esas características denunciada en fecha coincidente o cercana. Tampoco sabemos nada de las otras tres muestras de ADN que se sacaron del cadáver. Estamos desconcertados y girando en el vacío.

Me hice cargo de su agobio. La investigación del descuartizador de Majadahonda la llevó la Guardia Civil en 2015 y consiguieron cerrarla con éxito. Si la Policía Nacional se había hecho cargo de este asunto, para no lograr resolverlo meses después, era algo que nos golpeaba en el orgullo y afectaba a nuestro crédito. Y no andábamos sobrados de él, justo en la competición que más importaba y escocía a nuestros jefes. Hacía algunos años el cuerpo había fracasado en la localización del cadáver de una chica joven asesinada, pese a tener detenidos a los responsables desde el primer momento, mientras que nuestros competidores de verde se habían colgado la medalla de hacer confesar en tiempo récord, es decir, dentro del plazo legal de detención, a un correoso asesino, autor de otro crimen de gran repercusión mediática. Y a una investigación compleja y encallada, había que sumarle, además, un equipo con fracturas internas.

Guadalupe y Rosario nunca se habían entendido. Rosario era una arrogante, el ojito derecho del comisario Florentino Galván, y a nadie le gustaba trabajar con ella. Cuando Guadalupe se incorporó al equipo en prácticas, Rosario fue especialmente desagradable con ella, yo la defendí, consolidó su plaza y desde entonces Rosario nos odiaba, a Guadalupe y a mí. No se privaba de ir diciendo por ahí que yo andaba mal de la cabeza, que me había atrevido a ponerle la pistola en los riñones a un crío —eso era cierto, aunque el crío tenía lo suyo— y que mejor me retiraba y dejaba que gente más preparada hiciera mi trabajo. Esa era Rosario Mañas, una trepa de campeonato. Mi guerra con ella venía de lejos, antes del escándalo que acabó con Rodrigo, mi inspector jefe y algo más. No podía evitar pensar que si ella no hubiera metido las narices donde no la llamaban, él seguiría vivo. Como si me leyera el pensamiento, Guadalupe añadió:

—Para acabar de ponerte al día, te reproduzco la

última perla de ya imaginas quién: «Una muerta a la que no reclama nadie, por la que nadie se interesa siquiera, no va a impedir que yo me vaya de vacaciones». ¿Entiendes ahora por qué tenía que venir a verte?

—Entiendo —dije—. Rosario se ha ido de vacaciones, tienes el caso parado y ahora mismo nadie está moviendo ficha.

—Más o menos —asintió—. No paro de calentarle la cabeza al inspector jefe Carranco para retomar la investigación, pero Rosario se ha quitado de en medio durante un mes y él está ya pensando en sus propias vacaciones. Y encima la jerarquía pesa y yo no la tengo. Sólo tú tienes la autoridad y las narices para hacerlo, Manuela. Por eso te pido que vuelvas. Visité con Rosario, Sergio y Miguel todos los focos habituales de prostitución de Madrid. Nos empleamos a fondo en la Colonia Marconi, por la proximidad a las rutas de los camiones de la basura que creemos que pudieron llevar los restos. Pero coincide que hace poco liberaron a unas menores nigerianas que se prostituían en el polígono y hubo varias detenciones. Y cuando hay detenciones, ya sabes, nadie quiere hablar de más.

Había seguido en la prensa la redada de la Colonia Marconi y ya imaginaba que afectaría a nuestros confidentes. Que a saber, por otra parte, de qué calidad eran antes de aquella operación. La lucha contra la trata y la explotación de mujeres se llevaba, además, desde otra Brigada, la de Extranjería, y nunca había que dar por hecho que les apeteciera compartir con nosotros todos los pormenores de sus investigaciones. Menos todavía sus dificultades y miserias.

Mientras pensaba todo esto, me di cuenta de que estaba en un camino sin vuelta atrás. Ya razonaba como una policía con un caso entre las manos, y no como una inspectora impedida y en trance de recuperación para el servicio, que era mi situación oficial. Tenía mis dudas, no podía no tenerlas, sobre la conveniencia de permitir que aquella transformación siguiera su curso. Aun así, la curiosidad que todavía no estaba del todo muerta en mí, la responsabilidad que no había aprendido a sacudirme o, sin más, la estupidez que me vino con los genes y en la que estoy condenada a vivir, debilitaron mis defensas y me empujaron a hacer la primera averiguación:

—Y la juez, ¿qué tal?

Vi cómo se le iluminaban los ojos a Guadalupe y en ese mismo instante me supe perdida, me odié por ser tan asquerosamente débil y me felicité, al mismo tiempo, por no haber logrado aniquilarme del todo en aquellos siete meses de apartamiento y negación.

—¿Quieres la verdad? —preguntó.

—Sabes que otra cosa ni la quiero ni me sirve nunca.

Guadalupe hizo memoria. Habló con sus enormes ojos negros muy fijos en mí, y a medida que avanzaba en su relato sentí que esa mirada suya me interpelaba de forma cada vez más incómoda.

—Empezó bien, de hecho fue muy enérgica con las órdenes al vertedero para que paralizara toda la actividad en la zona donde había aparecido la cabeza, que como puedes imaginar era lo último que deseaban hacer los de la empresa que gestiona los residuos. También para ordenar que se removiera aquella masa ingente de basura y conseguir que se financiaran los trabajos. Yo la traté poco por aquellos días, de la relación con ella se ocupaba Rosario, pero me pareció que estaba tan horrorizada como el resto. Que sentía el deber moral de hacer justicia a esa pobre mujer que habían tirado troceada a un contenedor. El problema vino cuando se cruzó el ADN de nuestro caso con el del vertedero de Pinto.

—¿Y eso?

Guadalupe se encogió de hombros.

—Es una conjetura, nada más, pero creo que ahí se hizo a la idea de que siendo la Guardia Civil la que había encontrado el grueso de los restos del cadáver, el asunto podría pasárselo al juez de Pinto y sacárselo de su pila de tareas pendientes. Cuando llegó el informe de la empresa especializada que situaba los contenedores de origen en Villaverde, por tanto en el término municipal de Madrid, y en Getafe, cerca de la frontera con la capital, se llevó un buen chasco. Porque fue el juez de Pinto el que se quitó sus diligencias de encima y le pasó a ella, con todos los pronunciamientos legales, el paquete completo. Desde entonces, nos ha dejado actuar sin apenas interesarse por los progresos que íbamos haciendo, o quizá debería decir sin atormentarse por lo poco que hemos progresado. Rosario la ha ido informando de forma rutinaria y no nos ha apretado para nada. Mis últimas noticias son que antes de irse de vacaciones Rosario le contó sus intenciones y ella le dijo que pensaba irse igual.

—Míralo por el lado bueno —le sugerí, para ahuyentar la mala conciencia—. Por una vez, y sin que sirva de precedente, puedes trabajar sin presión de los medios ni de la autoridad judicial.

Me la devolvió al vuelo.

—Por una vez, y sin que sirva de precedente, echo de menos esas presiones. Me ayudarían a pensar que la ley y la justicia y las personas para las que trabajo tienen algo parecido a un alma.

—Puedo comprender muy bien tu desazón, compañera. Y hasta compartirla. Pero tienes que ser más fría. Esto es trabajo policial, y dejar que el corazón se te arañe de más no lo va a favorecer.

La oficial Larbi se quedó entonces callada. No esperaba que le saliera por ahí. Sabía que yo tenía razón, pero también sentía que mis palabras entraban en conflicto con lo que me había visto hacer y con lo que me había oído decir más de una vez. La experiencia me había convencido, y así lo había compartido con ella en momentos señalados, de que el investigador de delitos contra las personas no puede trabajar como un robot insensible a su dolor. La única manera de entender a las personas que mueren, pero también a las personas que matan, es hacer una inmersión en las pasiones que las sacuden, dejar que tu corazón sepa ponerse en el lugar del suyo, incluso que llegue a sufrir con él. Con estas o muy parecidas palabras se lo había dicho en su momento, y Guadalupe tenía buena memoria. También le había dicho, pero intuí que esto prefería olvidarlo ahora y por eso se la veía contrariada, que acercarse al sufrimiento ajeno y dejarse salpicar por él no podía nunca confundirse con ahogarse en él hasta el punto de dejar de ver la muerte desde ese punto exterior al que nuestra condición nos abocaba, si queríamos contribuir en algo al alivio y la reparación mínimos que cabía ofrecer a las víctimas.

—Suéltalo —la invité—. Insúltame, si lo necesitas.

Meneó la cabeza, despacio.

—No, no lo necesito. Por qué iba a necesitarlo.

—Si lo necesitas, no te cortes. Estoy de baja, a lo mejor hasta me acaban dando por inútil. Soy la opción ideal para desahogarte.

—No quiero desahogarme. Quiero encontrar al que lo hizo.

—Eso está bien. Pero desahógate antes. No te lo calles.

—Tengo la sensación, Manuela, de que una negra descuartizada y sin nombre no le importa a nadie; que en nuestro trabajo, al final, es cierto que hay muertos de clase A y muertos de clase B.

—Muy bien, oficial Larbi, ya lo has dicho.

—Y no me siento mejor.

—Yo sí. Necesitabas una blanca sin alma a la que avergonzar.

—Tú no eres una blanca sin alma.

—Soy lo más parecido que tienes a mano.

De pronto, sus labios se torcieron en una sonrisa triste.

—Mira, voy a tomarme esto como una buena señal. En estos siete meses no has dejado de ser la Manuela cáustica que conocía.

—Nadie deja de ser quien es en siete meses. Ni en siete años.

—Hay quien afirma que sí. Lo segundo, digo.

—Quien afirma eso no tiene ni idea. Y acabará comprobándolo de la peor manera posible, con aquel a quien quiera cambiar.

—Entonces ¿vas a volver?

Conocía ya la respuesta a esa pregunta, o cuando menos tenía la comezón que equivalía a una respuesta que habría podido darle sin miedo a equivocarme. Sin embargo, no era equivocarme lo que me preocupaba ante ella. No quería que se llevara la impresión de que conseguía sin esfuerzo lo que había ido a buscar. No me convenía como su jefa que era ni como la mujer que quería creerme. De modo que me recliné en el asiento, suspiré largamente y le respondí:

—No lo sé, Guadalupe. Tengo que pensarlo.

—Qué tienes que pensar.

—Esta mañana me la he pasado escuchando música y dando gracias por no tener que salir hoy a la calle a buscar canallas. Se me hace un poco raro aceptar que sólo porque una policía decente y responsable se haya acercado a traerme bombones y a contarme una de las muchas historias de terror que suceden a diario en el mundo yo tenga que cambiar tan bruscamente de vida y de actitud.

—No he venido sólo a traerte bombones y contarte una historia.

—¿A qué más has venido?

—A decirte que haces falta. Que hay un hueco con tu nombre. Un hueco que nadie va a rellenar como lo rellenarías tú, inspectora. A veces necesitamos que nos lo digan, para que lo sepamos.

—Puede que Mañas no sea la persona más indicada para hacerse cargo de esta investigación, pero no podemos presuponerle mala fe —dije—. Delante de un cadáver sólo hay una raza: la raza humana, Guadalupe. La Brigada hará su trabajo, estate tranquila.

La mirada de Guadalupe se hizo más oscura y profunda.

—Le quemaron la cabeza y las manos, para que no pudiéramos identificarla —dijo de pronto, con voz grave y definitiva.

Entonces abrió la carpeta marrón y aparecieron ante mí las fotografías del crimen. Guadalupe las fue pasando lentamente. Cuando llegó a la cabeza se detuvo, para que pudiera mirarla bien, como si en sus facciones desfiguradas y su cráneo sin cabello pudiera quedar un vestigio de su alma que nos hablaba desde algún lugar.

—Mírala —me interpeló—. Mira su cara. Es la viva imagen de la tristeza. Debió de pasar un verdadero calvario antes de morir.

La miré. La piel chamuscada, el pelo desaparecido, aquellos ojos cubiertos por unos párpados tumefactos. Era una imagen espantosa, un trozo de ser humano al que le habían quitado de golpe la vida y la dignidad para que el culpable tuviera más fácil librarse, empeño en el que por ahora le sonreía el éxito. Eso me repateaba, me soliviantaba e incluso me daban ganas de ir a buscar mi pistola y salir por ahí a agujerear algo a balazos, pero pese a todo debía mantener la compostura ante quien no dejaba de ser mi subordinada.

—No he visto ningún cadáver que no sea triste, compañera.

—¿Vas a volver? —volvió a preguntarme, tensa.

—Lo pensaré. De verdad —fue todo lo que acerté a ofrecerle.

—Está bien —se resignó—. Gracias por atenderme.

—A ti por venir. Y por los bombones. Están muy buenos. Anda —dije, acercándole la caja—, toma otro antes de marcharte.

4
Alberto

En ese momento entró Alberto por la puerta. Cuando vio a mi compañera sentada en el sofá de casa, comiendo bombones, supo inmediatamente, como había sabido yo una hora antes, que algo no marchaba bien. Hice las presentaciones oportunas, esforzándome por aparentar una naturalidad que me salió sólo a medias.

—Alberto, esta es Guadalupe, te he hablado alguna vez de ella. Y este, Guadalupe, es Alberto, mi... en fin, resumiendo, el hombre que ha evitado que el cielo terminase de caerme sobre la cabeza.

—Ah, sí. Encantado, Guadalupe. —Se adelantó Alberto a tenderle la mano, con unos reflejos y una cordialidad admirables.

—Igualmente —murmuró mi compañera—. En realidad, yo ya me iba, sólo había venido a ver cómo andaba.

—Anda bien —dijo Alberto—. Mejor cada día, ¿verdad?

—El médico eres tú —me limité a observar.

—Aunque estas cosas llevan su tiempo —apostilló él.

—Claro —dijo Guadalupe, mientras aprovechaba para recoger su carpeta marrón, movimiento que a Alberto estuvo muy lejos de pasarle inadvertido—. Bueno, me alegra verte mejor. Cuando sea el momento, ya sabes que te esperamos con los brazos abiertos.

Alberto me miró entonces de soslayo. Estaba claro que tenía pendiente una conversación a solas con él, pero antes acompañé a Guadalupe hasta la puerta y me quedé junto a ella hasta que llegó el ascensor. Durante aquel minuto no dejó de recordarme con el gesto lo que me había mostrado y lo que me había pedido. Antes de irse, nos despedimos con un par de besos en la mejilla. Era una relajación de la disciplina, pero me parecía demasiado frío darle la mano.

—Mucho gusto —le dijo entonces a Alberto, que asistía a nuestra despedida desde el umbral, y que asintió por toda respuesta.

Interpreté, por su expresión, que la visita de Guadalupe le había sentado como un puñetazo en el estómago. Era hora de aceptar la realidad, y mi carácter y mi bagaje vital me inclinaban a reconocerla y dársela a conocer cuanto antes, sin andarme con paños calientes. «Tengo que volver al tajo», iba a espetarle, cuando de pronto se dio media vuelta y fue a refugiarse en nuestra pequeña cocina.

Hasta ese momento todo había sido muy fácil entre Alberto y yo. Me había conocido al margen del trabajo, me había tenido siempre allí, en casa. Se había ahorrado por consiguiente la presión, las jornadas extenuantes, la tristeza y la mugre que se te pegan, como una costra, cuando intentas poner orden en el desorden del mundo. No sabía cómo iba a encajar Alberto el cambio, pero los dos tendríamos que enfrentarnos a ello. Quizá a mi Míster Increíble se le verían más los defectos cuando pasara a formar parte residual de mi vida, aunque esperaba que no fuera así. De hecho, para ser sincera, dudaba más de mí que de él: siempre me había comportado como una yonqui del trabajo. Aquellos siete meses habían sido algo completamente inusual en mi existencia y habían tenido más que ver con la muerte de Rodrigo que con otra cosa. No estaba preparada para perderle. Así, tan de golpe, como pasan las peores cosas en la vida. Sin avisar.

Antes de buscarle a Alberto los ojos, me detuve a mirar los dos cubos de basura de la cocina de mi casa. Después de ver las fotos que me había enseñado Guadalupe, iba a sentir un pinchazo en lo más oscuro de mi conciencia cada vez que los abriera. «Bienvenida al mundo de la gestión de residuos, Manuela», me dije, con la mayor tranquilidad que pude. Me puse a tararear *La canción más hermosa del mundo*, de Sabina, para suavizar la tensión con Alberto. Mi mirada y la de Míster Increíble se cruzaron al fin: tenía que asegurarme de que el hombre con el que vivía entendía el contexto de la historia. Que quisiera volver al trabajo era sólo una anécdota. Lo importante era lo otro, aquello que yo no podía desatender de ninguna manera: la necesidad de comprender por qué prevalece el mal sobre el bien y por qué se sigue escribiendo la historia con sangre; por qué alguien, en Villaverde o en Getafe, o dondequiera que estuviera ahora, se permitía la osadía de creer que alguien como yo no iba a ir en su busca, no iba a hacer todo lo posible y alguna cosa imposible para encontrarlo. Por más que me empeñe, y aunque eche de menos o también disfrute otras cosas, he nacido para esto y no sé hacer nada más. Alberto no sabía que el veneno de la investigación puede ser tan potente como el del propio crimen, pero yo sí.

Él se había puesto el delantal y estaba ahora picando cebolla en silencio. Por su cara deduje que no le apetecía nada escuchar lo que yo tenía que contarle. Me encantaba verle cocinar para nosotros: realmente, no tenía más remedio que admitirlo, Alberto era la pareja perfecta. Mi alimentación y la de mis hijos había mejorado mucho desde que él vivía con nosotros. Tenía sus defectos, también, cierto punto de mal genio cuando no estábamos de acuerdo en algo, pero hasta la fecha había sabido controlarlo. Le vi tirar el envase de carne picada en el cubo de plásticos, ajeno por completo a lo que pasaba dentro de mí, que acababa de ver la imagen de los restos de una mujer entre plásticos y basura. Alberto creía firmemente en las tres erres: reducir, reutilizar y reciclar. Tenía un punto buenista, ecologista y perfeccionista que se me atragantaba un poco. Para mí, que soy una persona despistada, aquella obsesión rayaba en la neurosis.

No pude evitar recordar el momento en el que le conocí. Entré en el despacho del inspector jefe Rodrigo Alonso el día 2 de enero y me lo encontré muerto. Se acababa de pegar un tiro, en su despacho y con su arma reglamentaria. Me quedé tan bloqueada que no supe reaccionar. Llamé al subinspector

Sergio Gallardo y él se presentó en seguida y se ocupó de todo, entre otras cosas de llamar a Alberto: no a él personalmente, sino al servicio en el que trabajaba, que lo envió a él. Después de certificar el fallecimiento del inspector jefe, tuvo que atenderme a mí, presa de un ataque de ansiedad.

Días después Alberto se presentó en mi casa sin previo aviso. «Quería saber si se encuentra usted bien», dijo, y me hizo gracia que me tratara de usted. Alberto, médico del Samur, treinta y cinco años, puntilloso y responsable, un buen chico, preocupándose por mí, inspectora de homicidios, cuarenta y dos años, separada y con dos hijos, que acababa de perder a su compañero y amante porque este había decidido de forma absolutamente egoísta pegarse un tiro, incapaz de soportar el escándalo que había provocado su academia privada de preparación de oposiciones para acceder al cuerpo y tras haberse visto involucrado, para mayor descrédito, en la filtración del contenido de los exámenes en beneficio de sus alumnos.

Alberto venía cada tres tardes, más o menos, a visitarme. Era prudente, me preguntaba cómo me encontraba de ánimo, si estaba mejor de la ansiedad, si me tomaba la medicación, qué tal estaban mis hijos. La elevada tasa de suicidios entre los policías era una realidad que conocíamos todos y de la que se hablaba con relativa normalidad. Diecisiete suicidios el año anterior, entre policías y guardias civiles. Rodrigo había sido el primero de aquel año y, como solía suceder, provocando la protesta y el rechazo de los sindicatos y las asociaciones, que buscaban otras causas tras esas muertes, su suicidio se había imputado a motivos exclusivamente personales. Había tenido muy poca cabeza al abrir esa academia de oposiciones, aunque la hubiera registrado a nombre de su mujer. La confianza lo era todo en nuestro oficio: perder la confianza de tus superiores era peor que estar muerto. Y Rodrigo, con aquello de la academia, la había perdido. Y de qué manera.

Alberto no venía a verme siguiendo las órdenes de nadie ni ningún protocolo, acudía a mi casa en su tiempo libre, vestido siempre con su polo amarillo, amable, verdaderamente preocupado por mi estado de salud. Según supe más tarde, lo que le inquietaba era un posible efecto imitación: sabía lo unida que estaba a Rodrigo y temía que se me pasara por la cabeza coger mi arma por la noche y, como él, terminar de un disparo con todo. Alberto me veía sola, con dos niños, y parecía sentirse aliviado cuando le decía que estaba más o menos bien. Al principio no sabía muy bien cómo comportarme cuando venía a verme, después esperaba impaciente sus visitas. Comencé a hacerme preguntas sobre aquel muchacho, que aparentaba ser mucho más joven de lo que en realidad era, tan guapo, tan educado y que estaba tan pendiente de sus pacientes. Siempre había creído que no existían hombres así. Alberto me enseñó que estaba equivocada: que el problema era que a mí, demasiado a menudo, me habían atraído los hombres que menos me convenían.

—Mantuve una relación irregular con Rodrigo durante casi tres años —le acabé confesando, sin tapujos, en una de sus visitas—. Yo ya estaba divorciada, pero él seguía casado. No diré que era el amor de mi vida, pero me sentía bien con él. Tampoco hace falta mucho para eso, mi historial de relaciones de pareja es un puto fracaso.

Alberto me escuchaba sin juzgarme, él no estaba allí para eso. El hecho de que le conociera tan poco me daba mucha libertad para hablar con él cosas que me incomodaba decirle a la psicóloga.

—Nunca me sentí bien sabiendo que él engañaba a su mujer conmigo, la verdad es que aún no soy capaz de mirar a Ana a la cara sin avergonzarme. A él tampoco le gustaba ser un mentiroso, pero pasábamos mucho tiempo juntos, nos compenetrábamos muy bien, nos entendíamos sin hablar, es normal que pasara. ¿No crees?

Yo tuteaba a Alberto, pero él seguía tratándome de usted y no lograba romper esa distancia de cortesía. Fue al reconocerle aquello cuando se permitió al fin cruzar la barrera, y aun así lo hizo con una exquisita delicadeza y sin olvidar nunca su misión terapéutica.

—Tú no tuviste la culpa, Manuela. Fue él quien se disparó, no lo olvides. Él tomó sus decisiones, personal y profesionalmente.

Entre las causas de suicidio entre policías se barajan razones como la naturaleza propia de nuestro trabajo, la presión a la que nos vemos sometidos de manera permanente ante el público, los jueces y nuestros jefes, la dificultad para desconectar cuando llegas a casa, los turnos agotadores e irregulares, los impedimentos para conciliar el trabajo y la familia o los traslados. Todos los casos que yo conocía, incluido el de Rodrigo, aun sin descartar que los sindicatos tuvieran sus razones para denunciar lo que denunciaban y pedir medidas, tenían que ver sin embargo con problemas personales. Otra de las causas inmediatas es la posesión de un arma, te matas porque tienes una herramienta para matarte; pero Rodrigo ya llevaba mucho tiempo conviviendo con la suya y yo tenía muy claro qué había detonado ese disparo: la pésima jugada de aquella academia de oposiciones, algo que se había montado al margen de mí y que iba más allá de mi influencia. Aun así, necesitaba que alguien me lo dijera, y Alberto dio con las palabras exactas para apaciguarme.

—No pienses más en ello —añadió, con convicción—. Ya sabes que, en muchas ocasiones, está vinculado a momentos de debilidad. Todos los tenemos. La cuestión es que un policía lleva siempre el arma consigo y tiene el valor de apretar el gatillo, nada más.

Ahora veía a Alberto en mi cocina, cocinando para mí y para mis hijos, y me parecía increíble que todo hubiera sido tan sencillo y tan fluido; que después de aquella tarde hubieran venido tantas otras, que entre los dos hubiéramos dado sin sobresaltos ni temor el paso necesario y estuviéramos allí juntos. La vida es confusa y apenas te deja espacio para encontrarte a ti misma, por regla general.

—Si quieres volver al trabajo, cuentas con todo mi apoyo —me soltó de pronto, para mi sorpresa—. De hecho en algún momento yo también había pensado en comentártelo, no puedes quedarte aquí de forma indefinida, con nosotros, por muy agradable que sea.

No esperaba que reaccionara tan bien. Ese era Alberto: al margen de que le gustara o no, siempre hacía lo que tenía que hacer, nunca era egoísta, no se ponía él primero, tenía un punto complaciente y bondadoso que me encantaba, porque nadie, nunca, jamás, lo había tenido conmigo. A veces deseaba que no cambiara nunca, aunque sabía que eso no iba a pasar, que algún día cambiaría: dejaría de ser tan cariñoso, se cansaría de mi malhumor permanente en cuanto volviera al trabajo y echaría de menos tener más tiempo a solas para los dos. Era inevitable que aquello acabara y no podía alargarlo más: había llegado la hora de terminar con nuestra luna de miel y volver al mundo real, ese en el que las cosas casi nunca salen bien.

—¿Estás seguro de que lo apoyas? —le pregunté.

—Tendremos que buscar una canguro —dijo, sin apartar la vista de la sartén donde estaba preparando el sofrito—. Sabes que mis turnos son complicados. No tengo ningún problema en ocuparme de los chicos, cuando esté en casa, me encanta hacerlo. —No podía evitarlo: me emocionaba hasta las lágrimas el hecho de que Alberto, una y otra vez, atendiera más a mis hijos que su propio padre y lo hiciera de forma generosa, sin esperar nada a cambio—. Pero tengo guardias de doce horas, así que no nos quedará más remedio que buscar a alguien para esos días o no vas a estar tranquila.

Yo le miraba de pie, en silencio. De golpe toda la

intendencia doméstica, siempre tan complicada cuando estás sola, y no había nadie que lo supiera mejor que yo, caía sobre uno y sobre el otro, porque ya no podríamos contar con la ventaja de que uno estuviera siempre en casa. Eso significaba estrés, y el estrés abriría compuertas por las que bajarían aguas turbias. Él pareció notarlo y me dijo:

—No estás sola, ¿eh? —Se acercó y me abrazó—. Ahora no estás sola, Manuela. Cuenta conmigo para lo que necesites, ¿vale?

Dejé que me abrazara y me fundí en su abrazo sin decir nada un largo rato. No había nada más inesperado y gratificante en mi vida que refugiarme, como aquella mujer indefensa que nunca me había permitido mostrarle a nadie, en los brazos de aquel buen chico que me había sacado del insondable agujero negro en el que me había metido yo solita tras la muerte de Rodrigo. Sin embargo, esa no era la solución para los problemas prácticos que se avecinaban.

—No sé si me dan los números para pagar una canguro, Alberto —le hice notar, preocupada—. David termina la ESO en dos años, quiere hacer un grado medio que me cuesta cerca de cinco mil euros que no tengo y Javier no está por la labor de pagar la mitad. Mi cuenta está siempre a cero, mantener a dos hijos prácticamente sola, con la miseria que me pasa el padre, se me lleva el sueldo entero. Siempre me ha ayudado mi hermana, Candela, aunque lo hiciera a regañadientes. Quizá deba tragarme el orgullo y llamarla.

Alberto insistió:

—Sabes que ahora cuentas conmigo y quiero que

lo hagas. Para el grado de David o para lo que te haga falta. Si tu relación con tu hermana no es buena podemos contratar a alguien media jornada, para que tú puedas volver en condiciones a tu trabajo.

No sabía qué había visto Alberto en mí, francamente, para apostar tanto por nuestra relación, y aunque en ocasiones tenía la tentación de preguntárselo tampoco estaba segura de querer que me lo dijera. En todo caso, agradecía con toda mi alma su compromiso. De pronto, era el valor más seguro en mi vida. Me estaba volviendo un poco cursi quererle tanto, yo que siempre había tenido un punto más bien corrosivo, nihilista, incluso algo terrorista. Era tan gentil conmigo que me hacía creer en la bondad de las personas, pese a que cada día, en mi trabajo, me tenía que enfrentar —y tendría que volver a hacerlo, cuando regresara— al lado contrario, el lado más siniestro, más bestial, más monstruoso y más incomprensible de la condición humana: por qué alguien, ya sea de repente o de forma planificada, decide arrebatarle la vida a otro, y es capaz de ejecutar, uno por uno, los pasos que hacen falta para lograr su propósito y luego, tantas veces, tratar de encubrirlo para quedar impune.

Alberto, siempre constructivo, cambió entonces de tercio.

—¿Por qué no te llevas bien con tu hermana Candela? Nunca me lo has contado —me preguntó mientras remataba el sofrito para los macarrones que nos comeríamos en breve, cuando llegaran los chicos del campamento de verano al que los había apuntado para que no pasaran la mañana en el piso como animales enjaulados.

No me apetecía hablar del tema, pero nunca le había negado una explicación a Alberto, cuando me la había pedido. Era lo mínimo que creía deberle, después de avenirse a recoger una piltrafa de la cuneta y echarse a la espalda la obligación de convertirla en un ser humano capaz de reintegrarse decorosamente al mundo.

5
Lockhart

Alberto me observaba con interés y prudencia. Procuré que la explicación fuera completa, aunque tenía que ver con ese invento, siempre sórdido, que conocemos por el nombre de dinero.

—Hace cinco años mi padre me prestó ciento veinticinco mil euros. Fue un trato privado entre él y yo. Yo acababa de separarme, Javier pagaba la pensión de forma irregular, me discutía a muerte todos los gastos extra, estaba sola con dos hijos y una hipoteca que no me dejaba vivir... A mi hermana Candela le iba bien, felizmente casada, con toda su vida en orden y un marido que la quería y la protegía. Así que mi padre me prestó ese dinero, yo liquidé una buena parte de la hipoteca de este piso y me comprometí a devolverle el dinero a mi padre, pero a la hora de la verdad nunca lo hice: la otra parte de la hipoteca no me lo permitía. Mi padre le contó lo de mi préstamo a mi hermana, le dijo que yo lo necesitaba más que ella, pero cuando murió, mi hermana me afeó que de la herencia faltaba ese dinero, que yo no había devuelto ni tengo posibilidad de devolver.

Alberto cocinaba y hablaba al mismo tiempo.

Era un hombre sereno y resolutivo, suponía que era algo que le había enseñado su oficio, donde tenía que tomar decisiones a la vez rápidas y acertadas porque solía estar con frecuencia la vida de alguien en juego.

—Bien... esto es lo que vamos a hacer, si te parece —me dijo, mientras removía con arte el contenido de la sartén—. Tengo una prima que estudia medicina y está buscando un extra para este verano. Me ocuparé de contratarla a media jornada para que cubra los días que tengo guardia. Es buena chica y será cariñosa con los niños, que es lo importante. Eso te libera de un problema. No esperes que limpie ni planche, creo que no sabe cocinar más allá de espaguetis y huevos fritos. Habrá que ocuparse de dejarle siempre comida hecha en la nevera, pero es mayor de edad y responsable. Yo me ocupo.

No supe negarme y él continuó haciendo gestiones en voz alta, sabiendo que yo estaría de acuerdo con sus planteamientos.

—Otra cosa. Tienes que ir a ver a la psicóloga antes de reincorporarte. —Aquí vaciló un poco, porque sabía que Mamen y yo no habíamos sintonizado mucho—. Sé que te parece una formalidad, pero tienes que ir. Además es ella quien debe tramitar tu alta, aprovecha para contarle todo lo que creas necesario, ¿de acuerdo?

Asentí en silencio. Sabía que lo que me estaba diciendo, mientras me llegaba el olor a ajo, cebolla y pimiento frito, era que no quería verme recaer. Y yo tampoco deseaba que pasara tal cosa.

—Vas a hablar con tu hermana —siguió, como si

lo tuviera todo estudiado—. Aunque hayamos solucionado la intendencia doméstica, por ahora, tu hermana es tu familia. La poca familia que te queda tras la muerte de tus padres. Tu hermana y tus sobrinos, a los que sé que quieres un montón. No puedes dejar que ese préstamo te quite lo que te queda de familia, así que se lo vamos a devolver.

Alberto había hablado con tanta seguridad que no supe cómo contestarle, más allá de lo que era puramente evidente.

—No tengo forma humana de devolverle ese préstamo, Alberto, si pudiera arañar de mi sueldo para dedicarlo a eso ya lo hubiera hecho. Vivir donde vivimos, en el centro de Madrid, se ha vuelto demasiado caro, por desgracia. En su día, gracias al pinchazo de la burbuja, encontré este piso a un buen precio, pero hoy no podría ni soñar con él. Sólo los gastos de comunidad se me llevan un bocado tan grande que a veces pienso si fue una buena decisión. Y si a eso le sumas que no anda sobrado de metros, me pregunto si no...

—Ahora hay dos sueldos en casa —me interrumpió—. Me gano razonablemente la vida, mi trabajo me cuesta, pero no me va mal. Deja que te ayude. Vivo aquí, con vosotros, es justo que contribuya a la economía doméstica. Dile a tu hermana que te calcule la cuota a devolver en diez años y yo me ocuparé de ese préstamo. Le pides que te dé un número de cuenta para hacer la transferencia y así nos olvidamos de ese problema y de paso recuperas a tu hermana.

—Pero no podemos hacerlo así —protesté.

—¿Por?

—No estamos casados. Nunca se puede estar seguro acerca del futuro. ¿Y si dentro de dos años nos peleamos?

—No pasa nada.

—¿Cómo que no pasa nada?

—Me lo tomo como el alquiler que he estado pagando por este piso en el que he estado viviendo dos años y te dejo el resto de la trampa con tu hermana para que ya te entiendas tú con ella.

—¿De verdad me lo estás proponiendo?

—De verdad.

—No puedo creer que seas como eres —le confesé, mientras me acercaba a él, le cogía la cintura y le besaba en la nuca; me gustaba sentirlo cerca, iba a echarle de menos cuando me reincorporara.

Me volvía loca el olor de su cuerpo, era un olor muy particular, olía a almendras dulces, como el jabón con el que se duchaba. Él se dejó hacer, hasta que se dio media vuelta, me separó con suavidad y, apuntándome muy serio con el cucharón de madera, exigió:

—A cambio, tú tendrás que prometerme no meterte en ningún lío cuando vuelvas, ser un poco más cuidadosa que de costumbre y, sobre todo, no volver a liarte *nunca* con el inspector jefe...

Aquello del inspector jefe lo había dicho con amargura, incluso con una pizca de resentimiento. Alberto siempre había tenido celos de mi relación con Rodrigo y yo no sabía muy bien cómo sacudírselos. Quería decirle muchas cosas en aquel momento, pero sentía mi corazón tan acelerado que no fui capaz de articular palabra. El lenguaje tiene sus límites, también. No puede expresarlo todo. Lo bueno con Alberto era que, cuando me veía así, no hacía falta decir nada. Él me comprendía, siempre. O parecía comprenderme.

—Pon la mesa, por favor —me dijo, mientras me besaba—. Los chicos están a punto de llegar y habrá que darles la noticia de que su madre va a volver a instalar la tienda de campaña en su trabajo.

Aquellos siete meses en casa con los chicos y Alberto habían sido un oasis extraño en mi vida. Íbamos al cine los fines de semana, hacíamos planes, veíamos series por la noche. Los chicos consumían de forma obsesiva *Juego de tronos* —cuyas dos últimas temporadas a mí habían comenzado a aburrirme sobremanera— y nosotros, en cuanto se quedaban dormidos, intentábamos ver otra cosa. Alberto era fan de *Dexter* —una afición que me sorprendía, en alguien de tan limpio corazón— y a mí me gustaban las series de abogados y me había aficionado a *The Good Fight*, por su peculiar componente político y social y su crítica feroz a la era Trump. Siempre que me sentaba a verla, y dejando a un lado la inverosimilitud que apreciaba en las tramas criminales, solía preguntarme cómo hubiera sido mi vida si, en lugar de preparar las oposiciones a policía, hubiera intentado ejercer la carrera que, tras abandonar geografía en segundo, al final fui capaz de completar. Lo logré en menos tiempo del habitual, para recuperar los años perdidos, y aunque había empezado a hacerla sin ganas, sólo para dejar de oír a mi padre, que consideraba mi primera elección una pérdida de tiempo, había llegado a tomarle algún gusto a las leyes y sus entresijos. Probablemente no habría llegado a ser una abogada de éxito como Diane Lockhart, pero no se me habría dado del todo mal: soy peleona. Lockhart, al principio de la serie, está arruinada, como yo lo estaba en aquel momento. Sólo que ella, a lo largo de la serie, consigue remontar su mala racha y prosperar, mientras que durante aquellos meses yo me sentía dentro de un agujero profesional del que no sabía bien cómo salir.

—¿Nos vemos un episodio de Lockhart esta noche? —le propuse a Alberto, para agradecerle todo el apoyo. Aquel muchacho había sido más bueno y responsable conmigo que todos los hombres de mi vida juntos, incluido Rodrigo, y yo era incapaz de decirle, ni una sola vez, que le quería. Me sentía un poco cretina por eso, por callarme todos los «te quiero», pero era superior a mí. Yo no era el tipo de amante que lo daba todo, siempre me quedaba algo para mí, por difícil que al otro le resultara entenderlo.

—Vale. Pero abrázame, que sabes que no soporto a la abogada que hay en ti... —bromeó, mientras sonaba el timbre. Envidiaba aquella forma espontánea que tenía Alberto de decir todo lo que se le pasaba por la cabeza, sin ningún reparo o pudor. Yo no era así. Ni tampoco quería ser así. Pero me gustaba en Alberto porque aquel carácter suyo me facilitaba mucho la convivencia con él.

Llegaron los chicos, nos sentamos todos a comer y fue Alberto quien, de la forma más natural, le anunció a David que a partir de la semana próxima sería él quien lo llevara a los entrenamientos de fútbol y que iba a venir una chica a casa, para ayudar a cuidarlos. Les contó que se llamaba Eva y que estudiaba medicina, como él, y que además era su prima. A los chicos se les pusieron los ojos como platos antes de preguntar ambos a la vez: «¿Está buena?».

No pude evitar reírme cuando los escuché: tener la casa llena de hombres implicaba cosas como aquella. Cuando saqué el postre, los bombones que había traído Guadalupe, tardaron menos de cinco minutos en devorarlos todos. «Compra chocolate de vez en cuando, Manuela —me dije a mí misma—, a los chicos les gusta.» Me dio por preguntarme, por un momento, por qué el cine huye del discurso de la normalidad. Con lo placentera que puede llegar a ser.

Iba a echar de menos aquella convivencia con los míos, mucho. Pero me hice policía para atrapar a los malos y enfrentarlos con las consecuencias de sus acciones y llevaba siete meses sin dar guerra y sin encajar las piezas de ningún puzle. El cuerpo me pedía volver y Guadalupe había tenido la fina intuición de que bastaba con lanzarme el anzuelo para que yo no pudiera evitar morderlo.

Esa noche abracé fuerte a Alberto y no pude dormir. A veces me costaba, pero no quería volver a las pastillas de las que había tirado durante años, tras mi separación. No le había dicho a Alberto una palabra del poema que había encontrado en su cartera: aquella era una conversación que me costaba demasiado afrontar. Cerré los ojos para aliviar los párpados y pensé en Mamen: tenía que convencerla de que estaba lista para volver. Entonces recordé aquella frase: «El Hechicero me enseñó que no debemos recrearnos en nuestro corazón, si deseamos ser grandes y sabios». Era una frase de la novela *Olvidado Rey Gudú*, de Ana María Matute, pero yo la conocía porque era el estado de WhatsApp de Javier, que seguía teniendo la mala costumbre de enviarme mensajes de madrugada. «Me alegra que vuelvas, Lilit», acababa de escribirme, seguramente avisado de mi decisión por los chicos, que eran unos indiscretos. A veces odiaba a Javier con toda mi alma por entrometerse en mi vida de la manera en que se entrometía. En algún momento, tendría que quedar con él para formalizar de una vez nuestro divorcio. Si Alberto se enteraba de que había sido yo quien no había querido hacerlo durante todos aquellos años no le iba a gustar nada. A menudo, así somos, el amor se ve salpicado por la indeseable presencia de las mentiras.

Como solía hacer, siempre que tenía un ataque de insomnio, me levanté de la cama sin hacer ruido, me puse la ropa más cómoda posible y mis zapatillas de deporte y salí a caminar por mi barrio con mi perra Maggie, que tenía los mismos años que Manuel y agradeció el paseo extra con desproporcionados gestos de cariño. A veces creía que aquel animal lo sabía todo de mí, sin necesidad de que yo le contara nada. Mi entusiasta labrador retriever, la fiel testigo de mi vida desordenada, qué no habría hecho yo por mi perra.

La decisión de comprar un piso en Moncloa, tan bien situado, cercano a la calles Princesa y Marqués de Urquijo, había sido en su día de Javier, cuya familia siempre había vivido y vivía aún por aquella zona, y era hoy mi ruina económica. Pese a la cantidad de dinero que me había prestado mi padre y a lo invertido en mis años de matrimonio con Javier, aún debía más de la mitad de la hipoteca. Mientras caminaba por Rosales con Maggie, desde la calle Marqués de Urquijo hasta el paseo de Moret, y miraba las vistas al parque del Oeste, ahora sumido en las tinieblas nocturnas, pensé, una vez más, en vender mi casa. Los chicos no querían: tenían su colegio y sus amigos en el barrio. Alberto no quería: era un enamorado del centro. Yo misma no lo deseaba porque me había acostumbrado a aquel paseo, el del Pintor Rosales, a aquella vista privilegiada y velazqueña de Madrid, a la Rosaleda y al parque del Oeste, a las cabinas del teleférico, las terrazas, la constante presencia de universitarios en el paseo en temporada de clases y de turistas en los meses de verano. Pero no me quedaba otro remedio. La oferta de Alberto era tan generosa como, en el fondo, inaceptable. Tenía que vender el piso, saldar con Candela la mitad de la deuda que había adquirido con mi padre y comprar un piso en la periferia, más económico y con más espacio para todos. Quizá una casa con jardín para Maggie. Sentía la necesidad, también, de romper vínculos con Javier. El piso de Moncloa lo había escogido él, era su apuesta vital, pero no la mía. Estaba retrasando la decisión de decírselo a los míos, pero era algo que llevaba un tiempo atormentándome: sólo podría recuperarme económicamente si escapaba del centro y vendía el piso.

Mientras caminaba y pensaba en la ubicación de mi nueva casa sucedió algo que me dejó perpleja.

Dos mujeres paseaban semidesnudas por el paseo mientras un hombre con una cámara profesional lo grababa todo. Un grupo de personas las miraba levantarse la minifalda, tocarse sus partes íntimas, sacar la lengua, abrirse de piernas con descaro. Estaban grabando una película porno en Madrid, en el paseo por el que estaba caminando con Maggie, y pedían voluntarias para incorporarse a la película. Ante mi sorpresa, dos chicas jóvenes que lo observaban todo con aire divertido aceptaron desnudarse frente a la estatua del pintor Rosales a cambio de seiscientos euros cada una. Se desnudaron por completo y una chica rubia de cabello largo comenzó a acariciarle los pechos a una chica morena de pelo corto. Las dos actrices porno se unieron a la escena ante la mirada de todos. Ignoro qué pensaría el pobre Eduardo Rosales, tan purista, si contemplara la escena: cómo el ciudadano occidental se ha entregado por completo a sus pasiones. Entre las cuatro chicas desnudas intentaban realizar una interpretación pornográfica de la *Muerte de Lucrecia* bajo las instrucciones del hombre que lo grababa todo. El pintor Rosales había ambientado su cuadro en la intimidad de la alcoba de los esposos y el director de la película porno quería hacerlo en medio del bullicio y del espectáculo de la vía pública.

Entre quienes estábamos allí había comentarios de todo tipo, a favor y en contra de la escena; unos hablaban de arte, otros de pornografía, alguno se atrevió a decir que aquello era una forma de prostitución como otra cualquiera. La mayor parte de la gente estaba escandalizada: «La vía pública es de todos y no tienen derecho a esto». Era muy tarde, no había niños. Vi el paseo más sucio de lo normal: el jaleo de la película había dejado un desagradable rastro de basura. Me di cuenta de que desde que había visto las fotografías del cadáver me fijaba de forma automática en los residuos: observé las bolsas de plástico tiradas en el suelo, colillas, restos de ropa, latas de refrescos... Mi lugar sagrado de Madrid convertido en un escenario grotesco para una película porno. Maggie ladró varias veces en señal de desacuerdo: a ella, como a mí, no le gustaba lo que veía.

Cuando volví a la cama, Alberto estaba profundamente dormido y roncaba. «¿Tú ves porno?», le pregunté sin ninguna delicadeza. Alberto me abrazó y con la voz dormida me susurró al oído: «No lo necesito». Entonces, por primera vez desde que nos conocimos, le dije «te quiero». Se lo dije tres veces seguidas, de forma tranquila, absolutamente convencida de lo que estaba diciendo. Se volvió hacia mí. A ráfagas, como si fueran destellos, y mientras Alberto me besaba, volvía a mi cabeza la escena desasosegante que había contemplado tan sólo unos minutos antes y el recuerdo de los vídeos que había encontrado más de una vez en el ordenador portátil de Javier: «Jovencísimas, recién cumplidos los dieciocho». Me alegraba que Alberto no fuera así. Necesitaba creer, con todas mis fuerzas, que Alberto no era así, que por fin había algo limpio y sin mancha en mi vida, algo que era honesto de verdad. Necesitaba sincerarme con Alberto, decirle: «Vuelvo al curro, me voy a divorciar de Javier, voy a vender el piso, dime dónde quieres vivir, conmigo, no me abandones, tú no me abandones...». Pero nos quedamos dormidos, desnudos y tranquilos, esperando un nuevo día: el día en el que iba a terminar la baja de siete meses que había cambiado mi interior por completo. Antes de perder del todo la consciencia, me dije: «Tienes que reencontrarte contigo, Manuela. Quienquiera que seas».

6

Mamen

Mamen reaccionó a mi petición de alta como me esperaba: me preguntó a quemarropa si de veras estaba preparada para volver.

—Ya sabes —me explicó pacientemente a continuación—, con el escándalo de las oposiciones de Rodrigo y los rumores que te culpan a ti de haber filtrado la pregunta del caso práctico de los exámenes, no vas a tener un buen ambiente de trabajo. Es más, puede que en el grupo se cuestione tu autoridad. Te consta que hay quien no confía en ti y ya sabes que en tu trabajo la confianza lo es todo.

Esperaba la objeción, era de cajón que me la plantearía. No iba a dejar que me echara abajo la resolución con tanta facilidad.

—Yo no filtré nada —dije—. Tengo la conciencia muy tranquila. Me acostaba con Rodrigo, sí, pero nunca le pasé información de ningún tipo para su maldita academia —le aclaré una vez más—. Es más, estoy harta de esto. Se supone que en este país la gente es inocente hasta que se demuestre lo contrario, no soy yo quien tengo que demostrar mi inocencia. En todo caso, quien me acusó debería demostrar mi culpabilidad. Y no hay pruebas contra mí.

El silencio se impuso entre ambas, hasta hacer audible el aire acondicionado de su pequeño despacho. Nunca me pregunté si Mamen me creía o no; el caso era que había sido una buena ayuda durante aquellos siete meses en los que casi todos mis compañeros me habían dado la espalda. Es duro, lo había visto suceder en alguna cabeza ajena, cuando tu grupo se vuelve contra ti y tú tienes que seguir manteniendo el papel que implica la jefatura. Al menos, el que Rosario se fuera de vacaciones me facilitaba las cosas para volver, ya que ella había sido la culpable de extender aquellos rumores sin ningún fundamento. No iba a tener un buen ambiente de trabajo, ya lo sabía, aparte de Guadalupe y de Miguel era posible que nadie más me dirigiera la palabra más allá de lo indispensable. Me evitarían, cuestionarían mis órdenes, no tomarían café conmigo, pero me resultaba indiferente. Ninguno de ellos, en realidad, era amigo mío. Habían sido compañeros, buenos y malos, habíamos compartido fatigas, pero podía sobrevivir a sus suspicacias y sus ninguneos. Sin embargo, había otra cosa que me reconcomía y que quería y a la vez no quería comentar con Mamen, aunque por más que me empeñara no podía esquivar la sensación de que tenía que abordarlo con ella, antes de volver a meter la mente cien por cien en el trabajo.

—Mamen, yo... —Dudé si confiarle aquello—. He encontrado en la cartera de Alberto un papel...

La psicóloga me miró con asombro. Por su expresión pude ver que no se esperaba que aquella visita, además de la reincorporación, tuviera que ver con un problema de índole personal. Rectificó sobre la marcha y, con voz perfectamente neutra, me preguntó:

—¿Un papel? ¿Qué clase de papel?

—Un manuscrito. Un poema.

Mamen buscó ventaja. Adoptó el papel de detective y censor.

—¿Has estado hurgando en su cartera?

Sacudí la cabeza con energía. Expuse mi coartada.

—Necesitaba cambio para darle algo de dinero a David, tenía que hacerse unas fotos para la matrícula del colegio. No encontré monedas en mi bolso y como Alberto estaba durmiendo, porque había vuelto de una guardia, las cogí de su monedero y quise ponerle a cambio un billete de cinco en la cartera y entonces lo encontré.

—Un poema, dices.

—Sí, un poema que me ha descentrado un poco.

—Deduzco que te ha descentrado porque no lo escribió para ti... —No me sorprendió la capacidad de Mamen para sacar conclusiones de muy pocas palabras; al fin y al cabo aquel era su trabajo.

—Me temo que no —le reconocí—. Mejor dicho, estoy totalmente segura. —Respiré un momento y cogí aire antes de continuar—: «En todos los cuerpos que amo / recuerdo tu nombre: Cristina».

Mamen me observó con expresión severa.

—¿Y no te has planteado, Manuela, hablarlo con Alberto? Sabes bien que nos conocemos, esto me resulta un poco violento.

—Lo sé. —Fui incapaz de decir nada más.

—Cristina es una compañera suya de trabajo, salió con ella antes de estar contigo y duraron poco tiempo. Creo que no debo decirte nada más y que si necesitas más explicaciones deberías pedírselas a él. Ese poema forma parte del pasado de Alberto, él sabrá por qué lo guarda y ahí deberías dejarlo. Ahora él no está con Cristina, está contigo, remover estas cosas no es bueno, suele generar reacciones y pensamientos obsesivos. —Suspiró—. No sé yo si estás del todo bien para volver, Manuela, en tu trabajo hay mucha presión.

—Me gusta la investigación, Mamen. Tengo que volver y puedo hacerlo. No tienes nada que temer. Cuando yo llego al escenario del crimen la violencia ya ha sucedido. Además, por culpa de la baja me he perdido todas las diligencias preliminares del caso que tenemos ahora pendiente de resolver. Todo el mundo sabe de ese crimen más que yo. Me tocará ponerme a las órdenes del inspector jefe.

—Ya que mencionas el asunto, ¿qué tal te llevas con el inspector jefe Carranco? —me preguntó Mamen.

—Tiene un tono distante conmigo, me recuerda todo el rato que él es inspector jefe y yo su subordinada. Me saca de quicio que me llame «inspectora Mauri» y nunca sea capaz de decir mi nombre. Es joven, ha pisado poca calle, nada que ver con Rodrigo...

—Rodrigo está muerto, Manuela.

Es algo curioso, pero me he dado cuenta de que, cuando mueres, según sean las circunstancias de tu muerte, la gente evita pronunciar tu nombre. Rodrigo se había pegado un tiro con su arma, eso lo convertía en un suicida, en un paria y todo el mundo parecía estar dispuesto a aniquilar con ese acto todo lo que fue en vida, todo lo que hizo, con sus errores pero también sus aciertos, el recuerdo que dejó en las personas que le queríamos. Rodrigo cometió un error con lo de la academia, él tenía información privilegiada que utilizó para su lucro personal, pero no era ningún delincuente. «Rodrigo está muerto», era la frase lapidaria que todo el mundo se conjuraba para repetirme de forma automática en cuanto yo lo mencionaba.

—Lo sé, Mamen. El inspector Rodrigo Alonso se suicidó, ahora está al mando el inspector jefe Carranco, que es un inexperto y que no me cae bien, pero no le causaré problemas, tranquila —le dije, en un tono que temí que no la tranquilizara en absoluto.

Mamen no se privó de mostrar sus recelos:

—Manuela, tienes mala relación con el comisario Galván, tienes ojeriza al inspector jefe Carranco, aun sin haber compartido tiempo de trabajo con él. Me preocupa tu relación con tus superiores...

—No hagamos un drama de eso. Conozco a pocos empleados a los que les caiga bien su jefe. Yo soy una tía difícil para hacer amigos —acepté—, pero puedo soportar las gilipolleces de mis jefes, como todo el mundo. Le sacaré las castañas del fuego a Carranco en todo lo referente a homicidios, asesinatos y muertes en general, como he hecho siempre con mi inspector jefe. Y él me dejará hacer, porque le conviene. No es imprescindible que nos llevemos bien.

—Aparte de Guadalupe y Miguel, ¿tendrás algún apoyo en el resto del grupo? La oficina es común, estaréis todos juntos...

—Me temo que el resto del grupo tira más hacia la inspectora Rosario Mañas. Será algo incómodo, pero podré con ello.

—¿Y tu relación con Rosario? ¿Podrás controlarla?

Mamen tenía una forma educada de preguntar las cosas. Era pertinente que me recordase aquello. Cuando supe que Rosario había lanzado el rumor de que yo había pasado preguntas de la oposición a Rodrigo para beneficiar a los alumnos de su academia, se me fue la pinza, la acorralé en los vestuarios del gimnasio, la agarré del cuello y la llamé «zorra» e «hija de puta». En cierto momento, aunque esto lo recuerdo de forma borrosa, y no termino de estar segura de que fuera real, me eché la mano a la pistola y se la mostré con ánimo inequívocamente intimidatorio. Ella gimoteaba como una niña pequeña y yo me lo pasé bien. Después la dejé tirada en el vestuario, llorando, y fui a pedir la baja. Rosario no presentó denuncia contra mí, pero siguió extendiendo los rumores para perjudicar y manchar mi nombre. Era impensable que aquella arpía y yo nos lleváramos bien, pero ese detalle no me iba a impedir hacer mi trabajo.

—La cagué, Mamen. Soy perfectamente consciente. ¿Tú no la has cagado nunca? —le pregunté, en un vano intento de que entendiera aquel comportamiento incomprensible e intolerable—. A veces uno se deja llevar y hace sin pensar cosas de las que luego se arrepiente. No volverá a pasar, te lo juro. Además, Rosario está de vacaciones. Eso me permite reincorporarme con cierta tranquilidad.

—¿Y cuando vuelva?

—Le pediré perdón. Le daré las gracias por no denunciarme.

—No me tomes el pelo, Manuela. Soy tu psicóloga. La que debe certificar que estás en condiciones de volver a trabajar, o lo que es lo mismo, de volver a salir a la calle con una pistola sin representar un peligro para ti misma, tus compañeros y todos los transeúntes.

—No te tomo el pelo. Si es necesario y acepta mis disculpas, se las ofreceré. Con toda la humildad de la que sea capaz.

Mamen me clavó una mirada inquisitiva.

—Dime la verdad. ¿Qué es lo que ha pasado desde nuestra última conversación? No recuerdo que entonces reaccionaras de forma tan positiva a la idea de volver al trabajo, y eso que yo misma te lo dejé caer de forma indirecta más de una y más de dos veces.

—¿Lo hiciste?

—Lo hice. Pero sólo reparamos en lo que nos interesa. Por eso no te diste cuenta, y por eso me hago ahora la pregunta.

Comprendí que en cierto modo en aquella explicación, que no podía escatimarle, me jugaba la formación de su parecer profesional, y con ello que pudiera llevar a cabo mi propósito de volver.

—Por un lado, no me siento tan hecha papilla y tan miserable como cuando pedí la baja. En estos siete meses, gracias al descanso, la vida contemplativa y, sobre todo, los cuidados y los mimos de mi ángel guardián, he recuperado las fuerzas que había perdido.

—De eso yo misma doy fe. Recuerdo bien a la que vino aquí hace siete meses. Su lenguaje, verbal y no verbal. Nada que ver con la mujer que tengo ahora delante. Por eso no me inclino de entrada a negarme a lo que me estás proponiendo. Pero necesito más.

—Por otra parte, creo que debo contártelo, ayer vino a verme Guadalupe. Me contó la investigación que tenemos ahora mismo entre manos en el grupo. Una investigación en punto muerto y en la que se siente abandonada por los jefes y hasta por la juez.

—Un homicidio, deduzco.

—Es a lo que nos dedicamos. Las bodas, comuniones y bautizos las llevan en otro negociado.

—Cuéntame algo del caso. —Ignoró mi ironía—. Si quieres.

—Una mujer negra, descuartizada y arrojada al contenedor de la basura. Recuperaron los trozos de su cuerpo de dos vertederos distintos. Ni siquiera se sabe quién es, nadie la ha reclamado ni se ha denunciado su desaparición, que nos conste. Creen que podía ser una prostituta sin papeles, un cadáver que a nadie importa.

—Salvo a Guadalupe. Y a ti.

—Más a Guadalupe que a mí, para serte sincera. A fin de cuentas, yo desciendo de esos *homo sapiens* renegados que cruzaron a Europa hace milenios y se olvidaron de su origen africano.

—¿Por qué te empeñas en ser una cínica?

—¿Me empeño?

—Parece costarte reconocer que la historia te ha dejado tocada.

—Claro que me ha tocado, no tengo una piedra bajo las tetas.

Mamen torció el gesto. No aprobaba mi lenguaje descarnado.

—¿Por qué quieres disimularlo entonces?

—No lo disimulo, te lo estoy reconociendo. Lo que no quiero es engañarte ni generar una falsa impresión sobre las razones por las que vengo a decirte que quiero reincorporarme. No siento una necesidad especial de hacerle justicia a esa desgraciada, en particular, ni siquiera de ser algo así como la campeona, en abstracto, de todos los desgraciados del mundo. Hace tiempo que sé que hay muchos más de los que puedo proteger o confortar, y que siempre los va a seguir habiendo, aunque yo viva mil vidas y en todas ellas no deje de hacer lo que me han enseñado a hacer en esta. Se trata de otra cosa.

—De qué.

—De que ayer, cuando la buena de Guadalupe me empezó a contar las dificultades del caso, se activaron inmediatamente todas las antenas que llevaban meses dormidas. Que cuando vi las fotos de esa pobre chica de piel oscura, de sus trozos tirados en la basura y en una mesa de autopsias, aparte del escalofrío que pueda sentir una persona normal, me sacudió algo diferente, algo que es sólo mío y de los que son como yo: la necesidad de ponerles nombre a esos pedazos de persona, de ponerle nombre al hijo de puta o los hijos de puta que la trataron como si sólo fuera un trozo de carne, de ponerle nombre también a lo que le hicieron, para que unos tipos o tipas con toga a los que no conozco y a lo peor tampoco entiendo, ni me caen bien, les hagan comerse con patatas todas las cosas feas que la ley le adjudica a quien se permite hacerle a un semejante algo así.

Mamen me miró con una especie de fascinación.

—Me dejas sin habla, sinceramente —murmuró.

—¿Has leído a Procopio de Cesarea?

—¿A quién?

—Procopio. De Cesarea. Siglo VI.

—Ni idea. ¿Quién era?

—Palestino por nacimiento, en una ciudad que hoy es una ruina en Israel, funcionario del Imperio bizantino, escribía en griego y vio de primera mano buena parte de las atrocidades de su tiempo. Ha sido una de mis lecturas de estos meses. Una de las más instructivas de mi vida. He subrayado cientos de frases. Hay una que viene muy a propósito. Como tenía tiempo, aparte de subrayarlas me he aprendido unas cuantas. Creo que esta la recuerdo literal.

—Estoy deseando escucharla.

—«Es la infamia de los nombres, y no la de los hechos en sí, de la que suelen avergonzarse los seres humanos casi siempre.»

La sopesó, en silencio. E hizo algo más que eso: se la repitió, mentalmente, mientras la anotaba a toda prisa en su libreta.

—Muy interesante. Me la guardo. ¿Siglo VI, dices?

—Procopio había leído a todos los clásicos griegos. Por eso escribía como ellos. En los griegos está ya todo. Luego vinieron Freud y todos esos amigos tuyos a hacer como que inventaban algo.

—Yo no soy seguidora de Freud. Lo mío es el rollo cognitivo-conductual, en realidad vengo a hacer lo contrario que él.

—Bueno, en todo caso. Lo que quiero decirte es que yo he aprendido a hacer que la vergüenza de la que huyen los hombres, la vergüenza que viene de los nombres de la infamia, caiga sobre ellos. Que ese es mi lugar en el mundo, y que siento que ha llegado el momento de volver a ocuparlo. Medio año lamiéndome las heridas ya es penitencia y humillación suficiente por lo que hice.

El teléfono de Mamen brilló en el bolsillo de su bata.

—Vete, anda —dijo—. Voy a darte el alta, pero si necesitas algo vienes a verme, ¿estamos? Intenta no meterte en líos, cuenta hasta diez antes de sacar la pistola y mantén la calma. Ya te ha pasado varias veces, Manuela, no puedes ir por ahí sacando la artillería como Harry el Sucio, hay que seguir las reglas del juego. En veinte años aquí he visto de todo, querida, pero eran otros tiempos. Ahora no puedes darles collejas a los novatos ni encañonar a quien te hace la puñeta. Tienes que guardar las formas, por tu propio bien.

—Te lo prometo. Seré buena, juiciosa y hasta comprensiva. No he dado nunca una colleja, por alegar algo en mi defensa...

—Y habla con Alberto.

Asentí, aunque no estaba dispuesta a hacer esto

último. Tenía el coraje necesario para volver al trabajo, demostrar a todos mi valía, hacerles ver a mis compañeros que aquellos rumores no eran ciertos, pedirle disculpas a Rosario Mañas todas las veces que hiciera falta y acatar las órdenes de Carranco y Galván sin rechistar, pero no podía afrontar la conversación del poema con Alberto porque tenía miedo de que aquello que había escrito siguiera siendo verdad: que cada vez que me amaba a mí recordara el cuerpo de Cristina.

7
Martina

Salí por la puerta, dispuesta a completar todos los trámites para reincorporarme a la Brigada, pero antes debía pasar por la cafetería La Esquina, en la calle Huertas, donde había quedado para charlar un rato con Martina Hernando, inspectora de la Policía Nacional en situación de retiro y una de mis mejores amigas. Tenía cuarenta y cinco años y la habían declarado incapacitada para ser policía. Sus problemas comenzaron cuando intentó conseguir un turno fijo de mañana para poder conciliar y atender a sus hijos. Su situación se complicó mucho, no obtuvo lo que quería y, gracias al marcaje al hombre —o mejor dicho, a la mujer— del comisario Galván, acabó teniendo graves problemas de ansiedad. Al final, como ella decía, la jubilaron. Cuarenta y cinco años, dos hijos aún pequeños, mellizos, toda la vida por delante. Ahora estudiaba sociología por la UNED, pero sabía todo lo que se cocía dentro de la Brigada y mucho de lo que pasaba en la calle. Hablar con ella me daría la medida de cómo estaban las cosas antes de volver al trabajo y quizá podría contarme algo de lo que mis compañeros quisieran ocultarme. Martina Hernando, una cabezota con dos pares de cojones que seguía siendo policía en la sombra, sin placa y con mucho mejor humor que antes.

—Estás más flaca —me dijo a modo de saludo mientras me daba los dos besos de rigor—. Mario —se dirigió al camarero—, dos cafés con leche, por favor. Uno largo de café y con la leche templada y el otro muy caliente, como para despellejarme la garganta.

—¿Cómo estás? —le pregunté.

—Mejor que tú, me imagino. La verdad es que no resulta fácil acostumbrarse a ser declarada inútil tan joven, pero es lo que hay. Estudio, estoy con los niños, me entretengo, tengo *hobbies*...

—Vengo a verte por tus aficiones, precisamente...

—Así que es verdad que vuelves al tajo, entonces. —Como cabía suponer, Martina ya estaba al tanto de todo.

—Mañana mismo —le confirmé.

—Para hacerte cargo de la Operación Vertedero.

—Sí.

—Es una historia chunga de verdad. Cuando han comprobado las desapariciones y no coincide con ninguna... Ya sabes que si no se consigue identificar el cadáver las posibilidades de resolverlo son casi nulas. De momento no hay nada. Creo que en este caso, por desgracia, no te valdrán mis fuentes habituales, Manuela.

—Me tienes que contar un día cuáles son tus fuentes habituales —le dije, buscando su complicidad—. ¿Cómo coño consigues tener información antes que quienes están en la investigación?

—Digamos que conozco a la gente adecuada y que le caigo bien, lo suficiente como para que me cuenten las cosas que nunca le contarían a un policía —me confesó—. Me va mejor ahora que antes, de hecho, para conseguir información. Mis fuentes saben que me han puteado y que no voy a pasarle chismorreos indebidos al enemigo, supongo que no esperan que los comparta contigo tampoco.

—Es por una buena causa... —bromeé.

—Siempre es por una buena causa, ¿no crees? En serio, Manuela, esta vez no tengo nada. Sólo rumores. Y un periodista, el único que yo sepa, que está haciendo algunas preguntas insidiosas, tanto a los portavoces del cuerpo como a los gestores de los vertederos. Un tal Roberto Martín, quizá deberías hablar con él. Es *freelance* y tiene un blog de actualidad criminal con cada vez más visitas. Además de eso, colabora con regularidad en unos cuantos diarios digitales. Si quieres, puedo darte su número, somos bastante amigos.

—Quiero.

—Vale. Luego te lo paso en un wasap.

Intenté tomarme mi café con leche templada con toda la calma que pude. Cuando la prensa mostraba interés por un caso, se nos solían complicar mucho las cosas. Por regla general y por su propia naturaleza, la relación investigador-periodista tendía a ser tensa y problemática: el periodista siempre busca sacar a la luz información novedosa y relevante, y el investigador pretende guardarla para el momento oportuno. Al margen de esa tirantez siempre latente, en determinadas circunstancias excepcionales podía plantearse alguna forma de transacción recíprocamente conveniente para ambas partes y no lesiva para ninguna, que era lo que me correspondía tratar de explorar con aquel Roberto Martín para ponerlo de mi lado.

—Quizá hay algo más que te gustaría saber, aunque no va de muertos —dijo Martina, divertida—. No sé si sabes que tu exsuegra ha ido a tu casa a hablar con Alberto. ¿Te lo ha contado? Al parecer echa de menos a los niños y quiere verlos más a menudo.

No podía creer que Alberto hubiera hecho algo así: que hubiera dejado entrar en mi casa a mi exsuegra, la atendiera, la escuchara y me ocultara la conversación con ella. Yo también le había ocultado que había leído su poema y quizá esa fuera una señal de que algo se estaba torciendo entre los dos, ya desde antes de que yo volviera a mi trabajo: habíamos dejado de decirnos las cosas, de contarnos toda la verdad. Me sentí estúpida y a la vez traicionada por aquel comportamiento de Alberto y creo que Martina me lo notó en la cara. Me siguió contando lo que sabía, ya sin bromear al respecto.

—Entiendo que te moleste, pero me pareció que tenías derecho a saberlo. Alberto le dijo que lo de las visitas de los niños tenía que hablarlo contigo y que era responsabilidad de Javier el cumplir con los turnos y venir a buscarlos, según marca el convenio...

—¿Cómo sabes tú lo que se dijeron? —le pregunté.

—Tu exsuegra desayuna todas las mañanas en la misma cafetería, enfrente de su casa. Zumo de naranja, tostadas con mantequilla y mermelada de fresa y tres cafés con leche. Una de las camareras, una ucraniana muy observadora y muy simpática, es amiga mía y oyó cómo tu exsuegra se lo contaba todo a su amiga Rosa. Nunca se te ocurra subestimar la información que puede tener una camarera, cariño, al final lo acaban sabiendo todo de todo el mundo.

Conocía a Rosa, conocía a mi exsuegra, sabía que desayunaba todos los días de su vida en esa cafetería y conocía a la camarera, también: una muchacha rubia y joven, de ojos azules y a la que no hubiera vinculado nunca jamás con Martina. Sabía, en fin, que lo que me contaba Martina era cierto y que tenía una conversación pendiente con Alberto, antes de reincorporarme al trabajo.

—Supongo que mi exsuegra no...

—Tu exsuegra le contó a Alberto que no hay convenio porque no hay divorcio, que por eso Javier cumple de aquella manera con la pensión y con el régimen de visitas, porque todavía seguís casados y eres tú la que, por ahora, se ha negado al divorcio siempre.

—Joder —no pude contenerme.

—Así que Alberto sabe que le has mentido, que legalmente no estás divorciada, aunque haga años que Javier y tú no viváis en la misma casa. Está al tanto, también, de que en todos estos años Javier ha entrado y salido de tu casa y de tu cama como le ha dado la gana, sin oposición por tu parte, menos en los últimos siete meses, en los que estás viviendo con Alberto y ya no le has dejado entrar.

—Joder, joder.

—Y hay algo más —prosiguió Martina.

—¿Qué más me puede pasar? —le pregunté.

—A ti no, ahora. Hay unas fotos de la inspectora Mañas bastante inapropiadas en su cuenta de Instagram. Es una cuenta secreta, con seudónimo, pero yo la tengo localizada. Quizá en algún momento te convenga utilizarlas. Y creo que es todo lo que tenía que decirte, por ahora. Si averiguo algo más, te lo cuento, pero con esto ya me debes una comida. En el Donostiarra, que ya sabes que me gusta.

El Asador Donostiarra es un restaurante caro, para mi bolsillo, y a mí no me tiraba la carne tanto como a ella, pero la necesitaba.

—Eso está hecho, te invitaré a un chuletón. Déjame que vuelva a hacerme con las riendas y quedamos —le prometí—. ¿Tienes alguna teoría sobre el caso? ¿Qué dicen tus rumores, exactamente?

—Que nadie se fija mucho en la violencia que sufren las prostitutas, ni siquiera la prensa. Roberto Martín tampoco. Lo que le interesa es el dinero público, las subvenciones que reciben los gestores de los vertederos, ahí es donde ha puesto el foco en todos sus artículos.

—¿Qué me quieres decir con eso? —le pregunté, descolocada.

—Es evidente. Una sociedad se define por lo que excluye, ¿no crees? Eso lo cuenta muy bien *Frankenstein*: nadie quiere convivir con el monstruo. —La referencia a Mary Shelley, aunque estaba de moda, con el bicentenario de la publicación de su libro, me desorientó un poco—. No vas a tener mucha ayuda con este asunto, Manuela. Si quieres resolverlo como

Dios manda tendrás que echarle una buena dosis de imaginación, y eso siempre es un problema. El sistema está creado para que no se pueda salir de él, lo sabes tan bien como yo. También puedo decirte que las gestiones que ha hecho el grupo con los especialistas del cuerpo en temas de prostitución no han dado hasta la fecha ningún fruto aprovechable. Además, debo advertirte que en ese departamento no eres especialmente popular.

—¿Y eso?

—Adivina la razón.

—Se me escapa.

—Quien lo lleva está en excelentes términos con la inspectora Rosario Mañas, que no pierde ocasión de ponerte a caldo.

—Supongo que sabrán ser profesionales, pese a todo.

—Suponer, también puedo suponerlo yo. Lo que pasa es que aquí hablamos de información, es decir, de confianza.

—Eres la segunda persona que me habla hoy de confianza.

—Por qué será.

—¿Y qué me sugieres?

—Imaginación, Manuela. Imaginación.

—Sé más explícita, anda. Estoy saliendo de una baja.

—No son los únicos que trabajan lo de la prostitución.

—¿Me estás sugiriendo...?

—¿Cómo se llamaba aquel picoleto tan *apañao* del que te hiciste amiga cuando la historia aquella del zumbado que iba matando al azar a gente en su zona y en la nuestra? El del apellido raro...

—Vila... Bueno, Bevilacqua era el apellido real.

—Invítale a comer.

—Él no se ocupa de asuntos de prostitución.

—Pero conocerá a quien lo hace. Está en su misma unidad.

—Eres una bruja, Martina.

—Qué va, una pobre jubilada inofensiva. Bueno, que sepas que me voy de vacaciones, con la familia, a Sanlúcar de Barrameda, a comer langostinos y bañarnos en la playa. Si necesitas algo, silba, aunque allí, lejos del campo de batalla, no soy muy eficaz.

—Tranquila, ya has hecho bastante. Disfruta de tus vacaciones y de tu familia —le deseé.

—¿Tú no te vas de vacaciones? —se interesó.

—Me lo apunto como tarea pendiente para el año que viene, si para entonces he conseguido recuperar el control de mi vida.

—Una siempre tiene el control de su vida, Manuela —me dijo—, incluso en el peor escenario posible. Una cosa más: cuando vayas con tu equipo a la Colonia Marconi, no dejes de preguntar por una tal Antonia Torres, es amiga mía y te ayudará en lo que pueda.

—Un solo café y me has revelado a dos de tus informadoras...

—Debo de estar haciéndome vieja.

—Gracias, Martina —le reiteré—. Sabes que no lo voy a tener nada fácil a mi vuelta. He pasado de ser un gato al acecho a ser un ratón: ahora todo el mundo se cree que puede cazarme.

—Lo sé, mucha gente quiere tu cabeza. Por eso quise quedar contigo antes: para que estés preparada. Y ojito con Galván, ya sabes que es el culpable de mi jubilación anticipada, pero no se quedó a gusto y no le importaría nada dejar lisiada a otra inspectora.

Volver al trabajo sería como nadar entre tiburones y lo sabía. Al lado de Galván, el inspector jefe Carranco me parecía un bebé de teta, aunque tampoco debía menospreciarlo: empezar con buen pie con él podría allanarme un poco el camino. Pero antes me moría de ganas de saber por qué coño el insensato de mi novio había dejado entrar a la cotilla de mi exsuegra en mi casa. Cosas de la vida, que aunque no quieras se acaban mezclando siempre con el trabajo, haciéndote sentir dentro de una madeja inextricable de preocupaciones y agobios.

En cierto modo envidiaba a Martina, sus vacaciones en familia, en Sanlúcar, comiendo langostinos y tomando el sol, paseando junto a la playa; y ella, y me constaba, en cierto modo me envidiaba a mí, que tenía el desafío de cazar al hijo de perra que había sido capaz de destrozar el cuerpo de una mujer de aquella forma. Mal mirado, aquel desalmado se merecía que cayera sobre él la misma violencia que él había ejercido sobre aquella chica, pero eso no iba a ocurrir. Unos años de cárcel y una compensación económica a la familia, si la encontrábamos, y con eso se consideraría reparado el daño. Como si un daño de aquel calibre pudiera repararse de alguna manera.

—Martina... —apelé a mi amiga antes de despedirme.

—Dime.

—¿Qué piensas de la pornografía?

A Martina pareció sorprenderle mi pregunta.

—¿A estas alturas, Manuela?

—Sí, dime qué piensas.

—No sé qué pienso, la verdad.

—¿Y de la pornografía que se filma en medio de la calle, ante la mirada de todos? —seguí preguntando.

—Céntrate en la tarea que ahora tienes por delante, y olvídate de intentar encontrarle algún sentido común a nuestra época: el mundo posmoderno en el que nos toca vivir es pura contradicción.

—¿Por qué?

—Llámalo descreimiento, desencanto, rechazo de la propia modernidad o fracaso de la razón, como quieras. Vivimos en la era del vacío, Manuela, hemos dejado de creer en un mañana mejor.

—Alberto cree en un mañana mejor —alegué.

—Pero tú y yo no, ¿verdad?

—¿Y por qué tú y yo hemos perdido la fe?

—Porque hemos leído *El poder del perro* y ya sabemos que hay guerras que no se pueden ganar, Manuela, y que hay más personas malas que buenas. Lo del vertedero tiene toda la pinta de ser un problema de fronteras, al final. De fronteras geográficas y a la vez existenciales. Si quieres resolverlo te vas a tener que colocar en una posición antipática, porque las fronteras no le gustan a nadie, salvo al crimen organizado, que su buen rendimiento les saca.

—¿Me estás hablando de una trama relacionada con la trata?

—Sabes tan bien como yo que si hablamos de prostitución casi siempre es así. Ella era extranjera, todavía no está identificada, muerte violentísima. Igual puedes pillar al cabrón que la mató, pero no llegarás al miserable que traficó con ella —sentenció Martina—. Esa guerra es interminable, no sabremos ponerle fin; ni a la trata ni a la prostitución ni a las drogas ni al crimen organizado en ninguna de sus formas. Sólo podemos solucionar males pequeños.

—¿Sabías que Miguel escribe novela policíaca?

—Sí, y parece que es bueno. Le acaban de dar un premio.

—¿Y cómo crees que lo hace?

—¿A qué te refieres? —me preguntó Martina, extrañada.

—¿Cómo crees que es capaz de escribir una historia de ficción de doscientas páginas?

—Porque se lo cree, se cree que es verdad lo que está haciendo.

—Y eso hacemos nosotros, ¿no? Nos creemos que tiene sentido cazar a un malo, aunque sea un malo pequeño. Si alguien recoge la basura, la calle se verá limpia, aunque al día siguiente se vuelva a ensuciar. No podemos dejar de recogerla: la basura es tóxica.

—Sí, y así acabaremos convirtiendo el planeta en un gigantesco cubo de basura. ¿Vas a pillar a ese cabrón? —me preguntó.

—Voy a pillar a esos cabrones —contesté.

—¿Tan segura estás de que hay varios culpables?

—No, pero por si los hubiera.

Martina y yo nos dimos un abrazo, antes de separarnos. Recordé una de las máximas de Alberto: «Reciclar o morir». Y no pude dejar de sentir que, al apartarla de su trabajo, Martina había muerto un poco, muy a mi pesar y también me temía que al suyo propio.

8

Carranco

Mi conversación con Alberto fue peor de lo que preveía y eso me hizo comenzar mi primer día de trabajo después de la larga baja con bastante malhumor. No quiso entender que estaba mal que hubiera permitido a mi exsuegra entrar en mi casa, para encima atenderla y escuchar sus reproches; que no podía dejar que invadiera de aquella manera mi intimidad y se metiera en mis cosas. Y que era peor aún que no me lo hubiera contado. Él, como ya me esperaba, estaba muy enfadado conmigo por no decirle que aún no me había divorciado formalmente y que mi relación con Javier había sido intermitente hasta que le conocí. De todas las situaciones de la vida uno puede quedarse con la parte buena o con la parte mala, según se mire. Para mí lo positivo era que, desde que estaba con Alberto, Javier no había puesto un pie en mi casa y, ahora sí, se abría sin ninguna duda la perspectiva del divorcio y podría solucionarlo en breve.

Así que estaba de malhumor cuando entré en el despacho del inspector jefe José Carranco. Mi hermana Candela me llamaba de forma insistente al móvil, pero yo no tenía ganas de hablar con ella y no había sido capaz de devolverle la llamada. A veces me ocurre, me bloqueo con la familia. Me agobian con sus problemas.

—Buenos días, inspectora Mauri, me alegra mucho tenerla de vuelta —me saludó el inspector jefe, con cierta rigidez pero a la vez muy atento.

—Gracias, a mí también me alegra volver.

—Espero que se reincorpore al equipo sin problemas, se la ha echado de menos —mintió—. Supongo que ahora necesitará unos días para ponerse al corriente, pero tómeselo con toda la calma que necesite. Cualquier duda que tenga no deje de comentármela.

En aquel momento no podía saber si ser directa me beneficiaría o me perjudicaría, pero tenía que arriesgar e intentarlo:

—Quisiera retomar con los miembros disponibles del equipo la investigación de la Operación Vertedero —dije, decidida.

Carranco alzó imperceptiblemente las cejas.

—Veo que la han puesto al día. Hemos dedicado muchos recursos a ese caso, sin ningún resultado. No tenemos identificada a la víctima y usted sabe que se necesita el círculo cercano a la víctima para avanzar en la investigación. Una víctima anónima es como un fantasma y aquí nadie sabe cazar fantasmas. No hay hilos de los que tirar en este asunto —admitió—. Además, empezamos el año con varias ejecuciones en la calle: ajustes de cuentas, uno en Somosaguas y otro en Chamberí. Cuando comienzan las muertes por venganza es difícil contener la espiral de violencia. Está siendo un año complicado y no le negaré que existe cierta preocupación por este repunte en la estadística de crímenes en la Comunidad de Madrid.

—¿Cree que esto ha sido un ajuste de cuentas? —pregunté.

—Nos consta que el ochenta por ciento de los que cometen un crimen grave han sido fichados antes por la policía, pero yo diría que este caso cae, en principio, dentro del veinte por ciento restante. No parece un asesinato por encargo, en mi humilde opinión.

—¿Y qué parece, según usted?

—Un asunto muy extraño —dijo, lacónico.

—Quiero hacer un buen trabajo, jefe. Lo necesito.

—No esperaba otra cosa de usted, su fama de bicho raro y con mal genio, pero eficaz, la precede. Ha resuelto satisfactoriamente todos los casos de homicidios en los que ha trabajado en los últimos tres años. Si hay alguien que pueda ocuparse con garantía de la Operación Vertedero es usted, de eso no tengo ninguna duda.

—Puede tutearme si lo prefiere.

—Manuela, acaba de volver. Tómese unos días para hacerse de nuevo al grupo. No hay por qué intentar arreglar todo el primer día —me dijo, en un tono amable, pero que me molestó un poco.

—No necesito esos días. Si sintiera que no estoy preparada para continuar con esta investigación seguiría de baja. Quiero retomar la operación y quisiera saber si puedo contar con su apoyo.

—Veo que va directa al grano. Mi apoyo lo tiene, inspectora Mauri, siempre y cuando me mantenga informado de todo y haga usted las cosas bien —aclaró—. Este caso no ha llamado la atención de la prensa como otros, pero no se confíe: cualquier desliz en nuestras actuaciones puede tener una repercusión mediática imprevista. El problema de la basura y su tratamiento está ahora en el centro del debate político. De aquí a 2024 la Comunidad de Madrid inyectará trescientos millones de euros para renovar las grandes plantas de tratamiento de residuos. Una ciudad es la basura que produce, entre otras cosas. Y esos residuos hay que gestionarlos, pero es un tema embarazoso que nadie tiene demasiadas ganas de remover.

—Le mantendré informado de todo. Se lo prometo.

Carranco suspiró, con resignación.

—Puede usted retomar la investigación, inspectora, aunque para serle sincero tengo mis dudas de que pueda añadir nada nuevo. No hay ninguna estrategia, no hay novedades, no hay testigos, no hay ninguna desaparición que coincida, no tenemos aún identificada a la víctima y no están fichados los hombres que mantuvieron relaciones sexuales con ella y de los que hemos encontrado el ADN.

Daba su aprobación con una seguridad y una tranquilidad que me hicieron pensar que se esperaba mi solicitud y que ya la había debatido con sus superiores. Eso me hizo preguntarme por qué no les importaba que yo llevara aquella investigación. Quizá porque no esperaban que tuviera éxito. Quizá porque mientras me ocupaba de un crimen sin esperanza de resolución dejaba de molestar.

—Soy consciente de todo lo que «no» sabemos —le reconocí—. Pero hay algunas cosas que «sí» sabemos.

Me miró extrañado.

—¿Y cuáles son esas cosas, si se puede saber?

—Normalmente, podemos reducir los homicidios a dos grandes grupos: premeditados e improvisados. Los homicidios improvisados suelen caracterizarse por la falta de profesionalidad y tenemos parte de un cadáver con ADN de tres tíos en la vagina de la muerta; no los tenemos identificados, eso es verdad, pero en cuanto consigamos cruzar alguna muestra será un caso sencillo de resolver, porque los muy idiotas se han dejado en el cuerpo del delito su carnet de identidad. No es un homicidio profesional, eso hace improbable el móvil económico o la relación con el crimen organizado. A mi juicio aquí hay una chapuza. Alguien se ve en unas circunstancias que no conocemos con un fiambre y quiere librarse de él y piensa que lo mejor es tirarlo a la basura. La basura que viene a ser la metáfora de nuestro derrumbe moral como ciudadanos, ¿no le parece?

El inspector jefe Carranco pareció dudar de mi cordura.

—Estoy de acuerdo en la falta de profesionalidad, no parece un homicidio metódico y premeditado, pero no sé si el asesino o los asesinos, al descuartizar el cadáver para deshacerse de él, pensaban en nada que tuviera que ver ni remotamente con la moral.

—La moral tiene dos naturalezas, jefe, una pública y una privada —respondí—. Quienquiera que fuese el que le quitó la vida a esa pobre muchacha, lo único que buscaba al descuartizarla era salvar el pellejo, haciendo desaparecer sin más la prueba de su crimen.

—Sí, no pretendía redimirse, sino librarse —asintió Carranco—. ¿Sabe qué es lo que me llama la atención, Manuela?

Reconozco que no me esperaba aquella pregunta retórica.

—¿Qué?

—Que no hay nadie, absolutamente nadie, presionando para que resolvamos este crimen. Es como si lo que interesara fuera justo lo contrario: que lo dejemos pasar, que nos olvidemos de él...

—Que tiremos la toalla.

Carranco y yo nos miramos. Mi opinión sobre él cambió en ese momento. Ya no me parecía un pelele que había hecho méritos para prosperar en la carrera, sino un policía perspicaz y sibilino. Vino a mi cabeza el recuerdo del detective McNulty, de *The Wire*. Carranco, como él, se gustaba mucho. Pero no era malo en su trabajo.

—Imagino que los que se ocupan de la gestión de los vertederos estarán nerviosos con este asunto, pero puede tranquilizarlos: estoy segura de que nuestro trabajo allí ha terminado —le dije.

—No hemos encontrado aún todos los restos del cadáver.

—No los necesitamos. Lo que necesitamos es poder identificar a la víctima y poder cruzar el ADN de los tres tipos que se la tiraron, nada más, y eso no lo vamos a conseguir allí. Estamos trabajando con la hipótesis de que la víctima era una prostituta no identificada, ¿no? Vamos a seguir por ahí, hasta donde podamos llegar.

—Desde que aparecieron los restos del cadáver no hemos tenido ninguna denuncia por desaparición y ninguna de nuestras fuentes habituales nos ha dicho nada. Tampoco los compañeros que llevan las investigaciones de trata nos han podido aportar pistas.

—Lo sé, pero debemos pensar más allá. Tenemos el binomio homicidio-prostitución, lo que en condiciones normales quiere decir que ha podido ser un cliente o un proxeneta. La prostitución es un negocio muy lucrativo, me inclino más a pensar que ha sido un cliente. Salvo que se produzca alguna situación extraordinaria con alguna de las chicas, por ejemplo, que esté pensando en poner una denuncia, ¿quién va a atentar contra sus propios intereses?

—Entonces, según usted, un cliente descontento o demente ha matado a esa pobre muchacha.

—O varios. Me parece lo más probable. Sin excluir lo otro.

—Ya. ¿Y cómo piensa usted dar con los clientes de la víctima, si ni siquiera sabemos cómo se llama ella? —preguntó.

—Haciendo lo que hay que hacer —fue mi respuesta.

—Y, según usted, ¿qué es lo que hay que hacer que no hayamos hecho ya, Manuela?

—Para averiguarlo sí que necesito algo de tiempo y un par de gestiones, de cuyos resultados le informaré puntualmente.

—No me opondré a ello. Puede abrir esa nueva línea, no se lo voy a impedir. Trabajará usted con el subinspector Gutiérrez.

Tardé en caer en quién me decía.

—¿El subinspector Rafael Gutiérrez? ¿Por qué? Me las arreglo perfectamente con el subinspector Sergio, Guadalupe y Miguel.

—Gutiérrez ha asumido las funciones de la inspectora Mañas durante sus vacaciones. Trabajará en esto con usted.

—No me siento capaz de soportar el buen humor permanente del subinspector Gutiérrez —le confesé a Carranco.

—Pues tendrá que acostumbrarse a él, Manuela.

Y ahí quedó nuestra conversación: yo retomaba la investigación y Gutiérrez, el policía más musculoso del grupo y que parecía uno de aquellos muñecos de mi infancia, el Big Jim, me hacía de niñera. Necesité salir a la calle un rato para airear mi cabreo, porque yo era capaz de conseguir solita toda la información que necesitaba para avanzar en el caso, y Carranco había adoptado conmigo una actitud paternalista que me enfurecía como un perro rabioso. Pero donde hay patrón no manda marinero, así que recordé mi compromiso con Mamen, acepté aquellas condiciones y saqué el móvil para llamar a Candela, a ver qué tripa se le había roto. Mi sorpresa fue mayúscula cuando me dijo que David, mi hijo mayor, estaba en su casa y que tenía la firme determinación de no volver a la mía mientras Alberto viviera conmigo. Jamás había notado ningún tipo de tensión entre Alberto y él. De hecho se llevaban muy bien, hasta entonces.

—Pásamelo —le pedí a mi hermana.

—No soporto a tu novio —me dijo mi hijo, muy impertinente.

—David, ¿qué pasa?

—No quiere a Maggie.

—¿Y te marchas de casa porque a mi novio, como tú le llamas, no le gustan los perros? —le pregunté.

—¡A todo el mundo le gustan los perros, mamá!

—David, tengo muchos problemas. ¿Quieres ayudarme un poco?

—Si no le gusta nuestra perra no le gustamos nosotros.

Volvía al trabajo después de siete meses de baja y mi hijo mayor, que era tan tocapelotas como su padre, lo sabía; y no le importaba lo más mínimo generarme aquel problema por una razón tan ridícula como que a su padrastro no le gustaban los perros. Me sentía idiota hablando por teléfono con él, tenía mucha tarea que organizar con mi equipo, pero hice mis mejores esfuerzos por arreglar las cosas con mi primogénito, aunque tuviera ganas de sacarle los ojos.

—David, hijo, ¿existe alguna posibilidad de que entres en razón, vuelvas a casa y dejes de molestar a tu tía? —le pregunté.

—Estoy siendo muy razonable —me dijo, muy digno—. Odio que me obligue a reciclar la basura, ¡es un puto maníaco!

—David, todos tenemos que reciclar, es nuestra obligación como ciudadanos, es ilegal no hacerlo... —Sabía que Alberto machacaba mucho a los niños con la separación de la basura doméstica, algo a lo que antes de su llegada no estaban nada acostumbrados.

—¿Y no es ilegal currar veinte horas al día, como haces tú? —me reprochó—. Siete días a la semana, disponible veinticuatro horas al día. Sin vacaciones, ni navidades ni días de fiesta. ¿Eso no es ilegal, mamá? Y cuando tenías que irte, era por «el hijo puta del jefe», nos decías, como si Rodrigo no estuviera conchabado contigo.

Aquello era ya fuego graneado. No podía consentirlo:

—Mira, chico, quédate con tu tía todo lo que quieras. Ya volverás cuando te interese. —Y le colgué, sin más explicaciones.

No se puede ceder al chantaje, nunca, y menos cuando es tu hijo quien te quiere extorsionar. La buena de su tía no aguantaría demasiado aquella situación. Tener a David en su casa insultando a mi novio era un triunfo que Candela disfrutaría, pero se trataba de una victoria momentánea. Pronto David molestaría en su vida perfecta, con su marido y sus hijos ideales, esos que tocaban el violín y sabían con quince años manejarse en cuatro idiomas. David no era así, no era perfecto ni tampoco yo quería que lo fuese, era un adolescente normal, maleducado, haragán, que sólo leía manga y se pasaba el día jugando a los videojuegos. Candela no lo aguantaría mucho, ni David tampoco. David estaba habituado al desorden de mi casa: vivir en una casa como la de Candela, donde todo tenía que estar siempre en su sitio, sería una pesadilla para él. Era cuestión de tiempo que regresara, con el rabo entre las piernas, al lugar al que pertenecía. Mientras tanto, lo mejor era mostrarme indiferente: ya se ocuparían tía y sobrino de sacarse los dientes entre ellos.

A los dos minutos Candela volvió a llamar, pero no lo cogí, y tres minutos después recibí varias llamadas de Alberto, que imaginé que estaría frenético y al que también decidí no atender. Pensé que lo mejor era quitarle importancia y que el entuerto se arreglara solo, como suelen arreglarse todos los problemas pequeños que la vida te va presentando, si tú misma no te ocupas de engordarlos.

«No atiendas más llamadas personales, Manuela —me dije—, sólo trabajo. Tu prioridad ahora es el trabajo.» Ese había sido siempre mi talón de Aquiles: el trabajo siempre tenía preferencia, siempre era lo primero. Así había conseguido que se me descompusieran muchas de las cosas importantes de mi vida, desde la relación con mis hijos hasta mi matrimonio. Pero a la vez era mi única salvación no sólo en aquel momento, sino en todos los de zozobra.

Reuní al equipo. Le pedí a Guadalupe que trajera toda la información del caso y la dejara en lugar visible para que pudiera leerla con calma; Miguel se declaró dispuesto a ayudar en todo lo que yo necesitara y le dije que no tardaría en darle instrucciones, que me dejara aterrizar y siguiera de momento con lo que estaba.

Sergio se mostró conciliador y, aparte, me hizo

saber, por si yo tenía alguna duda, que en la guerra entre Rosario y yo él no tomaba partido por ninguna y obedecería fielmente las órdenes de las dos. Pensé que la experiencia y el buen hacer de Sergio podrían ser útiles para mis propósitos, aparte de servir de contrapeso frente al único miembro del equipo que formaba parte de él contra mi deseo.

Dejé para el final la conversación menos apetecible para mí: tenía que explicarle al subinspector Rafael Gutiérrez por qué, a partir de ahora, íbamos a ser uña y carne. La decisión había sido del inspector jefe Carranco, no mía, y los dos tendríamos que acatarla, nos gustara o no. El subinspector Gutiérrez, entre otras cosas, había sido uno de los varios líos sexuales de Rosario. No iba a ser fácil la convivencia con él, pero lo primero que tendría que dejarle claro era que no se le ocurriera ponerme la mano encima. Bajo ningún concepto.

9
Gutiérrez

Me pareció mejor que el subinspector Gutiérrez y yo habláramos en un entorno que nos permitiera a ambos expresarnos con la mayor sinceridad. Por eso le propuse que saliéramos a tomar un café en un bar cercano. Asintió sin oponer la más mínima resistencia, como si estuviera esperando una propuesta así. Recogió su teléfono móvil y su mariconera y se puso a mi disposición. Una vez en el bar, busqué con la mirada el rincón más apartado y le pregunté qué era lo que quería tomar. Con su cortado y mi café con leche fuimos a la mesa, nos sentamos y, antes de romper el sobre del azúcar, le espeté:

—Me han impuesto trabajar contigo, Gutiérrez.

—Lo sé —dijo—. Puedes llamarme Rafael. Lo prefiero.

—Está bien, Rafael. Quería decírtelo para que no empecemos con un resquemor oculto por mi parte. Me gustan las cartas a la vista.

—Es mejor así. Te lo agradezco.

Lo vi tranquilo. Demasiado tranquilo, quizá.

—¿Y tú?

—Yo qué.

—¿Vas a poner tus cartas sobre la mesa o no?

—¿A qué te refieres?

—¿Te han encargado alguna misión respecto de mí?

—Que me ponga a tus órdenes.

—Rafael, sería bueno que pudiera creerte.

Por primera vez me pareció ligeramente tenso.

—Esas son mis instrucciones. Es más, así es como van las cosas: tú eres inspectora, yo subinspector; haré lo que tú digas, salvo que me propongas cometer algún delito. Que no creo que sea el caso.

Le miré dentro de los ojos.

—Vamos a entendernos, anda.

—Lo que te digo es verdad.

—Lo que me interesa es lo que te estás callando.

Me aguantó la mirada. El subinspector Gutiérrez, aunque tuviera el hábito de dilapidar varias horas a la semana esculpiendo unos músculos que no le pagaban por lucir, no era ningún imbécil.

—Está bien. No voy a ocultártelo. Carranco me ha pedido que si observo en tu comportamiento alguna anomalía, se lo haga saber. No me parece nada raro, ni reprobable, vistos los antecedentes.

—¿Qué antecedentes? Ilústrame.

—Sales de una baja de siete meses. Psicológica.

—Dime, Rafael, ¿crees que soy una tarada?

—No, no lo creo. Pienso en cómo me habría quedado yo si...

Se quedó callado de pronto.

—Si qué —le animé.

—Si hubiera encontrado a mi novia con...

Volvió a interrumpirse.

—No te calles. Con los sesos esparcidos por el despacho. Así fue como me encontré a Rodrigo. Tengo que vivir con ello el resto de mis días, así que he optado por llamar al hecho por su nombre.

—No quería ser tan truculento.

Me gustó su gesto al decir aquello. No era un mal chico.

—Y eso es todo —recapitulé—. Que Carranco te ha pedido que observes si la psicóloga me ha dado el alta antes de tiempo.

—Básicamente.

—Dime, mirándome a los ojos, que Galván no te ha encargado ninguna misión suplementaria.

—Galván es comisario. Está a varias galaxias de donde yo estoy. No creo haber cruzado con él más de diez palabras en mi vida, y probablemente más de la mitad eran «jefe» y «a la orden».

—Tampoco has hablado del asunto con la inspectora Mañas.

Gutiérrez pensó por primera vez, despacio, lo que iba a decir.

—No, no he hablado. La noticia de tu reincorporación corrió como la pólvora, como te puedes imaginar, pero ahora mismo Rosario está de vacaciones en Asturias con sus hijos y no le ha parecido necesario llamarme para comentar el asunto. Nos intercambiamos un par de wasaps cuando supimos de tu regreso a la Brigada.

—Sólo un par de wasaps...

—¿Quieres verlos? —ofreció, muy seguro de sí mismo.

—No, no quiero verlos. No tengo ningún derecho a fisgar en vuestras intimidades, y nadie me asegura que no haya otros. Lo que quiero averiguar, Gutiérrez, porque sabes que sé, es si voy a poder trabajar bien contigo o si tengo que cuidarme de que en mi equipo haya alguien que no está implicado al cien por cien con el objetivo que debe movernos, y que en este caso se resume en sacar adelante una investigación que ha entrado en vía muerta bajo la dirección de la inspectora Mañas, con quien tienes notoria proximidad personal. Es decir: si tus esfuerzos y tus energías vas a repartirlos con alguna otra tarea; legítima o ilegítima, eso para mí es lo de menos.

No podía serle más franca. No quería perder el tiempo jugando al escondite. No con lo que tenía entre manos, y que era algo más que encontrar al autor o autores de un homicidio: se trataba también de mi vuelta a la maquinaria a la que pertenecía, como una pieza digna del respeto ajeno y capaz de aportar algo valioso. Gutiérrez apuró su cortado, se limpió la comisura de los labios y preguntó:

—¿Puedo llamarte Manuela?

—Puedes llamarme como te plazca. Manuela, jefa o Lilí Marlén. Lo que quiero saber es si puedo fiarme de ti.

—Prefiero llamarte Manuela. Quiero que sepas algo: soy un tío leal, trato de ser profesional y sé distinguir. La relación al margen del trabajo que haya podido existir entre Rosario y yo...

—En esta conversación puedes ahorrarte el subjuntivo.

—Está bien, la relación que hubo entre Rosario y yo no me crea ninguna deuda profesional con ella, y ella lo sabe. Porque no puede ni debe ser así, y porque en esta casa cada uno tiene su camino y ese camino pasa por ser compañero, ante todo, de quienes se la juegan contigo en cada momento. Lo tengo claro y espero que ella lo tenga claro también, y si no, peor para ella, a mí no me va a afectar.

—¿Voy a poder confiar en ti entonces?

—Como espero poder confiar yo en mi jefa, que eres tú.

—No voy a creerte así sin más. Voy a estar vigilándote.

—Vigílame. No me importa. Pero si no te doy motivos, espero que sepas también ser justa y reconocérmelo.

—Me gusta ser justa, si puedo. Y procuro poder.

—Con eso a mí me basta.

—Bien entonces.

El subinspector Rafael Gutiérrez se echó atrás en el asiento.

—¿Y qué es lo que vamos a hacer? ¿Qué es lo que mandas?

Sonreía. Creí que podía sonreírle yo también.

—Todavía no mando nada. No soy una insensata. Todo lo que sé de nuestra muerta es lo que me ha contado Guadalupe y lo que me ha dicho Carranco en nuestra entrevista de bienvenida. Tengo para hacerme una idea general y preliminar, pero no para ponerle tareas a nadie. Déjame un par de horas y al final de la mañana os reúno a todos y empezamos a plantear por dónde vamos a llevarlo.

—Me parece muy bien —acató—. Yo me he incorporado al caso *a posteriori*, como tú, pero si al mirar el expediente te surge alguna duda y crees que puedo serte de alguna utilidad, silba y acudiré.

—Me parece que me falta aún un poco para tener ganas de volver a silbar —le reconocí—. Pero muchas gracias en todo caso.

—A tu disposición, es lo que quería decirte.

En ese momento me di cuenta de que se me olvidaba algo. En cierto modo estropeaba el buen punto al que habíamos llegado, pero soy una mujer forjada en el deber de hacer lo que ha de hacerse.

—Una última cosa, Gutiérrez.

—Rafael —me corrigió.

—Vale. Rafael. No te lo tomes a mal, pero quiero que sepas que tengo novio, que estamos bien y que con mi trayectoria no me queda ni puta gana de volver a liarme con un policía. Si alguna vez tienes la tentación de interpretar alguno de mis gestos, palabras o silencios de otro modo, véncela. Será en todo caso una falsa impresión.

—Soy perfectamente capaz de no liarme con mi jefa, inspectora.

—De que no te vas a liar ya estoy segura yo. Digo ni intentarlo.

—Ni intentarlo.

Asentí, complacida.

—Todo bien entonces. Volvamos al grupo.

No se me escapó la atención, bastante más intensa de lo normal, con que nos miraron Miguel, Guadalupe y Sergio cuando Gutiérrez y yo regresamos a la oficina que ocupaba el grupo. Tampoco me pasó inadvertida la impresión de alivio que les produjo comprobar que nuestro aire era relajado y natural, o más relajado y natural de lo que los tres habían previsto. Me acerqué a la mesa de Guadalupe, le tomé prestado el grueso archivador en el que almacenaba toda la documentación de la Operación Vertedero y lo trasladé hasta mi mesa. A continuación, encendí mi ordenador, temiéndome que los siete meses de inactividad lo hubieran dejado tieso. Sus circuitos, sin embargo, resucitaron rápida y silenciosamente. Cuando apareció la ventana en la que debía introducir mi usuario y contraseña dudé cuál era la última que había utilizado. Al final me acordé, pero dio igual: estaba caducada y debía introducir una nueva. Después de pensármelo durante unos pocos segundos, tecleé con decisión los caracteres que en adelante me identificarían: D1anaCaz.

Buceé sin mucho interés en el océano de mensajes de correo electrónico pendientes, en su inmensa mayoría notificaciones oficiales y comunicaciones genéricas. Lo que de verdad me reclamaba era otra cosa: abrir el archivador y sumergirme en los informes y diligencias de la pesquisa que había de servirme para reconectar con el mundo. Me puse a ello con aplicación durante la hora y media siguiente. Los meses de inactividad no me habían quitado el hábito de separar el grano de la paja, tan útil para todo en la vida, en general, pero en especial a la hora de examinar un sumario o una carpeta policial. Aparté sin pestañear todo el papeleo que no era más que burocracia inerte y me centré en lo que de verdad contenía material relevante para la investigación. En este caso, no era demasiado. No había una escena del crimen, no había entorno de la víctima, ni siquiera, por no haber, había otras circunstancias personales de esta que la reseña de sus restos corporales, encima incompleta. Hasta la estatura, 1,65 metros, era el fruto de una estimación, a partir del mecano que se había podido completar con lo que de ella había aparecido. Presté atención a las diligencias de interrogatorio de los empleados de los dos vertederos que encontraron sus trozos, una de ellas practicada por los nuestros y la otra por la Benemérita, y no pude evitar sonreír al apreciar el distinto estilo de unos y otros. A los guardias civiles siempre se los veía, hasta en los más nimios detalles, deliciosamente serios y hasta un punto envarados. Por lo demás, eran meticulosos y buenos observadores, ni más ni menos que los nuestros. Incluso a la hora de interrogar a unos operarios que, más allá de dejar patente su espanto al ver llegar en la cinta un pedazo de persona, no podían aportar datos muy esclarecedores sobre el hecho criminal.

Me detuve también en las autopsias, en plural, porque antes de atar cabos un forense de Madrid había examinado la cabeza y al de Pinto le había tocado examinar el resto. Dejando aparte tecnicismos y palabrejas que sólo son de interés para los especialistas o para esos listillos que quieren demostrarte que han estudiado, lo que de los informes forenses se desprendía era que la mujer había sufrido una serie de golpes antes de morir, asestados por un varón o por una mujer en buena forma física; que había intentado defenderse, como lo probaban las lesiones de defensa que presentaba la única mano que se había hallado, casualmente la derecha; y que la causa más que probable de la muerte era la asfixia por estrangulamiento. El examen de su cavidad vaginal y las muestras de material genético obtenido, como ya me había adelantado Guadalupe, probaban que había mantenido relaciones sexuales sin protección con hasta tres hombres, y había indicios para especular con que al menos alguna de ellas se había producido con violencia por parte del agresor y una resistencia decidida por parte de ella. Además de un asesino o unos asesinos, buscábamos a un violador o unos violadores.

El equipo había documentado también, con razonable detalle, las actuaciones que habían llevado a cabo con informadores y sobre el terreno en la Colonia Marconi y otros escenarios habituales de la prostitución de origen africano, así como el intercambio de información con la unidad especializada en delitos de trata y explotación sexual. Llamaba la atención que de todo ese trabajo realizado no se desprendiera ni un solo indicio concreto. Todo lo que habían podido recoger era un puñado de vagos rumores basados en testimonios de fuentes consideradas de baja o nula credibilidad. O lo que es lo mismo: los artistas del bulo libre, elaborado sobre la marcha para tratar de complacer al policía y con un poco de suerte sacarle unos eurillos de estipendio con los que pagarse un par de vinos.

Había, además, varios informes de situación dirigidos en distintas fechas a la autoridad judicial, en los que reconocí, antes de llegar a la firma, la prosa característica de Rosario Mañas. Los policías, que por lo común, y por la cuenta que les trae, acaban siendo con el tiempo narradores medianamente solventes, se dividen a efectos literarios en dos grandes grupos: los que tienen buena pluma y los que escriben como el culo. Aunque me fastidiara, tenía que reconocer que Rosario pertenecía a los primeros, y que demostraba, además, una singular inteligencia a la hora de escoger lo que decía, y cómo lo decía, y lo que callaba, y cómo lo callaba. Con todo, no pude dejar de advertir, con una íntima satisfacción, que los primeros informes estaban bastante más currados y que en los últimos se había dejado llevar en parte por la facilidad y la inercia, quizá en la convicción de que la investigación, sin nadie que estuviera dando la lata para sacarla adelante, en ausencia de parientes de la difunta y de interés por parte de los medios, no exigía que se empleara a fondo.

Después de procesar todo este material, con una voracidad y a un ritmo que me delataron hasta qué punto echaba de menos mi labor, me sentí en condiciones de convocar al equipo para hacer la puesta en común y tratar de esbozar una estrategia con la que ordenar los siguientes pasos de la investigación. Antes de llamarlos, y con el único propósito de mirar la hora, consulté mi teléfono móvil, que tenía silenciado. Fue entonces cuando advertí que tenía una ristra interminable de wasaps, tanto de Alberto como de mi hermana Candela. Entre los de esta había varias notas de voz. Me dio pereza leer todo aquello y escuché sólo la primera nota de voz. Era mi hijo David, contrito, pidiendo perdón por su salida de pata de banco y diciéndome con tono lastimero que quería hablar conmigo.

Comprendí que antes de seguir jugando a hacer justicia tenía que perder cinco minutos atendiendo a mi familia. Haberlos dejado a su suerte durante tres horas les había hecho perder buena parte del gas, a juzgar por cómo me sonaba mi hijo, por lo que había buenas perspectivas de encajar las cosas, o empezar a encajarlas, sin que me llevara demasiado tiempo. Llamé primero a mi hermana. Su voz, con un deje ostensible de irritación, entró directa en la línea.

—Vaya, al fin te dignas.

—Ando en la lucha contra el mal. Tiene sus tiempos, lo siento.

—Ya.

—¿Qué? ¿Cómo está el hijo pródigo?

—Desinflado. Te ha funcionado el truco.

—No era ningún truco, no podía.

—Pues bueno, que sí, que vuelve a casa, pero que quiere quedarse a comer aquí hoy y jugar un rato con el primo, si no te opones.

—No me opongo.

—¿Cuándo vienes a por él?

—¿Sobre las seis?

—Por mí bien. Le pregunto a él.

—Si quiere estar más, me mandas un mensaje.

—Vale. ¿Todo bien por ahí?

—Inmejorablemente.

A continuación llamé a Alberto. Aguanté el chaparrón de su enojo por no haber respondido sus wasaps, le anuncié que todo estaba arreglado y que iría a recoger al niño a casa de mi hermana. Luego, sin darle tiempo a replicar, le dije que me llamaba el jefe, le mandé un beso, corté de cuajo la comunicación y abrí mi agenda.

10
El equipo

Podía hacer dos o tres años que no hablaba con él, pero confié en que aquel siguiera siendo su número. Por muchos motivos, no sólo por conservar el contacto con las fuentes, a los investigadores criminales no nos interesa cambiar de teléfono muy a menudo. Al cabo de tres tonos, escuché la que pude reconocer como su voz.

—Hombre, compañera, cuánto tiempo.

—¿Cómo estás, mi brigada?

—Más viejo. Y en el peldaño último de mi carrera. Ahora soy subteniente, no hace falta que me felicites muy efusivamente porque eso significa que ya no ascenderé más y la diferencia de salario no es como para andar pensando en ir a fundírmela a Las Vegas.

—Me permito felicitarte de todas maneras, por el ascenso y por conservar el humor.

—Qué otra manera hay de sobrellevar la tragedia humana.

—Oye, me gustaría verte.

—¿Y eso? ¿Qué he hecho yo para merecer semejante honor?

—Quiero hacerte una consulta. ¿Cuándo puedes comer?

—A partir de mañana, dudo que antes de diez días. Me subo a un avión a primera hora para remover un marrón que tenemos desde hace años en Canarias. Sin mucha esperanza, pero sabes que somos cabezones y que la religión benemérita prohíbe abandonar.

—Diez días...

—Podría comer hoy. Si te das prisa en invitarme.

—¿Hoy? —Miré la hora—. ¿Sobre las dos y media?

—Creo que llego, si no me pides que salga de la provincia. Así que ya sólo te falta decirme dónde.

Pensé sobre la marcha. La idea me vino al vuelo.

—¿Conoces Chicote?

—Todo el mundo conoce Chicote. ¿Ahí dan de comer?

—Dan. Si no eres vegano.

—Por quién me tomas. Soy una antigualla.

—¿Ahí a las dos y media?

—Hecho, inspectora. Me has despertado la curiosidad.

—Gracias. Te debo una, por lo menos.

—Qué va. Todo por la patria. Hasta dentro de un rato.

Por asegurar, llamé a Chicote para confirmar lo que ya sabía: que tendrían mesa para dos a las dos y media aquel mismo día. Si quería llegar puntual, y bajo ningún concepto me parecía de recibo tener esperando a mi compañero después de mostrarme tan generosa disposición, contaba con apenas una hora para poner en común con el equipo mi análisis preliminar de nuestro caso. Como la oficina permitía convocarlos a todos con una voz, lo hice sin demora:

—Señores, todos a la mesa de reuniones. Ya.

Era una mesa larga, en la que llegado el caso, que a veces llegaba, podía reunirse a celebrar tormenta de ideas una docena de personas. Los cinco que estábamos manteniendo la posición en aquel julio de calor inclemente, como era siempre julio en Madrid, no llegábamos a llenar la mitad del espacio disponible, por lo que todos pudieron extender a placer carpetas, blocs y demás accesorios. Me instalé en el puesto que por jefatura me correspondía, la cabecera. Amontoné a un lado las carpetas que acababa de examinar y los observé durante un segundo antes de tomar la palabra. Con unos congeniaba más y con otros menos, pero eran todos gente competente y con cabeza. De lo contrario, ninguno de ellos habría podido llegar allí, a un grupo especializado de policía judicial, encargado de perseguir los delitos más graves en la capital de España y las ciudades que la rodeaban. No debía permitirme olvidarlo, antes de tratar de dirigirlos.

—Muy bien —dije—. Creo que me he instruido con todo lo que los papeles permiten averiguar, que es bastante, porque quienes los han hecho conocen, quiero decir, conocéis el oficio policial, pero a la vez no demasiado, porque la historia que nos ha caído en suerte no nos lo pone fácil. Antes de empezar a ordenar el trabajo y trazar la estrategia me gustaría que cada uno me dijera cómo lo ve, más allá de lo que he leído en el expediente. En el orden que queráis.

Se miraron unos a otros. Hay algo sintomático en la forma en que en un grupo de más de tres personas, incluso adultas y curtidas, se producen espontáneamente dinámicas escolares, como esa por la que nadie sale nunca cuando se pide un voluntario para la pizarra. Como no andaba sobrada de tiempo, escogí sin más yo:

—Guadalupe. ¿Qué te preocupa que no me contaras el otro día?

La oficial se removió incómoda en el asiento. Mis palabras no sólo desvelaban el influjo de su iniciativa en mi regreso, sino que podían dar a entender una complicidad excesiva e indebida entre ambas. Quizá por eso, para que nadie interpretara que tenía yo el menor afán de esconder su visita, decidí ser quien la revelara y darle la ocasión de decir hasta donde me había puesto al corriente.

—Yo... creo que tengo poco más que añadir —dijo—. Ya te conté en líneas generales cómo lo veo, y todos los pormenores los tienes en el expediente, quizá sea mejor que los demás te digan...

—Dame tu titular, Guadalupe —le pedí—. Aunque creas que te repitas. Para que todos sepamos por dónde va cada uno.

—Sigo creyendo que el perfil más probable es el de una prostituta sin papeles, que no llevaba aquí demasiado tiempo. Por eso, y por el miedo habitual en ese mundo, nadie ha denunciado su desaparición y tenemos que partir absolutamente de cero. Al único al que le interesaba, su proxeneta, muerta no le vale para nada. Así que ha asumido la pérdida como un accidente normal del negocio y no hay que esperar que él ni nadie que de él dependa nos ilumine.

—¿Perfil del autor?

Guadalupe respiró hondo. Sonó decidida.

—Cliente o clientes con los que algo se torció. No fichados, o al menos sin rastro en nuestras bases de datos de ADN, lo que viene a ser bastante parecido, al final. Dejaría como posibilidad muy remota que hubiera sido el propio chulo el que se la haya cargado.

—¿Y los demás, qué decís?

Nuevo silencio, nuevo titubeo colectivo. Atajé otra vez:

—Rafael. Tú has llegado el último, así que eres el que tiene los ojos más limpios. Dinos qué es lo que ven, si es que ven algo.

Gutiérrez no pareció acoger con demasiado alborozo que le diera la palabra. Tal vez había contado con que atendiendo a la jerarquía le dejara para el final. Respondió sin embargo con disciplina.

—Guadalupe ha expuesto, resumida, la que viene siendo desde hace tres meses la hipótesis del grupo —dijo, muy formal—. Es lo que, a grandes rasgos, la inspectora Mañas ha reflejado también en los informes elevados hasta ahora a la juez. Es lo más congruente con las causas de la muerte, la tipología de lesiones que presentaba la víctima y los restos biológicos hallados en el cuerpo. La edad de la difunta, poco más de veinte años, la procedencia y el conjunto de circunstancias, incluida la falta de denuncia de la desaparición, nos hacen pensar con muy alta probabilidad en una inmigrante ilegal objeto de trata. Un escarmiento a cargo de la propia organización que había traficado con ella, por desobediencia o cualquier otra falta contra las reglas, habría adoptado tal vez una forma menos casual. Cabe suponer que habrían sido más metódicos y resolutivos, pero yo tampoco lo descartaría. A veces les interesa dar una paliza y vejar y violar a las que no se someten para que el resto tome nota.

—Ajá —aprobé su resumen, por lo demás razonado y prudente—. Y vosotros dos, ¿qué me decís? Vamos, no me obliguéis a elegir.

Miguel alzó la mano. Le invité a hablar.

—Sin contradecir lo que se acaba de exponer, hay un detalle que me choca. Por muy recién llegada que fuera, por mucho que los que la explotaran hayan hecho saber que no tienen mayor interés en que su muerte se esclarezca, en tanto que pueda perjudicar al negocio, entre las chicas que están en la calle hay una solidaridad natural. Es muy extraño que ninguna de las que hemos entrevistado nos haya dicho nada, y más extraño aún que no les hayan dicho nada a las trabajadoras sociales que andan por los barrios. Como aquella que vimos en la Colonia Marconi, cómo se llamaba, Antonia...

—¿Antonia Torres? —apunté.

—Eso, Antonia Torres —confirmó.

—¿Quién habló con ella?

—Rosario —anotó Guadalupe—. La acompañé yo. El informe de la entrevista está en la carpeta, a lo mejor se te ha pasado...

—No, no se me ha pasado, por eso sé el nombre —dije—. Pero el informe escrito dice muy poca cosa. ¿Me lo puedes ampliar?

Guadalupe hizo memoria.

—Es que no había mucho más que reseñar, si quieres que te diga la verdad. Es una mujer de armas tomar, con el carácter que hace falta para estar ahí, ayudando a esas chicas, que implica jugársela a diario con sus chulos. No era alguien que se mordiera la lengua, eso te lo puedo asegurar, ni me pareció que hubiera dejado de decirnos lo que fuera si hubiera tenido alguna información. Nos contó que conocía a muchas de las chicas, incluso por su nombre, o el que le decían que era su nombre, pero que no podía descartar que entre las que no controlaba hubiera desaparecido alguna. Que nadie le había ido con una historia así. Prometió preguntar y decirnos.

—¿Y?

—No sé si preguntó algo, pero nunca nos llamó.

—¿Y nadie fue a ver si había averiguado algo?

Guadalupe bajó la mirada.

—La verdad es que no. Rosario se quedó con su contacto, salvo que ella la llamara... Pero a mí no me consta, al menos.

—A mí tampoco —intervino por primera vez el siempre taciturno y precavido subinspector Sergio Gallardo.

—¿Y tú, subinspector, qué me dices? ¿Estás con Miguel?

Gallardo se tomó su tiempo antes de contestar.

—Sustancialmente, sí.

—Desarróllamelo un poco, anda —le pedí.

—Es muy poco común que una prostituta desaparezca y ninguna de las que se dedican a esa actividad, en todos los lugares donde las hay de su mismo origen, que nosotros sepamos, tenga ni la menor idea de quién era ni sepa dar razón de cuándo o con quién se fue. De hecho, su costumbre es justo la contraria: anotar las matrículas de los coches a los que se suben sus compañeras, casi por sistema. No digo que con eso vayan a la comisaría siempre a la menor sospecha, pero lo normal sería que media docena de maderos preguntando durante días por todas partes hubiera dado, antes o después, con alguna que se acordara de algo y hasta de alguien. Este silencio tan impenetrable y tan unánime es inusual y sospechoso.

—Sospechoso de qué. Mójate.

—Alguien les ha dicho que tengan el pico bien cerrado. O nuestra hipótesis principal, por raro que parezca, es una puta mierda y la chica responde a otro perfil, completamente diferente.

—¿Qué perfil podría ser ese?

—Hay turistas de color. No todas las africanas están muertas de hambre. No todas las africanas vienen de África. La chica estaba desnuda, no tenía tatuajes ni ningún signo característico. Podía ser cualquier cosa. Lo único que nos consta es que era negra.

—¿Una turista cuya desaparición no denuncia nadie durante tres meses? —dudó al punto Gutiérrez, mientras arrugaba la nariz.

—Sólo era un ejemplo. Pero por qué no. Hay chicas peleadas con su familia, hay huérfanas, fugitivas, aventureras. No lo sabemos, y tampoco sabemos, si al final la verdad es que se prostituía y la han enterrado bajo la ley del silencio, por qué la han impuesto.

—La respuesta más fácil es porque la propia organización la quitó de en medio —deduje, buscando a Miguel con la mirada.

—Eso es lo que sugiero que no descartemos —dijo él.

—Y si ese es el caso, lo tenemos bien jodido —opinó Sergio.

—Si es así no van a soltar prenda de ninguna manera —pronosticó Gutiérrez—. Las tienen amenazadas con rituales de vudú, o con las familias, a las que controlan en su lejana aldea de Nigeria. Y si les hace falta recordárselo se las ponen al teléfono, para que la madre le cuente a la chica en cuestión lo alto y lo fuerte y lo simpático que es el negro que le está pasando el móvil para hablar con ella.

—El individuo —dijo Guadalupe.

—¿Eh? —titubeó Gutiérrez.

Guadalupe no se cortó.

—Que es negro ya lo damos todos por supuesto en Nigeria.

—Claro, perdona. —Se sonrojó levemente el subinspector.

—Muy bien —dije—. Os veo a todos, sin excepción, hechos unos cenizos de mucho cuidado. Me gustaría que alguno hubiera dicho que está convencido de que este partido lo vamos a ganar.

—Yo no lo estoy mucho, la verdad —admitió Sergio.

—Pues te ordeno repetírtelo cada mañana cien veces delante del espejo, hasta que te lo creas. Tenemos lo indispensable. Un cadáver al que se le distingue la cara, mal que bien; al menos, lo suficiente como para que quien la conociera viva pueda identificarla. Tenemos su ADN. Y lo mejor de todo: el cabrón o cabrones que buscamos nos hicieron el favor de dejar la firma. Confiaron su suerte al vertedero, pero el vertedero les ha fallado y se ha puesto de nuestra parte. Qué me decís del informe sobre la procedencia de los restos.

—Yo tengo que creer en él como me creo lo del Big Bang, o como se lo han creído los jueces —reconoció el subinspector Gutiérrez—. No poseo los conocimientos necesarios para poder rebatirlo.

—Ni tú ni nadie entre los presentes —se sumó Sergio.

—Lo habréis leído, ¿no? —indagué—. Tendréis algo de sentido crítico para analizar si está mínimamente soportado o no.

—Tiene una metodología —concedió Guadalupe—. Es coherente, por lo menos. Villaverde y Getafe son territorios contiguos.

—Para contárselo todo a la jefa, cuando hablas en confianza con los currantes del vertedero, lo que te dicen es que ni Dios que bajara podría saber a ciencia cierta de dónde viene la basura en una zona determinada —explicó Miguel—. Que en teoría, sí, hay cuadrículas y un protocolo, pero que cuando llega el camión a las cuatro de la mañana el conductor lo vuelca donde le sale de las pelotas, y más si está cansado y tiene ganas de volver lo antes posible a casa.

—Comprensible y humano —dije—. En todo caso, habrá alguna probabilidad de que ese informe no esté equivocado, y su señoría lo ha dado por bueno. Tenemos, al menos en principio, un territorio en el que buscar a nuestro objetivo. Y ahora, una pregunta insidiosa: por un casual, ¿alguien se tomó la molestia de mirar las cámaras que pueda haber en los accesos habituales a la Colonia Marconi?

—Se hizo —dijo Sergio—. Almacenamos las grabaciones de los siete días previos, las que pudimos recoger, quiero decir, pero hoy por hoy no tenemos nada que buscar. Así que ahí están, esperando que surja algo que podamos tratar de confirmar en ellas.

—Excelente noticia —aprecié, mirando mi reloj—. Me voy con la moral alta. Me había hecho a la idea de que estábamos peor.

—¿Te vas? —preguntó Guadalupe.

—He quedado a almorzar dentro de media hora. Espero que sea un almuerzo productivo y que me proporcione más hilos de los que tirar. De momento tenemos un punto de partida esperanzador. Si os parece, mañana a primera hora hacemos un plan de acción más desarrollado, pero sólo con lo que he visto y hemos hablado ya hay un par de cosas que quiero poner en marcha. Alguien que vaya con Guadalupe, mañana mismo, a buscar a esa Antonia Torres y ver si tiene algo diferente para contarnos que hace unos meses.

—Yo mismo, si quieres —se ofreció Sergio.

Se lo adjudiqué con el dedo.

—Y otra: me gustaría tener un censo lo más actualizado posible de los confidentes con que contamos en esos ambientes, a ser posible de fiar, y de los proxenetas fichados, libres o en la cárcel, que andan en la trata de mujeres africanas en la Comunidad de Madrid.

—El primero se hace pronto —calculó Gutiérrez—. El otro tardará algo más, pero sé cómo conseguirlo. Si quieres me pongo yo.

—Que te eche una mano Miguel —le dije, y de paso le ordenaba así al interesado que se pusiera a su disposición.

—A la orden, jefa —dijo, dándose por aludido.

—Pues ya está —concluí—. Ahora todo el mundo tiene tarea. Nos vemos por la tarde. Gracias a todos y buena caza.

Me puse de pie y los cuatro me imitaron casi al mismo tiempo. Sentí que volvía a estar en la brecha. Y me sentaba de maravilla.

11

Bevilacqua

Llegué a Chicote a las dos y veinte, minuto arriba o abajo, y me encontré bajada la persiana metálica del establecimiento. Dudé si no me habría equivocado de número al hacer la reserva. Lo recuperé de la memoria de mi teléfono y lo volví a marcar. Dio señal unas diez veces y saltó el contestador. Empecé a lamentar mi ocurrencia. Le debía a Alberto el descubrimiento como casa de comidas de aquel local, conocido sobre todo como bar nocturno. Era él quién me había llevado por primera vez, permitiéndome probar el menú del día, más que razonablemente económico, aunque poco variado: ensalada y bistec con patatas y poco más. No lo hacían mal, de todos modos, el género era de calidad y la sala solía estar bastante vacía, por lo que había pensado en ella en seguida para mi almuerzo de trabajo. Lo que no me esperaba era que estuviera cerrado y nadie diera señales de vida al llamar al número que el contestador me confirmaba que era en efecto el de Chicote. En ese momento, un hombre subió desde dentro la persiana metálica y sacó una enorme bolsa de basura a la acera. Aquella nueva acera de la Gran Vía, todavía en obras, pero ya más ancha y espaciosa de como yo la había conocido siempre.

—Disculpe, ¿está abierto? —le abordé—. Tenía una reserva...

—Sí, ahora abrimos, disculpe usted —se excusó el hombre—. Es que anoche hubo una fiesta privada y se les fue un poco la mano. No se imagina cómo estaba esto, por eso vamos con retraso.

—No importa, había quedado a las dos y media.

—Vaya pasando usted, si le apetece, y se toma algo en la barra mientras terminamos de adecentarlo todo. Invita la casa.

El hombre me precedió, muy obsequioso y solícito, hasta la barra donde un camarero se aprestaba ya para el servicio. Si aquello había amanecido hecho un muladar tenía que creerlo por lo que el hombre me decía, porque, al menos a la media luz azulada que reinaba en la sala, se veía todo ordenado e impoluto. Toda la inmundicia estaba ya a buen recaudo, dentro del bolsón negro que reposaba sobre la acera y de otros dos que vi en un rincón. Confinada en ellos iría a parar, como todo lo que nos sobra de nosotros mismos y de lo que vivimos, al vertedero que me había regalado una cabeza sin nombre para que yo subsanara la omisión infame que proclamaba.

—Ponle algo a la señora mientras terminamos de prepararle la mesa —le pidió mi amable anfitrión al camarero.

—Claro, ¿qué desea tomar? —me consultó este.

Miré las fotografías que tenían en la pared, tras la barra. El rey emérito, Salvador Dalí, una joven Bette Davis, una siempre rotunda y deslumbrante Sophia

Loren y, cómo no, ella: Ava. La única, la desdichada, la Ava por antonomasia, de apellido Gardner y asilada como una perfecta excéntrica en la rancia España franquista de la que ella, embriagada y enloquecida a partes iguales, supo hacer el Edén de sus excesos. Venía a ser, por encima del resto de las divas, la Virgen laica de aquel templo, ya sin remedio y para siempre.

—Un vino blanco. Muy frío —dije.

—Por supuesto —aseguró el camarero—. ¿Verdejo?

—Por ejemplo.

Me gustaba aquel sitio, aparte del sabor y los fantasmas, porque en él seguía practicándose aquella forma ya olvidada de servicio al cliente; en especial en la hostelería madrileña, donde es frecuente que el camarero, según te saluda, te perdone la vida y se la perdone de paso a toda tu familia y conocidos. A veces me hacía gracia esa brusquedad y esa displicencia: formaban parte de la autenticidad de los oriundos de la Villa y Corte, en seguida contagiada a quienes, viniendo de otra parte, se acogían a ella. Pero, como a cualquiera, también me gustaba que me cuidaran y me hicieran sentir bien.

Apenas había largado un sorbo a aquel verdejo, deliciosamente gélido, cuando se recortó en la luz de la puerta de la calle la silueta del hombre al que esperaba. A contraluz, lo vi poco más o menos como lo recordaba: con su porte de siempre, ni demasiado vencido ni demasiado tieso, unos pantalones vagamente vaqueros sin marca y una cazadora de trapillo sobre el polo también sin logos. Cuando se acercó a mí y sus facciones recibieron la luz tenue del local, vi su sonrisa y sus rasgos, levemente envejecidos respecto de la última vez. Tenía algunas arrugas nuevas, pero conservaba el pelo —eso sí, más blanco— y la determinación en el rostro. Mi buen amigo y sin embargo compañero, el subteniente Bevilacqua, del grupo de delitos contra las personas de la UCO, la Unidad Central Operativa de la Guardia Civil, ya no iba a cumplir los cincuenta. Progresaba hacia la línea fatídica de la sexta década, la que lo enviaría al desván de los trastos viejos, con una dignidad que me confortó constatar.

—¿Acabáis de hacer una redada o algo? —dijo, a guisa de saludo.

—No. Lo que pasa es que hoy la gente no conoce lo bueno. Están todos agilipollados con las redes sociales y los *influencers*.

—Ah, menos mal. Por un momento, al ver esto así, había pensado que me habías citado en uno de esos garitos donde a los pasmas no os cobran porque os lleváis comisión por hacer la vista gorda.

—Veo que no has cambiado.

—Soy fiel a mis vicios, son lo más sólido que tengo.

—Me alegra verte. —Me acerqué y le planté dos besos.

—Y yo a ti. No soy de echar piropos, porque no suelo estar seguro de que a la destinataria le apetezcan, pero contigo tengo confianza y me da que no te molestará oírlo. Estás más joven. ¿Has hecho un pacto con el diablo, te has ido a un balneario, te pones bótox?

—Más bien lo segundo. He estado siete meses de baja.

—Ostras. ¿Y eso?

—Pídete algo y te lo cuento.

—¿Qué bebes tú?

—Un verdejo. Me invita este camarero tan majo. Quizá si le caes bien te invite a ti también, aunque no seas un pasma.

—Desde luego, ¿qué desea el señor? —dijo el camarero.

—Sea un verdejo, pues. Tienes que contarme cómo lo haces.

—Nada, he llegado antes.

—Justo ahora son las dos y media —alegó.

—En punto. No esperaba menos de la Benemérita.

—«Siempre fiel a su deber.»

—Eso mismo.

Si al camarero le produjo alguna impresión especial percatarse de que estaba poniendo de beber a una poli y un picoleto lo disimuló exquisitamente. Media hora después, cuando llegaba a la mesa el bistec, ya había puesto en antecedentes a mi compañero de verde sobre mi caída en desgracia, mi baja y regreso —de los que no tenía la menor idea, aunque se había enterado en su día, cómo no, del tiro que se había pegado en su despacho mi inspector jefe—, así como sobre las líneas generales de aquel asunto que me había empujado a volver a la faena y en el que estaba enfrascada con mi equipo.

—Me dejas de piedra, la verdad —dijo.

—¿Por qué, de todo?

—¿Sin rodeos?

—Sin rodeos.

—Nunca imaginé a una tía como tú liada con su inspector jefe.

—No es tan sorprendente. Ya sabías que me casé con un policía.

—Un compañero de promoción, esas cosas pasan.

—De la promoción anterior —precisé.

—Bueno, de academia, tanto da. La juventud, el despiste...

—El despiste no siempre se va con la edad.

—Tú eres una tía centrada. Siempre lo fuiste. O me lo pareció.

—No te creas. La carne es puñetera. No me digas que nunca te ha hecho tilín una benemérita a tus órdenes, o por encima de ti.

—De las segundas sólo ahora empieza a haber oferta, de las otras no pienso hablar ni en presencia del abogado que no tengo.

—Eso parece una confesión.

—Confesarse es cosa de curas, y yo no los frecuento mucho.

—En todo caso, esperaba tu apoyo moral —le dije—. Por eso he tenido contigo la confianza de contártelo. Por eso y también porque a estas alturas es *vox populi* y lo sabe todo Cristo, vamos.

—Ya, ya me imagino. Mi apoyo lo tienes. Lo único que me sé de memoria del Evangelio es el trozo aquel de Mateo.

—¿Cuál?

—No juzguéis, si no queréis, etcétera.

—Ah.

—No te juzgo. Sólo me sorprende. En todo caso, debes de haberlo pasado mal y ya supongo que el ambiente no es el más acogedor.

—Ahí lo llevo. Tiene su morbo ser la leprosa del lugar.

—De todos modos, imagino que no me has invitado para que te consuele, ni tampoco para que te aconseje sobre cómo llevar la investigación que tienes entre manos. Vosotros sois los investigadores sofisticados, nosotros sólo resolvemos riñas de pueblo.

—Vamos, compañero, dame una tregua. Sabes que yo os respeto, y las razones precisas y concretas que tengo para respetaros.

Bevilacqua sonrió con astucia.

—Pero no tanto como para creer que podamos saber algo que tú no sabes. Serías la primera en tu empresa que creyera tal cosa.

—Te equivocas. Contemplo incluso esa posibilidad.

—¿De veras?

—De veras. Me gustaría preguntarte cómo ves la historia que te acabo de contar. La del homicidio, me refiero.

—¿Me pides una hipótesis?

—Lo que te salga. Lo que te sugiera.

—No sé del tema más que lo que leí en los periódicos y de oídas la investigación sobre los restos de Pinto. Esa parte la llevaron mis compañeros de Madrid: como en seguida se os pasó a vosotros la competencia ni siquiera llegaron a llamarnos como apoyo. La teoría de la prostituta sin papeles despachada por un cliente violento o por los mismos que la trajeron y la explotaban parece convincente.

—¿Más lo uno o lo otro?

—No tengo elementos de juicio para inclinarme por lo uno o lo otro. Repartiría al cincuenta y cincuenta la probabilidad. Tú conoces muchos más detalles y seguro que tienes tu preferencia.

—No creas. No aún. Y mi equipo está dividido.

—Te toca avanzar por las dos vías en paralelo, entonces.

—Eso parece, aunque son vías dudosamente compatibles.

—¿Por?

—Si ha sido un cliente, puedo preguntar a la gente de su entorno. Si ha sido el chulo, esa misma gente no me va a decir ni pío.

—Nunca se sabe. Jodidas están todas en ese submundo, ya sabes, pero a veces resulta que hay alguna chica descontenta y valiente al mismo tiempo, o que la apreciaba de veras. Y si la suerte te acompañara, hasta podrías dar con algún competidor que quiera hundir al sujeto que te interesa que te pongan en suerte. La pesquisa criminal es siempre impredecible y, como Dios, sabe escribir derecho con renglones torcidos, cuando quiere y cuando menos lo esperas.

—Te veo muy religioso hoy.

—Me hago mayor. Me estará entrando el canguelo.

Dio cuenta de su bistec con buen apetito, aunque apenas si probó las patatas fritas que lo acompañaban, y que estaban tan estupendas que cuando quise darme cuenta había finiquitado todas las mías. El subteniente Bevilacqua, Vila para los amigos, se las había arreglado para no convertirse en uno de esos suboficiales proverbialmente barrigones que salían en las películas y servían aún en los pueblos o en los aeropuertos, pero vi que no le era fácil y le demandaba algunos sacrificios. Tampoco yo era ya una muchacha, y pensé que tendría que salir a correr un par de mañanas por Rosales para que aquellas patatas no acabaran depositadas en mi culo y presionándome para que claudicara y comprara la talla siguiente de pantalones.

—Vila, también quería pedirte un favor —le solté de pronto—. Un favor muy personal, hasta cierto punto anómalo, y que, la verdad, no se me ocurre nadie más a quien se lo pueda pedir.

Tomó la copa en la que quedaba aún un resto de vino. Habíamos pedido una segunda de verdejo, aunque comiéramos carne roja, porque el calor lo hacía apetecible y porque todas esas exquisiteces de los maridajes iban poco con él y conmigo. La hizo girar sin prisa con los dedos, antes de llevársela ceremoniosamente a los labios.

—¿A quién hay que matar? —preguntó, solemne.

—En serio. No tengo mucha gente a la que acudir.

—En serio te lo digo. Me encantan estas situaciones.

—¿Qué situaciones?

—Cuando llega la hora de la verdad y hay que deshacer la madeja hipócrita y amañada en la que vivimos casi todo el rato. Cuando te toca agarrar el toro por los cuernos, como sea y como salga.

—¿Así me ves?

—Así me parece. Dispara. Soy tu hombre. Me caes bien, te debo alguna y siento una inclinación irresistible hacia los apestados.

—Tengo razones para pensar que mi gente, esto es, la gente a la que debería acudir —le expliqué—, no está en la mejor disposición para ayudarme a nada que pueda representar un éxito para mí. En condiciones normales, levantaría el teléfono y marcaría el número del inspector jefe que se ocupa de los asuntos de trata, pero me ha llegado el soplo de que no soy su inspectora preferida.

—¿Estás segura? De que no te ayudaría como es su deber, digo.

—Segura, no. Pero lo temo lo bastante como para tratar de tener más recursos que los que él pueda y quiera ofrecerme.

—En concreto, ¿qué quieres de mí?

—Vosotros también tenéis gente en esa tarea.

—Por descontado.

—En tu misma unidad.

—Eso es. Un grupo especializado.

—¿Crees que podrías arreglarlo para que recibieran discretamente a una inspectora de la madera y, en lugar de no ofrecerle ni agua, compartieran con ánimo sincero y constructivo la información que puedan tener y que pueda a su vez ayudarme a mí en lo mío?

No me respondió en seguida.

—Puedo arreglar muchas cosas, pero eso tengo

que preguntarlo. El grupo tiene un capitán, y en el segundo escalón de mando, que es donde están los de mi nivel, no tengo ningún amigo del alma.

—¿Lo preguntarías por mí?

Me miró de frente. Me gustaba la mirada de aquel hombre, entre otros motivos, porque era de los pocos que había conocido, en su gremio y en el mío, que nunca me la había bajado a las tetas y siempre la mantenía a la altura de la mía. Sabía que era un tío, que le gustaban las mujeres y que para lograr aquello tenía que esforzarse. Eso me lo hacía más entrañable y estimable todavía. Los ascetas que ignoran el deseo son los más despreciables de los impostores.

—Lo preguntaré, inspectora.

—No sabes cómo y cuánto te lo agradezco.

—No tienes por qué.

—Te debo una bien gorda.

—Vas a pagar la comida. Me ha gustado este sitio y también me ha gustado hablar otra vez contigo. Estamos en paz.

—Eres un sol.

—En todo caso, no depende de mí. No te prometo nada.

—¿Cómo es ese capitán?

—¿Bermejo? Un viejo zorro, baqueteado en la calle y en los años de plomo. Algo más joven que yo, empezó de guardia y luego pasó a suboficial y oficial. Se ha tomado lo de la trata como una especie de cruzada. Si se presta a hablar contigo, es justo lo que necesitas. Entre otras cosas, se ha hecho un par de viajes a Nigeria buscando las fuentes, no del Nilo, sino de la marea negra de las infelices que llegan hasta aquí cruzando el desierto y jugándosela en el Estrecho a bordo de una patera cargada hasta arriba de carne humana.

—¿Ah, sí?

—Como lo oyes. Lo que pasa es que no somos amigos. Tampoco enemigos, pero apenas lo he tratado un par de veces. Las muertes de prostitutas no suelen llegar a nuestro grupo. No son populares en las tertulias de la tele ni ponen histérico a ningún político.

—Ponle cariño a la gestión, anda —le imploré, zalamera.

—Se lo pondré. Esta misma tarde. Y él, si no me equivoco mucho, será receptivo a remangarse en una historia así. De lo que tendrás que convencerle tú es de que ayude a una inspectora caída.

—Confía en mí.

—Confío —dijo, y alzó su copa, antes de vaciarla del todo.

12
El rencor

Cuando volví a la oficina encontré a mi equipo enfrascado en una diligente y saludable actividad. Habían respondido bien y me satisfacía comprobar que encajaban sin protestas el reparto de tareas que había hecho entre ellos. De entrada todo estaba en contra, pero los cuatro trabajaban de buena gana y con ánimo de sacarle provecho. Ninguno quería fallar y eso se notaba en el aire, en las miradas, en los gestos y en la implicación. Aunque no era un caso para lucirse, y menos aún iba a servirle a ninguno de nosotros para ganar alguna medalla, pesaba en todos la compasión que movía a estar del lado de aquella víctima anónima. Y pesaba además, como siempre, la tensión de la tarea pendiente; pero el hecho de que fuera una tarea autoimpuesta, al margen de las expectativas exteriores, nos permitía afrontarla como no era muy habitual afrontar las investigaciones: con convencimiento y a la vez sin necesidad de apresurarnos.

Me daba cuenta de que mi baja me había cambiado, ahí donde los cambios son más cruciales: en ese yo íntimo que vive contigo, bajo el uniforme o la ropa informal con que lo sustituyes, más allá de las máscaras que siempre llevamos puestas. Me veía en posesión de una serenidad y un sosiego desconocidos hasta entonces, lo que parecía ser beneficioso para mi labor profesional, aunque aquella actitud había significado un pequeño desbarajuste personal en la intimidad de mi casa y una serie de malentendidos y percances que esperaba poder resolver después de repasar la situación con el equipo.

Guadalupe se me acercó para contarme novedades; había llamado a Antonia Torres y esta había accedido a verla al día siguiente. Me daba la sensación de que a Guadalupe no le interesaba nada que apuntara fuera de la línea de su hipótesis y eso la estaba llevando a cometer deslices, como el de omitir informar al subinspector Sergio Gallardo de su gestión antes de hablar conmigo. No quise regañarla, ni ser irónica ni sarcástica; sabía que tenía con aquella historia una implicación singular. Puede que la Manuela de antes de la baja sí se lo hubiera afeado, incluso con un punto de acidez, pero algo me llevaba a actuar de una forma más reflexiva y más indulgente con los errores de las personas que me importaban. Me sorprendía un poco esta inédita delicadeza mía, como si todo en mi interior transcurriera más despacio, y por un momento desconfié, lo admito, de la nueva Manuela que parecía gestarse dentro de mí: de los cambios que apreciaba en mi talante y de cómo iba a habituarme a ellos.

Reuní al equipo. Guadalupe dijo en voz alta lo que minutos antes me había dicho sólo a mí. Creo que captó el mensaje de que yo era su jefa, antes que su amiga, y tenía que atenerse a las normas. Ella sabía de sobra cuáles eran, y me alegró, por ella y por el trabajo, que supiera estar en su lugar. Como sucede con cualquier persona, el carácter de un investigador es su destino. Guadalupe era consciente de que su porvenir iba a depender del éxito o el fracaso de aquella investigación. Mostrarse sólida y capaz de sacarla adelante suponía, para ella como para mí, dejar de estar a merced de las maniobras de Rosario y recuperar el prestigio frente a nuestros superiores.

Miguel y Rafael, por su parte, me avanzaron que ya estaban con el censo de confidentes y de proxenetas fichados, libres o en la cárcel, y también con una diligencia adicional que yo no les había encargado y de la que me pusieron al corriente sobre la marcha.

—No sé si nos servirá de mucho o no, pero hay un asunto que habíamos lanzado antes de tu reincorporación, y del que justamente acabamos de tener novedades —me informó Gutiérrez, cauto.

—¿De qué se trata? —le pregunté.

—Miguel y yo, en coordinación con la unidad especializada en delitos tecnológicos, hemos elaborado una lista de perfiles de redes sociales que manifiestan menosprecio hacia las prostitutas.

Fue Miguel quien me acercó los papeles. La lista era extensa.

—¿Y esto?

—Te sorprendería la cantidad de gente que deja comentarios ofensivos en foros de opinión con su cuenta de correo, su perfil y hasta su foto y sus datos personales —me comentó Gutiérrez, bajo la atenta mirada de Miguel, que parecía estar grabando cada una de sus palabras, quizá con vista a alguna de sus futuras novelas—. Les pedimos a los de delitos tecnológicos que nos hicieran un par de filtros en los foros que tenemos identificados como más susceptibles; encontramos muchos mensajes xenófobos, aislamos los que sugerían indicios de odio hacia quienes ejercen la prostitución y después aplicamos otros filtros para averiguar cuáles de esos comentarios provenían de personas ubicadas en Getafe o Villaverde, que son los dos lugares a los que según el informe pericial apuntaba la ruta del camión de la basura. Y no imaginas lo que hemos encontrado.

—Dime.

—No significa nada, o puede que sí, no estoy en condiciones de sacar conclusiones. Es sólo un dato. Algo que no habíamos pensado hasta ahora al tratar de imaginar el perfil del asesino. Nos hemos encontrado varias veces con comentarios de gran carga despectiva hacia las personas que ejercen la prostitución escritos por chavales muy jóvenes, incluidos un buen número de universitarios.

—¿Y cómo sabéis que son universitarios? —le pregunté.

—No nos lo ponen demasiado difícil. Muchos de ellos utilizan la cuenta de correo que les proporciona la universidad.

—Es triste que la educación que les pagan sus padres, asumiendo un esfuerzo que en muchos casos será importante, no les sirva para amueblarse la cabeza, pero unos cuantos comentarios de odio no los convierten en posibles asesinos —razoné—. Ya sabemos todos que las redes sociales tienden a sacar lo peor de las personas.

—Ya contamos con que no va a salir de esa lista nada concluyente —se defendió Gutiérrez—, pero creímos que no venía mal tenerla. Es información. Y como toda información, no es ni buena ni mala, nos aporta datos. No sólo han aparecido universitarios. Nos hemos encontrado comentarios xenófobos, misóginos y hasta de acoso a las prostitutas africanas en grupos de neonazis y ultraderechistas, lo que no resulta demasiado sorprendente, pero también en algunas asociaciones de vecinos hartos de soportar los inconvenientes que generan los focos de prostitución. Verás que la lista es larga, vivimos en una sociedad donde el odio al que estorba, por lo que sea, está en auge y en seguida se hace virulento. Hemos trabajado hasta aquí con la hipótesis de uno o varios clientes no fichados, no descartemos la posibilidad de que el cliente sea un buen chico, un buen vecino, incluso un profesional liberal con currículum ejemplar. Eso, entre otras cosas, podría explicar que no esté en nuestro radar, jefa.

He de reconocer que me gustaba que el subinspector Gutiérrez me llamara *jefa*. Eso contribuía a acortar las distancias entre los dos, le recordaba al resto del equipo que entre nosotros no existía una disciplina militar, permitía un trato más relajado y cercano y daba la sensación de que, dentro de un orden, se escuchaba la opinión de todo el mundo. Gutiérrez había tenido una intuición y había tirado de un hilo; había aplicado la lógica «tengo una muerta y busco un asesino» y estaba haciéndose las preguntas que debe hacerse quien, en coherencia con esa búsqueda, se sumerge en las aguas oscuras del rencor. Eso me hizo sospechar que el subinspector iba a ser una buena ayuda para comprender a la víctima y al criminal y quizá mi mejor apoyo para resolver aquel rompecabezas del que yo era ahora responsable. Por primera vez me alegré de que Carranco me hubiera adjudicado de niñera-espía a Gutiérrez, que mostraba más iniciativa que Gallardo y era bastante más audaz. Estaba claro que me había precipitado en mi primera impresión sobre Gutiérrez: no era sólo músculos, ni un vil soplón de Carranco; tenía el interés y la astucia suficientes como para aportarme un punto de vista valioso.

Alargué la conversación con ellos un poco más. Les recordé a Guadalupe y Sergio que le mencionaran a Antonia Torres que eran compañeros de Martina Hernando, lo que al subinspector no pareció hacerle excesiva gracia, y les pedí a Miguel y Rafael que no dejaran de trabajar en esa otra lista que necesitábamos, además de felicitarlos por la iniciativa que habían tenido. Quedamos en vernos al día siguiente, para comunicarnos novedades, y comentar por el grupo de WhatsApp cualquier incidencia que fuese relevante. Yo no era muy amiga de los grupos de WhatsApp, más bien había aprendido a odiarlos, tanto en mi utilización policial previa como en esa variante, temible, de los grupos de madres de centros escolares; pero tenía que reconocer que resultaba útil y que ya todo el mundo funcionaba con aquel medio. Muy a mi pesar, era la forma universal de comunicarse, también entre los policías, lo que me invitaba a preguntarme, con horror, si la compañía propietaria del invento, mundialmente conocida por su disposición a mangonear de la manera más desaprensiva con los datos ingentes que cosechaba, no habría desarrollado alguna herramienta para explotar en su beneficio, y en correlativo perjuicio de la justicia y otros bienes sensibles, el caudal de información confidencial que iba a parar a sus servidores. Otra de esas espinosas preguntas de la modernidad a las que preferimos vivir sin imaginarles la respuesta que la lógica nos ofrece.

Concluido el reparto de tareas, tenía margen para recoger a mi primogénito, intentar arreglar las cosas con él y volver a casa para atender a mis otros dos chicos. Cuando me monté en mi veterano y leal Mégane no tenía ni medio pensado qué iba a decirle a David; puse la radio para distraerme y me sometí sin rechistar a la música anodina que sonaba en la emisora. Siempre me producía un irreprimible malestar ir a ver a Candela a su territorio. Mi hermana mayor, la estudiante ejemplar, doña Matrícula de Honor, la primera de su promoción, de profesión farmacéutica. Siempre fue la hija buena, el orgullo de mamá, y para compensar yo, la policía, la oveja que siempre se descarriaba aunque no del todo, el ojo derecho de papá. De ahí venía nuestra guerra, que era muy antigua, y tan cruda y elemental como un problema de celos mal resueltos entre hermanas. Pero desde que Candela había conseguido un puestazo en la patronal farmacéutica, que le ofrecía a la vez una retribución astronómica y una jornada tan flexible como envidiable, me daba aún más pereza hablar con ella. No digamos ir a su casa, un dúplex colosal situado en la zona noble de Moncloa y que tenía como un museo, con tanto mueble de diseño y tanto arte contemporáneo. Ah, mi espabilada y calculadora Candela, siempre tuviste claro lo que esperabas de la vida y lo conseguiste, mientras que yo iba empalmando malas apuestas y decisiones ruinosas, de las que sólo puedo culparme a mí.

Cuando llegué, para variar, Candela fue excesivamente amable conmigo. Olvidándose del reproche que me había lanzado por la mañana, me ofreció café, me preguntó por el trabajo, y noté que en todo momento intentaba eludir el foco del problema, es decir, el conflicto entre mi hijo y mi novio. Cuando al fin habló del asunto, lo hizo en términos apaciguadores. Candela no era rica por su casa, pero el trato con su marido, que sí lo era, le había contagiado esa remota y exquisita cortesía que saben mostrar los pudientes.

—No te preocupes, se le pasará —me dijo—, yo creo que teme que vayas a volver a la vida de antes. Quizá estaría bien que no dejaras de reservarle un espacio para que no se sienta descolgado.

—Gracias por el consejo, lo tendré en cuenta.

Ignoró, benévola, la carga corrosiva de mi respuesta.

—Ni que decir tiene que puedes contar conmigo cuando te haga falta cobertura. Tus hijos tienen su casa aquí cuando quieran.

—También te lo agradezco. Trataremos de apañarnos.

—¿Estás bien, Manuela?

—Perfecta. El curro me pone las pilas. Me hacía falta ya.

—Me alegro. De verdad.

—Y yo.

David apareció entonces en el umbral del salón, con su primo. Decidí eludirle y saludar a mi sobrino, un chaval estupendo, pese a su forma de pronunciar las eses, al que hacía tiempo que no veía.

—¿Cómo estás, Gonzalo? Ven y dame un beso, anda.

—Genial —respondió, mientras se acercaba.

—¿Y tú? —me dirigí a David tras estamparle dos besos ruidosos a su primo—. ¿Has recolocado ya el plumaje o sigues en ello?

—Supongo que sí —concedió, mohíno.

—Pues anda, vamos a dejar de fastidiar a tu tía.

—Nunca fastidiáis —se preocupó de aclarar Candela.

—Con mayor motivo.

Al montar en el coche comprobé que David no quería hablar y yo tampoco quise forzar las cosas; preguntó si podía poner música y accedí. Al abrir la guantera se encontró con tres de mis favoritos: Radiohead, Dire Straits y Radio Futura. Pude notarle en la cara la desaprobación, debió de pensar que todo era demasiado antiguo. Sin embargo, después de examinar los cedés optó por poner uno de Dire Straits y seleccionó *Sultans Of Swing*. Se sabía casi toda la letra y me gustaba oírle cantar en el coche, aunque cada vez que atacaba el estribillo no podía evitar sentir un pinchazo en el corazón. Aquella era la canción preferida de su padre, que solía tararearla también. En cuanto me relajé un poco, decidí hablarle con sinceridad.

—Después de todo lo que pasó, y de la baja tan larga, no me está resultando fácil la vuelta al trabajo, David —le hice saber.

Torció el gesto, pero no dijo nada. Supongo que se esperaba una regañina o una lección moral del tipo: «Ahora discúlpate con Alberto cuando llegues a casa». Pero nada de eso me apetecía, confiaba en que mi hijo sabría comportarse y que Manuel, con su buena mano izquierda, ayudaría a normalizar la situación entre él y Alberto.

—¿Por qué? —me preguntó con firmeza.

—Porque me doy cuenta de que antes de mi baja cometí errores; dejé un equipo fracturado, dividí la Brigada entre buenos y malos, con esa guerra estúpida en la que me enredé con Rosario.

—Ella empezó —me defendió mi hijo.

—Sí, ella empezó. Eso es cierto. Pero fue una equivocación por mi parte dejarme arrastrar por la ira y por el rencor.

David había dejado de cantar la canción y escuchaba con gesto concentrado. Aquella palabra, «rencor», le descolocaba un poco.

—No sé —dije—, siento que meto la pata con mucha facilidad, ¿sabes? Mi guerra con Rosario en el trabajo, mi guerra con tu tía. Es como si no supiera estar en paz con la gente que me rodea.

—Entonces ya sé a quién me parezco —fue su respuesta.

Podríamos haber hecho de aquella confesión algo dramático, pero a los dos nos dio por echarnos a reír. Tuvimos tiempo de cantar un par de canciones más de los Dire Straits antes de llegar a casa.

Nada más entrar, David fue directo a la cocina a tomar algo para merendar; se le notaba que echaba de menos sus galletas preferidas, su marca de cereales, la comodidad de su casa. Alberto estaba tenso con la situación y se percibía; lo suyo era controlar hemorragias, no conflictos sentimentales con hijastros rebeldes. Le di un beso para tranquilizarle, le pregunté si quería un café y me dispuse a tomar el número veinte del día, tras escuchar su inevitable regaño de médico que necesita recordarte que todos los excesos son perjudiciales.

Quería tomarme un café tranquila con Alberto, esa era la idea, y tener una conversación calmada sobre lo que nos había pasado, pero mi móvil empezó a vibrar. Entraron dos mensajes seguidos, uno del equipo al grupo de WhatsApp, que debía atender: al parecer había surgido algún problema con Antonia Torres, y Sergio y Guadalupe me pedían instrucciones. El otro wasap era de mi amigo Rubén Bevilacqua, que compartía un contacto conmigo. Tras el número y el apellido, ponía un escueto: «Está esperando que lo llames».

Por mi cara al recibir los mensajes, Alberto se dio cuenta de que el trabajo me llevaba muy lejos de él, pero no protestó. Se ofreció para ir apañando la cena, mientras yo los atendía. Puse mi mano encima de la suya y le retuve. Le agradecí a Bevilacqua su mensaje y le escribí a mi tropa que hablaríamos de Antonia Torres al día siguiente a primera hora. Pensé en Kant y en que lo relevante para él de la acción humana es lo que no se ve. No sabía si había interpretado bien a Kant en mis lecturas de universidad, pero creía recordar que según afirmaba somos moralmente ciegos y obramos a ciegas respecto de aquello que nos importa más. Apagué la luz de la cocina para besar a Alberto en la boca. Era mi manera de decirle: «Soy consciente de mi propia ceguera». Después de apurar aquel beso, él me dijo:

—Quiero llevarte a cenar a un sitio. ¿Te dejarás?

Por una vez, no pregunté, ni me permití la duda.

—Me dejaré.

13
Martín

A la mañana siguiente me levanté muy temprano. Después de darle a Maggie su paseo preceptivo, me enfundé un pantalón corto y una camiseta, me puse las zapatillas, me ajusté la riñonera y salí a correr un rato por el parque. Llevaba meses sin hacer deporte, pero el bendito frescor de la primera hora, la única del día en que Madrid resultaba soportable en aquella época del año, me estimuló para recuperar las viejas buenas costumbres. Correr siempre me aburría y desde que se había convertido en lo que la gente de mi siglo llamaba una tendencia me parecía una actividad ligeramente sospechosa, pero no podía ocultarme que después de hacerlo me sentía un poco mejor. Tampoco me quedaban demasiados años, antes de que el martilleo de las rodillas y demás articulaciones empezara a ser más nocivo que beneficioso para mi salud. La larga inactividad no me había supuesto ganancia alguna de peso, porque había venido acompañada durante muchos meses de pérdida de apetito, pero me notaba algo floja y no me venía mal endurecerme un poco. También tenía que aprovechar mientras continuara viviendo allí, al lado de un parque tan bonito, cuya visión era una excelente distracción mientras me entregaba a la más monótona de las actividades.

Bajé directamente por mi calle, Benito Gutiérrez, hasta el paseo de Rosales. Lo crucé, torcí a la izquierda, llegué por la acera hasta la estatua del pintor y a través del parque infantil bajé al nivel inferior para trotar por los senderos del parque en dirección al templo de Debod. Fue más o menos a mitad de ese tramo de Rosales cuando me crucé con el tipo. Sobre los treinta, con una mano en el bolsillo y un porrito en la otra. No se me escapó la forma en que me siguió con la mirada, tan pronto como pudo reparar en mi presencia, y menos aún cómo se volvía para ponderarme tras pasar junto a él.

—*Fff, esse culitto...* —exclamó.

Lo pensé durante uno, dos, no llegó a tres segundos. Me detuve, dejé colgar mis brazos inertes junto a las caderas, puse mi peor cara de cardo y me volví lentamente hacia él. Lo pillé dándole una calada al canuto, mientras me examinaba con ojos soñadores.

—¿Qué has dicho? —le espeté.

—Que tienes un culito precioso. Qué bueno es el deporte.

Eché a andar hacia él. Sin prisa, con la barbilla baja, mirándole desde abajo, pero no mucho, porque no me sacaba más de un par de centímetros. Pareció hacerle gracia, por un momento creo que hasta pensó que había ligado. Me esperó con la suficiencia de un futbolista al hincha adolescente que va a pedirle un autógrafo.

—¿Tú quién te crees que eres, gilipollas? —le

pregunté, mientras me detenía a un par de pasos de él, donde estaba segura de que me vería los ojos pese al hachís que le enturbiaba el nervio óptico.

—Oye, no te pongas así. Que es un piropo.

—Es una mierda, imbécil.

—Eh, vamos a llevarnos bien —advirtió.

—Sí, vamos a llevarnos de puta madre —confirmé, mientras me echaba la mano a la riñonera. Siempre que salía a correr llevaba en ella, además del móvil, la cartera con la documentación; nada más humillante para una policía que verse expuesta a que la llevaran a comisaría por cometer la torpeza de ir indocumentada.

—Qué me vas a dar —bromeó.

Desplegué la cartera y le saqué la placa.

—Policía. No sólo eres un imbécil, eres un imbécil sin suerte. ¿Te dedicas habitualmente a molestar a las mujeres que vienen a correr por aquí o sólo es que el porro ese te ha dado el punto malo?

Abrió dos ojos como platos. Miró a su alrededor. Reculó un poco.

—Te he hecho una pregunta —insistí—. ¿Me respondes aquí o prefieres que te lleve conmigo para tomarte declaración?

Volvió a mirar a su alrededor. Comprendí que comprobaba si estaba sola o si podía contar con alguna cobertura, y por un momento dudé de mi diagnóstico de la situación. Lo había tomado por uno de esos mierdas que se vienen abajo si no tienen toda la ventaja, pero podía haberme equivocado. Dependiendo de su entrenamiento o no en artes marciales podía aspirar a reducirle, aunque no iba a serme fácil. Una vez más, elegí confiar en mi suerte. Una temeridad.

—Sí —le dije—. Tengo gente apostada, donde no puedes verla. Ahora están observando tranquilamente, a la expectativa, pero si ven algo raro vendrán y se te caerá el pelo. Estoy dudando contigo, diría que sólo eres un idiota que habla de más, pero tenemos varias denuncias de agresiones en este parque y si me das otra impresión me parece que vas a entrar en la lista corta de sospechosos.

—Yo no te he tocado —lloriqueó—. Ni a ti... ni a nadie.

Suspiré por dentro, aliviada. Era lo que parecía. Y de pronto aquel cretino me dio pena, pena por no haber aprendido a vivir y dejar vivir sin restregarle su mugre al prójimo, en especial al prójimo con culito apetecible según sus estándares de primate sin tapujos. No era sólo culpa suya, aunque también, ni era por mi parte procedente ni elegante ensañarme con su discapacidad moral. Si de aquello le caía alguna lección aprovechable, no iba a ser por sacar el incidente de quicio, sino por dejarlo correr en ese justo momento, cuando el tipo acababa de quedarse desarmado ante lo que no esperaba.

—Está bien, lárgate.

—¿Cómo?

—Que te largues. Y no fumes tanto, que te aturde.

No pidió que se lo dijera por tercera vez. No reclamó su derecho a drogarse o a ser tratado con deferencia por la autoridad. Se alejó de allí a toda la velocidad que le permitía el pedo que llevaba, sin dar un mal paso que le hiciera besar la arena de la senda. De pronto, sentí que una vez más había perdido mi tiempo, frente a un mal que me sobrepasaba y que era incapaz de erradicar, aunque no podía dejar de saborear el regusto dulce de la justicia poética, la única que es posible hacer y que, al igual que cualquier otra forma de justicia, tan sólo surte efectos contra los pardillos y los desgraciados.

Una hora después, tras despedirme con un beso rápido de los tres hombres de mi casa, todavía adheridos a sus respectivos colchones, me puse al volante del Mégane para ir a la oficina. En condiciones normales, habría optado por el transporte público, pero a aquellas alturas del verano el tráfico empezaba a dar tregua y prefería ir a mi aire y escuchando la radio. Con sus diez años ya cumplidos y las sucesivas ITV en regla, mi modesta montura seguía respondiendo con decencia y un consumo más que razonable. Era un diésel, lo que me convertía en una enemiga del planeta, pero la buena conciencia es a veces un artículo de lujo al que los insolventes no tenemos otra que renunciar, en la convicción de que pagaremos de todos modos por nuestras faltas y por las de aquellos bienaventurados que sí pueden comprarse un híbrido. En apenas diez minutos de trayecto, llegué ante la sede de la Brigada, donde me aguardaba la obligación.

También estaba ya allí Carranco, a quien saludé a través de la puerta abierta de su despacho. Alzó la vista de sus papeles durante un segundo en el que temí que me pidiera que me acercase, pero al final se limitó a sacudir la cabeza en respuesta a mi saludo y volvió a ensimismarse en lo que quiera que fuera lo que le ocupaba. Me dio buena sensación comprobar que había llegado la primera de mi equipo, y me dispuse a aprovechar aquella soledad para hacer un par de llamadas sin testigos. La primera fue al capitán Bermejo, de la UCO, el contacto que me había dado el subteniente Bevilacqua. Lo atendió al segundo tono. Me impresionó su voz, seca y viril.

—Sí.

—¿El capitán Bermejo?

—El mismo. ¿Quién es?

—Mauri —opté por decir el apellido, a veces me daba por ahí—. Creo que el subteniente Bevilacqua le avisó que le llamaría.

No tardó ni un segundo en ubicarse.

—Sí.

—¿Tiene un momento para hablar?

—Mejor nos tuteamos. ¿En qué puedo ayudarte?

Le expliqué, más o menos por encima, lo que Bevilacqua ya debía de haberle anticipado. No interrumpió mi explicación en ningún momento, como si estuviera comparando ambas versiones. Cuando le pedí reunirnos en algún lugar discreto —prefería que mi visita no quedara registrada en su edificio, ni la suya en el mío—, carraspeó brevemente y por primera vez me opuso una dificultad.

—No podrá ser antes de esta tarde. Y no muy pronto.

—Cuando y donde tú me digas.

—¿A las siete en el lago de la Casa de Campo?

—Perfecto.

Cuando colgué, me di cuenta de que el plan que me había hecho para el día, con aquella cita vespertina, se me complicaba. Alberto entraba de turno de doce horas ese mismo mediodía, por lo que tenía que ir yo a recoger a los chicos y debía pensar en alguna forma de cobertura para la tarde. O recurría a mi hermana, o llamaba a la prima de Alberto, si podía venir, o corría el riesgo de dejarlos solos con la videoconsola. Aplacé de momento la decisión y me acordé de algo a lo que podía dedicar la mañana. Busqué entre los mensajes y encontré el que Martina me había enviado, con un nombre y un número de teléfono. Pensé que era demasiado temprano para los de su oficio, pero aun así marqué las nueve cifras. Tardó varios tonos en atenderme y, cuando lo hizo, murmuró con voz pastosa:

—¿Quién es?

—Manuela Mauri, de Homicidios. Ay, disculpa la hora, acabo de darme cuenta. Me ha pasado tu teléfono Martina Hernando.

—Joder. ¿Y quién se ha muerto? ¿Tengo yo algo que ver?

—Me gustaría hablar contigo de vertederos. Me dice Martina que eres un experto. Tengo un cadáver que apareció ahí hace tres meses.

—¿Hace tres meses? Ah, ya, la negra. O sea, la subsahariana.

—¿Tendrías un momento para charlar esta mañana? —pregunté, sin darle tregua—. Me acerco yo a donde te venga a ti bien.

—Eh, bueno, viniendo de parte de Martina, cómo no. Aunque te agradecería que antes me dejaras volver a ser persona.

—Claro, ¿desayunas en casa o fuera?
—Suelo bajar a un bar cerca de casa. ¿Por?
—Dime dónde es y la hora que te convenga.
El periodista Roberto Martín se dejó hacer dócilmente. Le había pillado con la guardia baja, o le había picado la curiosidad, el vicio que mata a los de su gremio. Quedamos a las diez y media en un bar de Lavapiés. Justo entonces entró por la puerta la oficial Larbi, mi fiel Guadalupe, con cara de circunstancias. Me acordé de lo que me había anticipado por WhatsApp la tarde anterior. Después de darle los buenos días y ofrecerle ir a sacar un café de la máquina, le pedí que me contara qué era lo que pasaba con Antonia Torres.
—Me llamó ayer, por la tarde —dijo—. Que no estaba segura que fuera a poder atendernos hoy, que pasáramos mejor otro día.
—¿Y eso?
—Que hoy va a tener mucho trabajo, me dijo, pero por la forma en que lo hizo me da la sensación de que hay otra razón.
—¿Otra razón?
—Como si se hubiera pensado mejor hablar con nosotros.
—En ese caso, mayor motivo para ir a verla. Apenas venga Sergio se lo comento y os vais allí los dos. Esta mañana, sin falta.
—No nos va a recibir muy bien, me temo.
—Os lo tendréis que currar, entonces. Decidle que vais de parte de Martina. Ella la conoce. Y si algo se tuerce, me llamáis.
Sergio recibió mis instrucciones, un cuarto de

hora después, con la misma reticencia que Guadalupe, pero ambos eran disciplinados y partieron a cumplir sin rechistar la misión encomendada. Yo estuve un rato despachando el correo y sobre las nueve y media me puse en marcha hacia Lavapiés. No quería ir con el tiempo justo, tenía que aparcar fuera del barrio y me apetecía llegar hasta el bar dando un paseo por sus calles empinadas, por las que hacía mucho que no me dejaba caer. A partir de las diez, la temperatura empezaba a subir como un cohete, pero todavía fue agradable la caminata. A las diez y veinte estaba en el bar que me había indicado el periodista. Busqué una mesa en un rincón, me pedí un café y esperé.

Roberto Martín apareció sobre las once menos cuarto, despeinado, con barba de tres días y en general con toda la pinta de arrastrar una resaca apocalíptica. Había curioseado en su blog, que tenía foto, y el parecido entre ella y el despojo humano que entró en el bar era tan sólo aproximado. Entró buscando con expresión de no ver. Alcé una mano y le hice una seña ostentosa para situarle. Asintió despacio, se acercó a la barra a hacer su pedido y vino renqueando hasta mí.

—Buenos días —dijo—. ¿Inspectora? ¿Inspectora jefe?

—Inspectora, nada más. De las que pican piedra.

—Eso está bien —concedió, dejándose caer sobre la silla—. Pero si no me equivoco, esa investigación la llevaba la inspectora Mañas...

—Está de vacaciones. Yo soy la suplente.

—Ah, ¿y eso? ¿A ti no te dan vacaciones?

—He estado unos meses fuera de juego. Me toca recuperar el tiempo perdido.

—¿Fuera de juego? Espera, Mauri... ¿Tú no eres la que...?

—La misma. La que perdió la cabeza después de encontrar a su inspector jefe muerto sobre su mesa. Pero ya la he recobrado.

Martín procesaba mis palabras con ostensible dificultad. Tampoco se lo estaba poniendo muy fácil, antes de que le trajeran el café y se le desenredaran un poco las ideas. En todo caso, se veía que era un hombre con capacidad para adaptarse con rapidez a las situaciones. Asintió una vez más, con aire meditabundo. Se frotó los ojos.

—Me alegro —dijo—. Vertederos, ¿eh? ¿Qué quieres saber?

—Todo, naturalmente. Para empezar, si has oído algo respecto de nuestra muerta. Los periodistas tenéis vuestras fuentes, y a veces os cuentan lo que las nuestras no nos quieren contar a nosotros.

—No más de lo que se ha publicado, que no ha sido mucho. Al principio pregunté algo y no saqué nada en claro. Luego dejé de preguntar, porque me di cuenta de que a mis clientes, quiero decir los directores de los digitales con los que colaboro, la historia del cadáver descuartizado del que no hay ninguna pista les daba mal rollo. Entre otras cosas, porque las dos o tres piezas que hice cuando aparecieron los trozos de la chica les reportaron pocos clics. Nadie tiene mucho interés en ahondar en una historia tan siniestra.

—¿Y en qué se resume lo que pudiste saber?

La camarera le trajo a Martín su desayuno. Un café bien cargado, un par de porras grasientas y un zumo de naranja. Se fue derecho al café, en el que vació medio sobre de azúcar y al que le arrancó un buen sorbo. Tras enviarlo a su estómago, carraspeó y dijo:

—Todo el mundo piensa que debe de tratarse de una prostituta, una de esas pobres que andan por la Colonia Marconi, o algún otro sitio similar. La franja más *low cost* del negocio. Pero los morenos no dicen ni mu. No tienen todas las licencias en regla, ya sabes. Debió de ser un accidente, suyo o de algún otro, qué más da, esa fuente de ingresos ya no les da euros y les quedan otras. Crudo lo tienes.

—Eso parece —concedí—. De todos modos, no voy a rendirme. He estado leyendo tu blog, no imaginaba que el mundo de la basura diera tanto juego. Si te digo la verdad, ni siquiera me había parado mucho a pensar a dónde va a parar lo que tiro cada noche.

—Es un momento interesante. Varios de los grandes vertederos de la Comunidad de Madrid se están colmatando, y nadie quiere que le pongan la basura al lado de la ventana, para que el aire le traiga el tufo cuando sopla del lado malo. Algunos presionan para que en tanto se encuentran alternativas se lleve a Valdemingómez, pero el Ayuntamiento de Madrid no está por la labor de importar la mierda de otros municipios. Es un verdadero problemón.

—Ya veo.

—No descartes que más de un desaparecido de vuestras listas se esté pudriendo en alguno de los verterederos saturados. Si yo fuera un asesino y me viera con un cuerpo entre las manos, el contenedor es una solución que no dejaría de considerar. Sobre todo, eligiendo con cuidado la zona y el municipio donde te deshaces de él.

Mi teléfono sonó entonces, con el tono de una canción de Sabina que pensé que me tocaba cambiar, *Calle Melancolía*. Martín lo miró con interés, y yo también. Era Sergio, lo que quería decir que algo no iba como debía. Resignada, pedí disculpas y salí a atenderlo.

14
Antonia

El problema podía resumirse en dos palabras y el subinspector Sergio Gallardo lo hizo: Antonia Torres no estaba dispuesta a hablar con quien no fuera el responsable de la investigación. La mención de Martina Hernando sólo había servido para ratificarla en su postura: según les dijo a Sergio y Guadalupe, no era ninguno de los suyos el nombre que Martina le había dado un par de días atrás, cuando la había llamado por teléfono para avisarla de que iríamos a verla. Así las cosas, no tenía otra que abortar mi entrevista con el periodista, que tampoco estaba siendo demasiado fructífera, y dirigirme hacia el distrito de Villaverde. Le pregunté a Sergio dónde estaba.

—En un bar a las afueras de la Colonia Marconi —dijo.

—Pásame por WhatsApp las coordenadas —le pedí—. Y Antonia Torres, ¿por dónde para ahora mismo?

—Está en la colonia, con la furgoneta que llevan para prestarles asistencia a las chicas, pero prefiere que la llamemos y quedemos en un lugar neutral. Siempre que vengas tú a tratar con ella, insiste.

—Dame media hora, no tardo más.

Regresé al interior del bar. Martín supo leer mi gesto.

—Te tienes que ir.

—Sí, lo lamento.

—¿Algún contratiempo? —fisgó.

—No —le esquivé—. Lo de siempre. Las verdades desagradables se resisten a que las saques a la luz. Raro sería lo contrario.

—Lo siento, en todo caso.

—No te preocupes. Me gustaría que estuviéramos en contacto. Y si pudieras volver a hacer preguntas por ahí, aunque no te vaya a servir para alegrar a tus clientes, yo puedo considerar darte alguna prioridad cuando tenga alguna noticia que te interese. Con el debido respeto al secreto sumarial y la contraprestación adecuada.

Martín consideró mi oferta sin precipitarse.

—Siempre está bien tener un arreglo como el que me propones.

—Pues ofrecido queda, pero recuerda: no te saldrá gratis.

—Nadie te regala nada en esta vida.

—Sólo los engaños y los sinsabores —coincidí.

—Y no siempre. A veces te los cobran también.

—Es verdad.

Martín vació lo que le quedaba del café.

—Preguntaré por ahí —dijo, sin mucho énfasis—. Y si averiguo algo, ¿hay algún número de teléfono al que pueda llamarte? El que utilizaste antes lo tienes oculto y no sé cómo descubrirlo.

—Por supuesto. —Le tendí una tarjeta—. A

cualquier hora, si tienes algo. Si no, ni se te ocurra marcarlo, suelo estar ocupada. Y no lo uses nunca para pedirme lo que ya sabes que no te podré dar.

—Entendido, inspectora. Sólo lo marcaré si tengo algo que puedas comprarme. Lo tuyo no son las relaciones públicas, ¿eh?

—Si lo piensas, las mejores relaciones son las que se basan en el interés puro y duro. Generan muchos menos malentendidos.

—Así visto, desde luego.

—Gracias por atenderme. A este desayuno invito yo.

—Vaya, qué detalle.

—Ya ves, no todos los maderos vamos de gorrones.

—Nunca osaría decir tal cosa.

—Que tengas buen día, Roberto.

—Igualmente, inspectora.

Lo dejé allí, ordenando sus ideas, y caminé deprisa hasta donde había aparcado el coche. Lamenté los dos euros y pico que le había regalado al ayuntamiento al sacar el tique, con el cálculo de que mi conversación con el periodista iba a ser más larga. Es el sino de los que tenemos que intentar ahorrar, que a menudo salimos perdiendo en el empeño. Introduje en el GPS la dirección que me había dado Gallardo y me dejé guiar sin más por la voz grabada. Me llevó hasta la M-30 y luego por la avenida de Andalucía hasta tomar el desvío que conducía a la Colonia Marconi, que bordeé para desembocar en la calle de edificios de tres o cuatro alturas en uno de cuyos bajos estaba el bar donde me esperaban, con cara de poco entusiasmo, Guadalupe y el subinspector. Aparqué sin mucha dificultad y sin tener que pasar por caja: ventajas de los barrios humildes, al menos a aquella hora en que sus habitantes —aquellos que conservaban el empleo, quiero decir— estaban haciendo funcionar la ciudad.

Fui al encuentro de ambos, plantados en la puerta del local. Los tomé del brazo y sin preguntarles los llevé hacia el interior.

—Vamos, os invito a un café.

Fue Sergio quien rompió el silencio que se hizo mientras cada uno azucaraba a su gusto el café. Como solía, supo ser sintético:

—Sabe algo.

—¿Qué quieres decir? —le tiré de la lengua.

—Algo concreto. Algo que circula por la calle, entre las chicas. Y lo sabe desde hace tiempo, pero no nos ha querido llamar.

—¿Por qué?

—Tengo mi sospecha. Prefiero esperar a que nos lo diga ella.

—Siempre puede mentirnos.

—Si no es lo que creo, ya te lo diré.

—Muy bien. ¿Tienes ahí el número?

—Sí.

—Dámelo.

Marqué sin dudar. La voz de Antonia Torres, grave y matizada, entró en la línea con suavidad. Inspiraba en seguida confianza.

—¿Dígame? ¿Quién es?

—Soy la inspectora Mauri. Mis compañeros han estado con usted hace un rato. Me cuentan que quiere hablar conmigo, y yo quiero hablar con usted. ¿Podemos arreglarlo lo antes posible?

Temí haber sonado demasiado brusca. Pero Antonia no era de las que se dejan apabullar por la falta de urbanidad del prójimo.

—Desde luego. Pero no aquí.

—Donde usted diga.

—¿Dónde está usted ahora?

—En un bar, fuera de la colonia.

—Deme la dirección. Me acerco.

Se la di, la apuntó, y poco más de quince minutos más tarde una furgoneta con el logotipo del ayuntamiento apareció por la calle. La conducía un hombre en la treintena, y en el asiento del copiloto iba una mujer alrededor de los cincuenta que supuse que sería Torres. Se bajó y, mientras el conductor aparcaba, caminó derecha hacia el establecimiento donde la aguardábamos. Nos ubicó en seguida y se acercó hasta la mesa que ocupábamos los míos y yo. Apartó la silla y se sentó justo frente a mí. Luego me tendió la mano y dijo:

—Antonia Torres.

Le estreché la mano que me tendía.

—Mucho gusto. ¿Quiere un café?

Sacudió la cabeza, enérgica.

—No, ya llevo tres. Si le parece, prefiero ir al grano. He dejado desatendida mi tarea para venir aquí, y aunque considero que esto también es parte de mis deberes, allí es donde tengo que estar.

—¿Su compañero no se une a nosotros?

—Me ha dicho que prefiere esperar en la furgoneta. No sufra por él. Seguro que ya está jugando con el móvil.

—Muy bien, pues nos van a salir baratos. ¿Qué es lo que quería hablar directamente conmigo? Por cierto, no le he preguntado, no sé si le molesta que mis compañeros estén aquí. Yo lo prefiero, porque en todo caso necesito que estén al corriente de lo que me diga.

No me volví para ver la reacción de Sergio ni de Guadalupe, pero adiviné que acababa de anotarme un tanto y aumentar su adhesión a la jefa. Nada, a tales efectos, como poner en su sitio a quien se permite mirarles por encima del hombro a tus subordinados.

—No me importa que estén —dijo Torres—. Lo que quería era que estuviera usted. Necesito su compromiso, si es que es usted quien tiene la responsabilidad y puede comprometerse.

—La tengo, mientras no me la quiten. Y me comprometeré tan pronto sepa qué es lo que quiere usted y si está en mi mano.

Antonia Torres pareció calibrarme durante unos segundos. No me caía mal, en ciertos aspectos incluso reconocía a una semejante: no se mordía la lengua y planteaba las cosas con claridad, incluso si eso implicaba poner en tensión y en entredicho al interlocutor.

—Está bien —se dio por provisionalmente satisfecha—. Voy a tratar de situarla para que entienda lo que voy a decirle y por qué se lo digo. Mi principal interés, profesional y personal, son esas chicas. También la pobre a la que trocearon y tiraron a la basura. Pero ella está muerta y todo lo que le pueden hacer es lo que ustedes y los jueces para los que trabajan entienden por justicia. Las demás están vivas y todavía tienen por delante todo un abanico de posibilidades, que van desde la remota probabilidad de salvarse hasta la de cagarla antes de tiempo y hacer caer la desgracia sobre sí y sobre los suyos.

—Eso lo entiendo perfectamente —dije.

—Como sabrá, trabajo para los servicios sociales del municipio. Eso quiere decir que lo que yo puedo hacer por ellas es poco; casi nada, si quiere mirarlo mal. Venimos aquí con la furgoneta, estamos unas horas, siempre a la luz del día, les repartimos preservativos gratis, que usarán o no dependiendo del cliente o las instrucciones de quien las pastorea, y les predicamos obviedades sobre cómo va el mundo y el negocio. A veces, aunque yo a eso me niego, siempre que pueda evitarlo, les contamos mentiras piadosas que ellas tienen la paciencia de escucharnos, porque les damos un poco de lástima, tan blanquitos y tan gilipollas como para creer en elfos y hadas.

—Vaya. Me acaba de echar usted las ilusiones abajo.

—No lo creo. Si quiere que le sea sincera, hacen más por ellas las oenegés que se atreven a entrar en este submundo, y las que más, las monjitas, que tienen unos huevos como el caballo de Espartero y la fe necesaria para apostarlo todo en esta guerra perdida. Tanta fe tienen que son las únicas que ganan alguna batalla, cuando se desmantela una red y a algunas de las chicas que han quedado libres se las llevan a las casas que tienen en Andalucía o en Galicia. Lo más lejos posible de este agujero al que las trajo su mala suerte.

—Con esa visión que acaba de describirme, no debe de resultarle nada fácil seguir viniendo cada mañana al trabajo —inferí.

—Soy funcionaria y soy una profesional, como usted. Tengo el pan garantizado, en un país donde la gente se queda colgada de la brocha a los cincuenta y con hipoteca e hijos sin emancipar, así que me doy cuenta de que tengo algo por lo que dar el callo. Y si alguna vez le puedo servir mínimamente de algo a alguna, o reducirle un poco el mal que tiene encima, ya merece lo bastante la pena.

—Reconozco esos argumentos.

—Ya lo sabía yo —asintió—. Bien, y ahora lo otro. No he nacido ayer ni he llegado ayer a este mundo. Tampoco es la primera vez que me juego los cuartos con la policía y con la ley. Lo que quiero decirle es que sé muy bien lo que vale lo que pueden ofrecerles a las chicas si colaboran. Me refiero a esa seguridad de la señorita Pepis que llaman *testigo protegido*. Sé que sólo es una ley, como tienen por costumbre los políticos aquí, que se creen que para cambiar el mundo basta con escribirlo en el BOE. Sé que no tienen recursos, y que al final, antes o después, los malos más malos acaban sabiendo quién es el que se fue de la lengua y por dónde para. Y que más de una vez, y en especial con chicas metidas en redes de trata, les han dado matarile para que aprendieran ellas y el resto de las interesadas.

—Me ha estropeado la campaña publicitaria antes de hacérsela. Traía unos vídeos muy apañados, con gráficos y todo.

Antonia Torres se encogió de hombros.

—Lo siento de veras. Es lo que hay. Y no es culpa suya, ya lo sé, ustedes se manejan con lo que les dan y lo que ahí les dan es nada. Yendo al punto que le interesa: hace algún tiempo que he visto un poco más inquieta de lo acostumbrado a una de las chicas, una de las nigerianas, aunque ellas mienten por instrucciones de la mafia que las trafica y dicen que son de Sierra Leona, por si suena la flauta del asilo. Me las he arreglado para acercarme a ella y ganarme su confianza, y he descubierto dos cosas que serán de su interés.

Crucé una rápida mirada con mis compañeros.

—Tiene toda mi atención.

—Primera: esta chica quiere salirse de este mundo. A diferencia de otras, que están tan despersonalizadas que ya ni se lo plantean, en esta hay algo que le permite resistir, no dejar de soñar que puede dejar de ser un fardo de carne en venta. Hay muchos impedimentos para que pueda conseguirlo: la vigilancia de su controladora, la amenaza permanente de la red criminal, el vudú que le hicieron antes de salir de allí, a lo mejor hasta el dinero que llega a su familia, así sea una parte mísera de lo que gana. Sin embargo, y basándome en mi experiencia, diría que esta es de las pocas que podrían.

—Si me dice en qué podemos ayudar para que lo consiga...

Antonia me hizo seña para que la dejara hablar.

—Espere, eso ahora. La otra cosa que he descubierto es que esta chica conocía a otra chica, recién llegada, que desapareció muy poco después de venir a la colonia. No me ha dicho su nombre, ni lo que sabe, pero sé que sabe algo. Lo que me ha dejado caer es que la que sabe más de lo que pudo pasar con ella es la controladora.

—Perdone, con eso de la controladora, ¿a quién se refiere?

—En cada tramo de calle, cada sector que tienen delimitado, hay una chica más veterana, que también se prostituye, pero que hace como de capataz para la red. Los capos se dejan ver poco o nada por aquí: tienen a estas chicas que antes han sido explotadas y que han venido como todas, pero a las que han visto más fuertes y más duras y que les sirven como último escalón de mando y de control. Entre otras cosas, se ocupan de ver con quién y cuánta faena tiene cada una de las chicas que está a su cargo. Poco o nada se les escapa.

—¿Sabe quién es?

Antonia sonrió amargamente.

—Lo sé, y también sé que se dejaría arrancar la lengua antes de decirle nada a la policía. El plan es un poco más complicado.

Observé a aquella mujer. Vi con nitidez que ya había diseñado una estrategia. No supe si iba a convenirme, ni a valerme siquiera, y por otra parte era una intromisión en mis labores y funciones, pero no tenía otra que preguntarle humildemente qué me proponía.

—Dígame —le pedí—. Qué tiene en mente.

—Puedo darles acceso a la chica, siempre muy discretamente, y que ella, eso se lo tendrán que ganar ustedes, les cuente qué es lo que sabe y quién la controla. A cambio lo que les pido es que sin que haya en su investigación ni en sus informes ni en el sumario ningún rastro de que ella es la fuente, se las arreglen para que quede libre de quienes ahora la están explotando y podamos derivarla a una de esas casas seguras de las monjas, a muchos kilómetros de aquí.

Lo había pensado, estaba claro. Y también estaba claro que tenía los arrestos para aguantar el tirón, incluso si yo me ponía estupenda y me daba por imputarla por obstrucción a la acción de la justicia en la investigación de un homicidio, exceso en el que había calculado, y lo había calculado bien, que me privaría mucho de incurrir.

—En definitiva, inspectora —explicó—, no quiero que le vendan esa mierda de la protección de testigos y me la tiren a los pies de los caballos. Lo que quiero es que intentemos salvarla de verdad: que vaya a un lugar donde la ayuden a volver a ser persona, a dejar todo esto atrás y a llevar, en fin, una vida digna de ser vivida.

—No es usted de quedarse a medias —opiné.

—Si te mojas el culo, que sea para sacar un buen salmón.

Consulté a los míos con la mirada. Vi en el rostro de Guadalupe una ansiedad que no advertí en el del subinspector, que más bien parecía querer decirme que lo que la asistente social nos planteaba iba en la línea de lo que él ya había adivinado. Ni uno ni otro iban a decirme, sin embargo, qué era lo que me correspondía decidir.

Miré dentro de los ojos a Antonia Torres. Me hizo frente.

—No puedo cerrar ese trato con usted sin hacer unas consultas y contrastar un par de detalles —dije al fin—. No me suena mal, y me parece justo. Voy a intentar darle lo que me pide. Mientras tanto, no me quite ojo a esa chica, y si puede sacarle algo más, hágalo.

Antonia Torres me dedicó una sonrisa maliciosa.

—Descuide. Seguiré haciendo mi trabajo.

15
Bermejo

Cuando nos quedamos solos, cometí la bajeza, lo admito, de usar uno de los más viejos y sucios trucos de jefe que se conocen. Miré alternativamente a Gallardo y a Guadalupe y los desafié:

—¿Qué, cómo lo veis?

Se miraron entre ellos, como estableciendo la precedencia entre ambos. La que tenía menos galones era Guadalupe, y a Gallardo no le gustaba probar el agua de la piscina lanzándose de cabeza.

—Veo que es la primera vez que tenemos algo con posibilidades de lo que tirar —dijo ella al fin—. Y que habría que cuidarlo.

—¿Y tú, Sergio?

Se removió en la silla e inspiró hondo antes de contestar.

—Siempre existe la posibilidad de empezar a trillar las calles de las nigerianas y abordarlas una por una hasta que alguna tiemble más que el resto —sugirió, con aire de ponerme a prueba.

—Sí, y también podemos consultar el tarot —le espeté—. Lo que me interesa es que me digas qué crees que deberíamos hacer.

—No me gusta que una ciudadana con información relevante para la investigación policial de un crimen perseguible de oficio se crea con derecho a guardársela o a vendérnosla, por filantrópicas que sean sus intenciones —dijo, con aire severo—. Ahora bien, tengo que convenir con Larbi en que tratar de atraerla a nuestro terreno es hoy por hoy la mejor opción, porque otras, como bien acabas de sugerir, pueden tener más contraindicaciones que ventajas.

—Bien. Muchas gracias a los dos por vuestro punto de vista.

Gallardo no quería quedarse así.

—¿Y tú? —preguntó—. ¿Qué crees que debemos hacer? Es decir, qué es lo que vamos a hacer, a fin de cuentas tú mandas.

—No tengo ni pajolera idea —admití—. Voy a necesitar pensar un poco, primero, y luego quiero ver si consigo por otras vías más información para situarme. Con todo eso, me tocará elaborar una propuesta para nuestro inspector jefe, no estoy tan chalada como para llegar a un acuerdo con esta mujer sin el conocimiento y la bendición de mi superior. Lo que me aprieta, antes de nada, es otro marrón. En media hora me ponen en la calle a los dos salvajes que estoy criando y hoy no tengo ninguna cobertura. Voy a ver cómo me arreglo y ya si eso os llamo. Vosotros volved a la Brigada.

No pareció gustarles demasiado el desenlace de la conversación, especialmente a Guadalupe, que tal vez esperaba más complicidad por mi parte; pero yo sabía en qué cosas estaba sola, y nunca iba a dejar de estarlo, y también me parecía bueno, para la cohesión y el funcionamiento del equipo, que se fueran los dos con las ganas y a lo mejor hasta rumiaran juntos su común agravio hacia mí.

Desde el coche llamé por el manos libres a Alberto. Por suerte no le pillé desfibrilando o taponándole una arteria a alguien, sino tranquilamente situado en posición a la espera de acontecimientos que pudieran requerir de sus servicios. Me saludó con voz cariñosa.

—Hola, inspectora. No esperaba yo este honor.

—Veo que no interrumpo nada, ¿no?

—Por ahora no. ¿Cómo lo llevas?

—Bien, para qué quejarme. Oye, ¿tú habías hablado con tu prima de la posibilidad de que esta tarde pasara por casa?

—Te lo comenté, pero al final, como no me concretaste nada, me quedé en la idea de que tú podías ocuparte. Además, hoy se iba de excursión a no sé dónde. ¿Qué pasa, hay algún problema?

—Tengo una gestión que hacer esta tarde. No te preocupes. No creo que sea demasiado rato y no es lejos de casa. Le otorgaré a mi primogénito la confianza que dudo que sepa merecer y que sea lo que Dios quiera. Les dejaré algo para calentar en el microondas.

—Oye, no sé, puedo llamarla, por si...

—Nada, tranquilo, vamos a probar. Dentro de tres meses hará quince años, ya es hora de que sepa afrontar emergencias.

—¿Estás segura?

—Lo estoy. Cuidado tú con las tuyas.

—Siempre lo tengo. Por cierto, ya he reservado,

para dentro de dos semanas, está muy solicitado. El sitio ese al que quiero llevarte.

—¿Y no vas a decirme más?

—No, por una vez vas a dejar que la vida te sorprenda.

—Bueno, ya me ha sorprendido más de una vez.

—Para bien, digo.

—A eso siempre estoy dispuesta.

Recogí a los chicos e improvisé una comida rápida de las mías. No he tenido nunca la paciencia para convertirme en una cocinera cuya obra merezca la emoción del comensal, pero al menos me las arreglo para no masacrar los alimentos ni amargarle el paladar a nadie. Mis hijos dieron cuenta de todo como lobos hambrientos y yo los acompañé mientras veía de fondo las noticias: el mismo rollo de siempre, dentro y fuera de las fronteras, desde que nos habíamos precipitado en aquel bucle bobo de la democracia poscrisis. Mucho más tolerable, con todo, y pese al auge tan fatigoso de populistas, demagogos y demás vendedores de crecepelo social, que el agujero negro donde vivía el grueso de la humanidad, a merced de tiranos, señores de la guerra y psicópatas de toda especie. A los postres, y cuando ya el asunto iba a peor, con el análisis sobreactuado y prolijo hasta el empacho de las vicisitudes de los pateadores de balones y los pícaros que se forraban a su alrededor, quité el volumen.

—A ver, plan para esta tarde —propuse a mis hijos—. A eso de las siete menos cuarto yo tengo que salir para hacer una gestión. No creo que tarde demasiado, pero necesitaré que os quedéis solos, os comportéis y no os lesionéis ni le prendáis fuego a la casa.

—Mamá —se quejó David—. Cómo te pasas.

Manuel, siempre prudente y sensato, guardó silencio.

—Tenemos dos horas y pico. Os propongo que veamos algo que nos guste a los tres. Peli, serie, lo que sea. Hago palomitas.

Era más fácil decirlo que pactarlo. Finalmente, acabamos viendo una vez más *Gran Torino*, una de las pocas películas en las que se encontraban mis gustos de cuarentona ya anticuada y los suyos de hijos de la revolución de las tabletas. A veces me preguntaba cómo era posible que el tipo que había rodado una historia sobre el afán de venganza tan llena de matices, envueltos en finísima mala baba, o que también había firmado una maravilla como *Sin perdón*, fuera el mismo de *Harry el Sucio* o de *American Sniper*. El alma humana, ese colector de impulsos tan insondables como contradictorios.

A eso de las siete menos diez, tras haberles dejado la cena medio hecha a mis hijos y cruzar los dedos, santiguarme y rezarle al dios de la lluvia, estaba aparcando mi Mégane en las inmediaciones del lago de la Casa de Campo. Aquella también era zona de prostitución de bajo coste, con destacada presencia de africanas y de transexuales, aunque florecía más al anochecer. Por la tarde todavía había por los alrededores demasiadas familias con niños como para que la transacción resultara cómoda; para los clientes, que eran quienes marcaban en definitiva los ritmos y usos de aquel comercio.

Fue el capitán Bermejo quien me vio a mí, mientras yo miraba, consternada, la oquedad desolada del lago, que habían vaciado para hacer labores de mantenimiento y limpieza. Recordé haber leído algo al respecto: la idea era tenerlo listo para el verano, pero los plazos municipales nunca eran de fiar y todos los hosteleros se quejaban airadamente de que les habían hundido la temporada.

—Se ve feo, ¿eh? —me dijo, a modo de saludo.

Me volví y vi a un hombre de estatura mediana tirando a no muy alto, sobre el uno setenta; la estatura media de tres décadas atrás, vaya. Andaría ya cerca de los cincuenta, llevaba el pelo muy corto y tenía unos ojos pequeños, pero vivos e inquisitivos.

—Feo y triste, sí —constaté.

—No he propuesto este lugar para jorobar. Me pareció un sitio lo bastante tranquilo y discreto. Más ahora, que el lago está así.

—Por mí está bien, muy bien. Vivo cerca.

—¿Nos sentamos en alguna terraza? Así les hacemos un favor a esta gente, que últimamente facturan poco.

—Donde tú prefieras.

Buscamos el extremo de una terraza desierta y pedimos un par de cervezas. Yo me cuidé de que la mía tuviera alcohol y Bermejo de que la suya fuera cero-cero. La diferente idiosincrasia, pensé.

—Así que estás con lo del vertedero —lanzó la conversación.

—Eso es. Un chollo.

—No lo parece mucho.

—Lo es. A nadie parece importarle. Estamos trabajando como nunca puedes hacerlo. Con poco fruto por ahora, eso sí.

—No me extraña.

—No me puedo resistir a hacerte una pregunta a bocajarro.

—Bueno, si no me apuntas a la frente...

—¿Os ha llegado a vosotros algo del tema? Algún rumor, algo que os haya salido en una vigilancia, una escucha, qué sé yo.

Bermejo me observó en silencio. Me considero una mujer curtida y con aplomo para plantarle cara a lo que me salga, pero no me fue fácil someterme al ostensible escrutinio de aquel hombre.

—Si ese fuera el caso, ya habríamos trasladado la información por el conducto de coordinación reglamentario —dijo.

—Ya, ya imagino. Quería decir sólo si os habéis encontrado algo que, sin ser una pista clara, os mosquee de alguna manera.

—En este mundo te mosquea todo y al final ya no te sorprende nada —declaró, con aire sombrío—. Llevo treinta años de servicio y he visto de todo. Me la he jugado con etarras, narcos y asesinos. Y si te digo la verdad, en esos tres mundos juntos no llegué a ver tanta maldad como la que me encuentro cada día en este negocio.

—Soy toda oídos, mi capitán.

Dejó flotar la mirada más allá del fantasma del lago ausente.

—Quizá te hayan contado que no hace mucho le metimos un buen viaje a la mafia de los nigerianos —dijo al fin—. La que con toda probabilidad trajo a la chica esa sin nombre que te interesa. Ha salido algo en los periódicos, pero no con todos los detalles. Hay otras cosas que las desmenuzan hasta llegar al átomo, pero sobre esto siempre pasan por encima. Y es en los detalles donde está la sustancia de lo que aquí enfrentamos, inspectora. Tenían a chicas prostituyéndose en cuevas, y no estoy hablando en sentido figurado: en cuevas de verdad, por cinco euros. La clientela eran inmigrantes africanos o magrebíes de los que viven esclavizados como jornaleros del campo, en los plásticos y demás. Esclavas para el desahogo de esclavos. En la Europa occidental del siglo XXI. En nuestro hermoso y biempensante Estado social y democrático de derecho.

—Joder —se me escapó.

—Eso era el escalón más bajo, donde acaban destinando a las que ya no les sirven en el resto de sus tenderetes. Aparte están los otros muchos lugares, casas y calles, donde las explotan por ponle quince o veinte euros, a todo lo largo y ancho de la Península, desde Bilbao hasta Huelva, pasando por nuestra Colonia Marconi.

—¿Tan poderosas son esas redes?

—Y más. Son verdaderas multinacionales. ¿Sabes cómo llegan las chicas hasta aquí?

—Alguna idea tengo. Por el Estrecho, en patera, ¿no?

Bermejo sonrió con la estoica desesperanza del que sabe lo que sus semejantes pueden permitirse el lujo de desconocer.

—Eso era antes. Y sigue siendo, pero de manera marginal. Te hablo de profesionales, han encontrado soluciones mejores.

—¿Como cuáles?

—Para que lo entiendas, quizá sea útil ir al principio. Al punto de partida de las chicas. En su gran mayoría, un lugar con nombre y sin piedad: Benin City. Desde allí salen, muchas de ellas animadas por sus propias familias, que se prestan de buen grado a que las trafiquen porque así dejan de ser una boca hambrienta en casa y pueden empezar a enviar dinero. Les hacen rituales de vudú para garantizarse su sumisión a la organización, en la creencia de que si tratan de zafarse eso será la desgracia para ellas y los suyos. No porque haya unos tipos malos dispuestos a hacerlos papilla, sino porque los espíritus se ofenderán al verse defraudados. Y esto a ti o a mí puede parecernos una chorrada, pero para ellas es artículo de fe.

—La globalización, ese camelo.

—Pues sí: al final el terruño y sus mitos ancestrales tiran más de lo que se cree. Las elegidas atraviesan el Sáhara por una ruta que la red se encarga de mantener operativa, con la colaboración de una variedad de proveedores y operadores logísticos locales. A ratos van en autobús, a ratos en furgonetas infames, a ratos caminando. Los que las van moviendo cobran de la red y también se cobran de ellas en especie, con la bendición de los traficantes. Por eso muchas vienen embarazadas o con niños, porque el viaje puede durar meses hasta que llegan, no a Marruecos, sino a un sitio más favorable para los intereses criminales. En Marruecos, peor o mejor, hay un Estado: si llamas, se te pone alguien al teléfono. En Libia, por el contrario, sólo hay bandidos. Con ellos se arregla el paso a Italia, y las chicas, que son mercancía valiosa, van siempre en los puestos buenos de la barca: en el centro, donde hay menos riesgo de irse al agua.

—¿A Italia? ¿Y cómo es que acaban aquí?

—Por dos razones bien poderosas: aquí hay una demanda que no baja, y la organización tiene además, de propina, un generoso sistema de incentivos públicos. Y no me refiero a la alegalidad de la prostitución, frente a la prohibición de otros países, sino al incentivo en su sentido más puro y duro: dinero contante y sonante.

—¿Cómo?

—Cuando las chicas han pasado, se las llevan al norte. Milán o Génova. Desde allí, por carretera o por avión, dependiendo de la documentación de la interesada, las llevan a Bilbao, que es la puerta de entrada ideal para sus propósitos. ¿Adivinas por qué?

—¿Por qué?

—Por el excelente sistema de ayudas sociales del País Vasco, una comunidad opulenta que gasta en estos menesteres mucho más que Extremadura o Canarias, pongamos por caso. Chica que entra, chica que le intentan cargar a los servicios sociales, lo que supone unos jugosos ingresos extra para la organización, en tanto la chica siga empadronada allí. Que a veces lo sigue estando, con otras veinte en la misma casa, mientras la prostituyen en Logroño. O en Almería.

Bermejo era consciente del efecto que su ciencia causaba en los que, como yo, nos acercábamos a la materia desde la ignorancia feliz del profano. Sostuvo mi mirada perpleja con indulgencia.

—No me lo puedo creer —dije al fin.

—Créetelo —insistió—. Ya te lo he dicho antes. Son los malos más malos que me he echado a la cara. Y listos como el diablo, tanto para buscarnos las vueltas como para sacar dinero a costa de estas pobres. Tendrías que ver cómo las tienen, en verdaderos agujeros, y cómo las sangran por cualquier cosa. Lo mismo si tienen la regla que si se cogen la gripe y necesitan un paracetamol. No les dejan ir al ambulatorio a que se lo receten, ni siquiera a la farmacia a que lo compren a precio de mercado. Se lo venden directamente ellos, a un euro la pastilla o veinte la caja. Y así todo, y no protestes. De ese modo, nunca pueden saldar la deuda que tienen con la red.

—¿Quiénes son? Los que lo organizan, quiero decir.

—Eso daría para varias conferencias. Resumiendo, el tipo al que pillamos como jefe del entramado en España vivía plácidamente en Cantabria, a todo lujo, con más colgajos dorados que un árbol de Navidad y un casoplón y un cochazo de infarto. Pero dentro de la organización no creo que sea más allá de un peón de tercer o cuarto nivel. Los que mandan están allí, en Nigeria, y eso es zona de sombra para nosotros. Trabajamos con la NCA británica, que a su vez tiene equipos conjuntos con la policía nigeriana, pero ellos van a lo suyo, nos pasan la información que les interesa y con la que les pasamos nosotros van completando su dibujo. Nos han ayudado a dar a las redes palos más fuertes, pero sólo a las estructuras que tienen aquí. Bueno, para contarlo todo, también nos han facilitado ir a pisar el terreno, aunque más en viaje de turismo policial que otra cosa. Gracias a eso puedo decir que he estado allí, en Benin City.

—¿De veras? ¿Y cómo es?

—¿Viste la película aquella de Coppola sobre Vietnam?

La había visto, sí. Y también había leído la novela de Conrad. No necesitó decirme más para que escuchara la voz de Marlon Brando, la del loco asesino Kurtz, susurrándome al oído: «El horror».

16
El trato

No pude evitar tirarle de la lengua. Bermejo, un poco a regañadientes, se avino a responder y me contó cosas sobrecogedoras. Cómo es el camino de Lagos a Benin City, una distancia que aquí se cubriría en poco más de una hora y que allí te lleva cinco o seis, por una carretera cuyos socavones pueden tragarse autobuses. Cómo es la propia Benin City, una ciudad sin una calle pavimentada, sin nombres de calles siquiera, donde la orientación para encontrar una dirección es siempre una cuestión de aproximaciones sucesivas. Hasta había asistido a un ritual de vudú, como los que hacían a las chicas antes de venir a Europa. O como los que, en colaboración con los británicos y los nigerianos, habían llegado a encargarle a un chamán para que deshiciera, a ojos de alguna chica liberada y que se prestaba a testificar, el hechizo al que aún se creía sometida.

En ese momento eché un vistazo al reloj, recordé que mis hijos estaban solos y también que no había ido allí para escuchar aquellas historias, por perturbadoras y terribles que fueran, y por útiles que pudieran resultar para hacerme una idea del terreno que pisaba. El propio Bermejo fue consciente de que su relato me subyugaba pero no solucionaba mis problemas, y fue él mismo quien me invitó a que pasáramos sin más demora al más prosaico terreno policial.

—Quizá deberías decirme en qué puedo ayudarte. Si puedo.

La última precisión era cualquier cosa menos gratuita. Gracias a mi amistad con uno de los suyos me atendía, pero para poder darme alguna clase de apoyo necesitaba saber en qué andaba y qué buscaba yo exactamente. Tendría que encajarlo con sus propios objetivos y protocolos y en fin, no era tan ingenua como para ignorarlo, me tocaría persuadirlo de que él podía ganar algo en el viaje. De modo que opté por serle sincera y hacerle un resumen preciso de dónde estaba y qué tenía, sin omitir aquella pista que había surgido en el curso de la entrevista con la asistente social, Antonia Torres.

—La conozco —dijo, cuando le di su nombre.

—¿Y? —no pude evitar preguntarle.

—Hace lo que puede; poco, como todos. Tiene información de primera mano. Más que alguno que cree saber. Menos que otros.

—Llevo toda la tarde pensando en cómo puedo meterle mano a lo que me ha propuesto. Cualquier detalle, en una investigación que lleva tres meses girando en el vacío, vale su peso en oro, pero no sé cómo puedo darle garantías de lo que me pide, y tampoco veo lo de saltármela y tratar de buscar a la chica y a su controladora.

—Sería una torpeza —coincidió—. Inútil, por

otra parte. Incluso si dieras con la chica, así no conseguirías nada, por el miedo que tendrá metido en el cuerpo. Y en cuanto a la *madame*, o sea, la controladora, ya te digo yo que no encontrarás la manera de que se salte la ley del silencio. He interrogado a unas cuantas. Como pasa con sus jefes varones, no las sacas de una conversación sobre el tiempo que hace, y eso con suerte. El camino tiene que ser más largo.

—¿Tienes alguna sugerencia?

—Antes de seguir, tengo que hacerte una pregunta yo.

No se me escapó que se avecinaba una prueba. Una más, de las que tendría que pasar antes de poder contar con su ayuda.

—Tú dirás.

—¿Por qué estás hablando conmigo, y no con la gente que en tu empresa se dedica a estos asuntos? También ellos saben de esto, y también se trabajan la Colonia Marconi, y conocen a Antonia Torres, y hasta han estado en Benin City. ¿Por qué, perdona la franqueza, una pasma tiene la extraña idea de recurrir a un picoleto?

—¿No te dijo nada el subteniente Bevilacqua?

—Poco, apenas me insinuó algo. Supongo que asumió, con buen criterio, que yo te preguntaría y tú me dirías. Lo que creas que debas decirme, que a lo mejor no es lo mismo que le dijiste a él.

—Qué largo es, el tío —me admiré—. En fin, en mi situación, no tiene sentido que te esconda mis intenciones. Te diré lo mismo que le dije a él: salgo de un proceso complicado en mi empresa, hay quienes no me ven con buenos ojos, por lo que no estoy cien por cien segura de que vayan a darme toda la información que tienen. Por otro lado, parto de una sencilla constatación: en los más de tres meses que llevan de investigación, los míos, incluidos los que más saben de esto, no han dado con ningún hilo del que tirar.

—Ya veo.

—Por eso, aconsejada por una buena amiga, se me ocurrió abrir el foco y buscar iluminación exterior. No porque seáis más listos que ellos, sino porque jugáis con otras cartas, y quién sabe dónde puede saltar la liebre. Estoy dispuesta, claro, a llevar esta relación dentro de la más estricta reserva, y también asumo que tengo que tener en cuenta vuestros intereses y, si me dices cómo, favorecerlos.

—Aquí no somos tanto de cobrar los favores como de hacerlos si tiene sentido para lo único que a nosotros nos importa.

—¿Y qué es lo único que os importa?

—El servicio a la patria y a la ciudadanía.

Por un momento, pensé que lo decía de coña. Pero la seriedad con que mantuvo el gesto me hizo ver que lo decía de veras.

—Con la patria yo tengo una relación un poco más difusa —le reconocí—, pero en lo otro estamos totalmente en línea.

—Bien. Me puede valer.

—Dime, anda, cómo lo enfocarías tú.

Ahí estábamos, al fin. Donde había que empezar a imaginarle un itinerario al asunto que nos traíamos entre manos. Era alentador sentir que una mente policial como la de aquel hombre, avezada y sólida, asumía, así fuera de momento y en el plano teórico, el reto de contribuir a buscar la solución a mi problema. Tras meditarlo por espacio de unos instantes, Bermejo trató de ordenar las piezas.

—Vamos a ver. En la Colonia Marconi operan un par de redes que tenemos tocadas de una u otra forma. Una es un resto de la que desmantelamos en la operación que te contaba antes. La hipótesis es que sigue más o menos conectada con los cabecillas que están en la cárcel. De otra tenemos menos información, no hemos logrado llegar mucho más allá del nivel local. Nosotros nunca solemos ir a por los peces chicos, vale más esperar quince meses y llegar lo más arriba posible que hacer redadas fáciles con los peones que se la juegan en la calle. Pero enredar siempre se puede, y más si es para conseguir que una chica salga del control de la mafia. Nos bastaría con saber quién es la controladora y simular una minioperación, que ni siquiera buscaría que el juez vea al final indicios para encarcelarla. La clave es retirar a la *madame* de la circulación un par de días y que podamos aprovechar nosotros para hacer desaparecer a la chica que nos interese. Si es que ella está dispuesta a salirse del tinglado, claro está, y eso ya dependerá de lo atornillada que la tengan.

—¿Harías eso por mí?

—Si puede servir para esclarecer un homicidio, si mis jefes no lo ven mal y si eres una persona agradecida y me prometes que te acordarás cuando necesitemos algo de tu Brigada, por qué no.

Puse mi expresión más dulce y encantadora.

—Soy una persona muy agradecida. Te lo aseguro.

—Mira qué bien. Todo a favor.

—¿Y eso cuándo lo podrías hacer?

—¿Eso? Conociendo el objetivo, en cualquier momento. No lo presentaría siquiera como el reventón de una investigación, sino como un simple meneo al árbol por si cae algo. Ya te digo, no es lo que hacemos de manera habitual, pero dando tan abajo en el organigrama, tampoco causará mayor daño. Si coincide que tiene algo que ver con la red a la que ya le sacudimos, puedo plantearlo como una diligencia complementaria, un fleco de aquella operación.

—No sabes la alegría que me das.

—Lo intuyo.

Me fijé en su sonrisa zorruna. Cuando quería, Bermejo sabía tirar de ironía. Que no lo hiciera a menudo le daba más valor.

—Tengo que ocuparme antes de unos cuantos trámites —dije—. Para empezar, me toca hablar con mi inspector jefe.

—¿Es de fiar tu inspector jefe?

—Sí —respondí, sin permitirme, una no siempre es trigo limpio, que la duda que anidaba en mi ánimo se contagiara a mi voz—. Pero, por si acaso, no le hablaré de este trato nuestro. Sólo le diré que he sabido que andáis con algo que, si nos sincronizamos, puede darnos acceso a esa chica que a lo mejor nos sirve como testigo.

—Mejor así.

—Luego, si mi jefe no pone objeciones, tendré que hablar con Antonia Torres, para convencerla de que nos pase la información que necesitamos, con la garantía de que sacaremos a la chica.

—¿Quieres que hable yo con ella?

—Deja que lo intente yo primero. No quiero que desconfíe.

—Bien, ya me dirás.

El sol se hundía a nuestras espaldas, tiñendo de naranja la línea de edificios al otro lado del hueco del lago: las siluetas de la Torre de Madrid y el fantasmagórico edificio España, la punta del edificio de la Telefónica, y más allá el Palacio Real y la catedral. Bermejo se abstrajo en aquel horizonte, que deduje que contemplaba a menudo. Me sentí afortunada por poder contar con aquella solvencia suya, tan contenida que en cierto modo venía a ser todo lo contrario de mi carácter. Y creí que era de justicia que se lo reconociera.

—Es un placer hacer negocios contigo, mi capitán.

—Lo mismo digo, inspectora. Ahora sólo falta que salga bien.

—Saldrá bien, lo presiento.

Regresé a casa temiendo que David y Manuel se hubieran peleado o hubieran hecho explotar el microondas. Mis temores se revelaron del todo infundados. Los encontré apaciblemente arrellanados en el sofá, viendo una película de superhéroes. Algún día tendría que preguntarles cómo eran capaces de tragarse, una y otra vez, la misma historia, en la que apenas si cambiaba el color de las mallas del disfrazado de turno y el decorado urbano sobre el que se sucedían los derrumbes y las detonaciones. Sobre la mesa, los platos vacíos y pringosos de salsa reseca certificaban que se lo habían comido todo. Al verme llegar apenas cambiaron de postura. Continuaron desvencijados en el sofá, esperando a que me agachara yo para darles un beso, lo que hice, porque una madre no rehúye nunca un sacrificio. Aunque no dejé de añorar los días en que yo entraba por la puerta y tanto uno como el otro salían corriendo a colgárseme del cuello.

Me preparé una cena frugal y después de estar dándole vueltas durante un rato me armé de valor y marqué el número del inspector jefe Carranco. Me sorprendió lo raudo que atendió la llamada.

—Jefe, soy Mauri. Perdón por la hora.

—Mauri, ¿ocurre algo?

Por su tono, me sonó como si me preguntara por si había sufrido alguna especie de brote psicótico, antes que por alguna incidencia del servicio. Me apresuré a despejar su aprensión al respecto.

—No, nada grave, ni urgente. Sólo que le quería pedir audiencia mañana a primera hora, para contarle mis avances en la Operación Vertedero y hacerle una propuesta de actuación.

—Ah, ¿hay avances?

—Alguno. Aunque nos va a exigir extremar la cautela.

—¿No me puede adelantar nada? Tengo tiempo.

—Jefe, ¿le importa que le haga una petición? Espero que no le parezca una impertinencia por mi parte. No pretende serlo.

—¿Qué petición?

—Que nos tuteemos. Ya me perdonará, pero no me hago a tratar a mi jefe directo como si fuera el subsecretario del ministerio.

A Carranco se le escapó una risa que saltó a la línea.

—No pretendo poner distancia —aclaró—. Suelo tratar de usted a la gente con la que no tengo confianza, y más si ellos tienen que hacer lo mismo, como pasa con quienes tengo a mis órdenes.

—Podemos empezar a tener confianza. Puede relevarme de tener que llamarle de usted. Creo que nos comunicaremos mejor.

—De acuerdo, nos tuteamos. ¿Qué es lo que tienes?

—Una posible testigo. En la Colonia Marconi. Una de las chicas que se prostituyen allí. Parece saber algo y conocer a alguien que pudo ver algo. Esa es la buena noticia. La mala noticia es que está en manos de una mafia y tendríamos que darle alguna salida.

—Podemos hablarlo con los compañeros de Extranjería.

—La situación es un poco más compleja. Por eso me gustaría poder explicársela en persona, y con tiempo suficiente.

—Yo estoy todos los días en el despacho a las siete y media de la mañana. A partir de ahí, cuando quieras.

—Tengo a Alberto de guardia, me toca a mí llevar a los chicos al campamento de verano. Puedo dejarlos allí a partir de las ocho, y estar en la Brigada sobre las ocho y cuarto, más o menos.

—Muy bien, a las ocho y cuarto entonces.

—Gracias, jefe.

—No hay de qué. Hasta mañana.

Aunque no es ni mucho menos mi estado habitual, dejé que aquella cálida noche de julio me invadiera el optimismo. Tenía una pista, tenía un socio fiable y de repente creía tener un jefe receptivo a mis sugerencias, incluso si resultaban ser un poco heterodoxas. Me había hecho a la idea de que todo fuera más difícil, y aquella sensación de estar en racha era tan infrecuente como deliciosa. Pregunté a mis herederos si habían sacado a la perra. Como si la respuesta no fuera evidente en la mirada atribulada del animal y la indolencia que transmitía la estampa de los interpelados. Fui a buscar la correa y mi fiel amiga de cuatro patas se deshizo en amor hacia mí. No me vendría mal darme un paseo por Rosales, adonde a lo mejor llegaba desde la Casa de Campo alguna brisa que aligerase el calor.

Mientras paseaba a Maggie me acordé de mi equipo. Los había dejado en la incertidumbre, y aunque había pensado comunicarme con ellos por la tarde, al final se me había pasado hacerlo, o quizá fuera más exacto decir que me había dado pereza contactar con ellos las dos o tres veces que lo había pensado. No tenían por qué saber que había estado haciendo horas extra para nuestra investigación. Bien podían haber sacado la impresión de que flaqueaba y, como cualquier otra de esas madres a las que más pronto que tarde se las invitaba a pedir un destino burocrático, había tenido la ligereza de anteponer el cuidado de mi prole a la lucha contra el crimen.

Así que resolví ponerles un wasap que disipara todos aquellos posibles malentendidos. Abrí la cuenta del grupo y tecleé: «Tengo novedades. Mañana a las nueve reunión general para elaborar plan de acción». Y como dejarlo ahí me parecía algo frío, añadí: «Dulces sueños a todos». En los siguientes cinco minutos me respondieron los cuatro. Los hombres, con el emoticono del pulgar hacia arriba. La oficial Larbi, con un escueto OK. Ninguno se atrevió a desearle dulces sueños a su inspectora. Eran una pandilla de sosos.

Una vez que Maggie se hubo desahogado a gusto, volví a casa. Mis hijos habían cambiado entre tanto de entretenimiento. Ahora estaban viendo *Vikingos*, una de las últimas temporadas. Me puse a verlo, algo adormilada, y en seguida me vi roncando. Recordaba las primeras temporadas, y a su autor, Michael Hirst, jactándose de que su serie la veían en doscientos países, mientras que el libro estaba muerto. Lo que ahora me parecía a mí que estaba muerto era su caro y pretencioso artefacto audiovisual, aunque al principio me había llamado la atención. Me temí que dentro de veinte años sus vikingos sólo dieran risa, mientras que las viejas sagas islandesas de Ragnar y sus hijos, de las que el espabilado de Hirst había sacado sus guiones, todavía seguirían inspirando respeto y teniéndose en pie.

Al final, opté por irme a la cama, no sin antes advertirles a los míos que a las siete en punto del día siguiente les tocaría diana, para que no encadenaran capítulos hasta las tantas. Antes de que apagara la luz, me entró un wasap. Era Alberto: «¿Estás despierta?».

Marqué su número. Estaba en la base, en uno de

los intervalos en que se le permitía tumbarse un rato a descansar. Me preguntó cómo me había ido el día. Creí que sólo podía darle una respuesta:

—Te va a sorprender, pero estoy contenta. Muy contenta.

—Me alegra mucho oír eso.

—Y a mí poder decírtelo. No imaginas cuánto.

No era verdad. Sí que lo imaginaba. Por eso le quería de aquella forma, tan desprevenida, como nunca me había creído capaz.

17
El remordimiento

El inspector jefe Carranco me escuchó con escrupulosa atención. Me dejó hablar, incluso explayarme, sin interrumpirme en ningún momento ni formular el menor reparo. Paradójicamente —o no— eso no hizo que aumentara mi confianza en mí misma ni en lo que le estaba planteando, más bien al revés. Cuando alguien se recluye en un silencio tan compacto como el que me mostraba, muy bien puede andar rumiando una enmienda a la totalidad; y mis antecedentes, las circunstancias del caso y la peculiar estrategia que había ido a exponerle invitaban a pensar que por ahí fueran los tiros, más que por el lado de ganarlo para mis argumentos. Pese a todo, me esmeré en apuntalarlos y traté de ser lo más transparente que pude con él. Lo que no hice fue contarle que era yo quien había acudido a la Guardia Civil para pedirle la ayuda que no confiaba en recibir de los nuestros, ni que el capitán Bermejo se ofrecía a actuar sólo porque era una manera de proporcionarme esa ayuda. Como había pactado con el benemérito, le dije a mi inspector jefe que ellos ya tenían una operación en marcha, que podía tener el efecto colateral beneficioso de liberar del yugo de la organización a una testigo, y que lo más inteligente, dejando de lado celos y competiciones entre cuerpos, era ponernos a rueda de ellos y estar ahí para recoger de su cacería lo que a nosotros nos interesaba para nuestra investigación.

Carranco sopesó sin precipitarse mi propuesta. Me pareció que también hacía algo más, cuestionarse la verosimilitud de lo que le había contado y de paso mi equilibrio mental, una inercia de la que supuse que le costaría liberarse y que me incumbía a mí más que a cualquier otra persona ayudarle a revertir. Por un momento dudé si no estaría sospechando de la coincidencia entre la aparición de una testigo y la inminente operación de los guardias civiles, pero para ello Carranco casi necesitaría haber tenido dotes adivinatorias, y eso es algo que no me he encontrado todavía en ningún policía.

—Eres consciente, supongo, de que lo que me propones no es un procedimiento excesivamente ortodoxo —dijo al fin.

—Lo soy, pero es una oportunidad. Y cuando se trata de lo que aquí se trata, un homicidio que se resiste, vale más encontrar por dónde ir, aunque sea una gatera, que velar por la ortodoxia.

—Dentro de unos límites —me recordó.

—Que no creo que aquí traspasemos, jefe.

—Me cuesta decirte que no. Por primera vez desde que esto cayó en nuestra mesa, aparece un hilo para averiguar, primero, quién era esa pobre chica sin nombre. Y a partir de ahí, lo que salga.

—Eso es lo mismo que pensé yo, cuando supe

que los del cuerpo hermano iban a meterle este viaje a la prostitución en la colonia.

—¿Cómo es que te dio por hablar con ellos? —indagó.

—Tengo algún amigo. Se me ocurrió que era lo lógico, después de que los nuestros no nos hubieran dado ningún balón que jugar. No son mejores ni peores, pero van por otros derroteros, y me dije que era una manera de reunir más información. Entonces saltó lo de la pista que nos dio la asistente social, Antonia Torres, y atando una cosa y la otra vi que estábamos de suerte. Y no sé a ti, jefe, pero a mí los años que llevo en esto me han enseñado a no despreciar nunca las ocasiones que te regala la fortuna. Son pocas y no vuelven.

—En eso estamos de acuerdo.

—¿Me das luz verde, entonces? ¿Puedo llamar a Antonia Torres y decirle que a efectos de nuestras diligencias será como si su chica nunca hubiera existido? De enviarla a una casa segura después de la intervención ya se ocupan los guardias, tengo el compromiso del capitán y creo que a Antonia eso le dará suficiente garantía.

—Corremos un riesgo y lo sabes —advirtió, circunspecto.

—Lo sé, pero también me acuerdo de que tenemos guardadas unas muestras de ADN. Una vez que lleguemos a sus dueños, ya nos ocuparemos de inventar el camino por el que lo hicimos. Y con esos perfiles genéticos no creo que nos sea indispensable hacer que testifique una chica que bien puede haberse largado del país.

—Si podemos no mentir por escrito, mejor.

—Era una forma de hablar.

—Otra cosa. Mantén esto controlado dentro del equipo. Que no salga de ti y de mí y los que trabajan en esta operación.

—Claro. También yo lo prefiero.

—No quiero despertar suspicacias. Para mí, como para ti, tiene una lógica que nos apoyemos en la competencia por esta vez, pero hay aquí gente que no lo entendería ni en cien vidas que viviera.

—Me consta, jefe.

—Pues no te digo más. Buen trabajo, Mauri.

—Espere para felicitarme a que todo esto sirva para algo.

Carranco me sonrió con calidez.

—No te felicito por el éxito, que todavía te tendrás que trabajar, sino porque veo que has vuelto y has vuelto en forma.

—Se hace lo que se puede.

—No se me escapa el peso que arrastras, que es el que arrastraría cualquiera en tu lugar. No quiero ser macabro, pero soy consciente de lo que viste en esta misma mesa, hace unos pocos meses.

Negué con la cabeza.

—Era otra. La mesa, quiero decir. Tal y como quedó, tuvieron que retirarla. Me pregunto qué harían al final con ella.

—Bueno, pues olvida la mesa. En esta misma habitación. A mí Rodrigo me inspiraba respeto como policía. Era bueno, tenía valor y cabeza. No logro entender cómo la perdió para hacer lo que hizo, y me refiero a lo de antes de coger la pistola, pero tampoco soy de los que gustan de dedicarse a juzgar a sus compañeros. Lo tenían que haber hecho unos jueces, si él les hubiera dado tiempo. Ahora ya no habrá nunca sentencia y cada cual puede recordar lo que quiera. Yo prefiero recordar las veces que se portó y me echó una mano.

—Yo también.

—Y a ti, que estás aquí todavía —continuó—, quiero decirte que cuentes conmigo, que estoy de tu lado y que te apoyaré en lo que tú y yo pactemos, como acabamos de hacer ahora mismo. Esto, a partir de ahora, es mi decisión, y en lo que hagas para cumplirla cuenta con mi cobertura. Sólo te pido que no me la juegues tú a mí.

No pude evitar una punzada de remordimiento. Elegí creer que mi mentira, o mi media verdad, era inofensiva para él, siempre que Bermejo no cometiera una indiscreción, algo que me parecía tan probable como que mis hijos dejaran limpio el borde del váter.

—No lo haré, jefe —prometí.

—Adelante entonces. Y avísame cuando vaya a ser el día.

Faltaban quince minutos para las nueve cuando salí, pletórica, del despacho del inspector Carranco. Vi que ya había llegado casi todo el mundo, salvo Gutiérrez. Los saludé desde lejos y me fui a la máquina del café para administrarme el tercer chute de cafeína de la mañana. Hay días que noto que me excedo, en forma de taquicardia, pero otros me quedo corta y si me descuido me caigo, por lo que tengo que ir ajustando. Es uno de los efectos de tener la tensión baja, una peculiaridad de mi organismo que no termina de casar con mi temperamento, pero ahí está, tan tozuda como incontestable.

Confié en que Antonia Torres fuera una mujer madrugadora. No quería que se me enfriara, y por tanto tampoco quería retrasar el momento de confirmarle que tenía permiso para comprometerme a lo que me había pedido. Marqué su número y sonó hasta que saltó el contestador. Un minuto después, era ella la que me llamaba.

—Tengo buenas noticias —le anuncié.

—¿Ah, sí?

—Sí. Acepto sus términos. Su chica será invisible. Y va a tener posibilidad de salir de ahí, si es que verdaderamente quiere.

—Me lo tendrá que explicar un poco mejor —me invitó.

—Y lo haré, hasta donde puedo sin comprometer información policial, que además afecta a las responsabilidades de otros. Lo que puedo es garantizarle ya que no la interrogaremos formalmente ni reflejaremos su testimonio en nuestras diligencias. En cuanto al día y la manera en que le quitaremos de encima a la carcelera, no puedo darle más detalles ahora, pero no tardará mucho. La avisaré.

Antonia Torres procesó en silencio lo que le había contado. No pareció tenerlas todas consigo, o quiso probar mi consistencia:

—Mi amiga Martina me dice que puedo fiarme de usted.

—Ella se fía, porque también soy su amiga y hasta aquí nunca se la he jugado. Ahora falta saber si usted se fía de ella.

—Me fío, pero en estos asuntos toda precaución es poca.

—Estos son mis poderes. Conseguí lo que me pidió.

—Ya veo. Deje que hable con la chica. No puedo ir de cualquier modo, hay que buscar la ocasión sin despertar sospechas.

—Eso ya es cosa suya. No tarde mucho. Podría ser inminente.

—Recojo el mensaje. Descuide, que no perderé el tiempo.

—Y para que todo salga como queremos, necesito que me señale cuanto antes y con precisión el objetivo, para que yo se lo pase a mis compañeros. No intervendré yo, ni la gente de mi equipo. Así será aún más difícil vincular a la chica con nuestra investigación.

—Deje que hable con ella antes.

—De acuerdo. Como usted prefiera.

Antes de juntarme con el equipo le mandé un wasap al capitán Bermejo. Por si acaso, que los wasaps los acaba guardando el diablo, preferí escribírselo en clave y sin entrar en demasiados detalles: «Mi seño no lo ve mal, ya me dirás qué dice la tuya». Al cabo de unos pocos segundos, me entró su respuesta: «En ello, ya te cuento».

Ya estábamos todos y pasaba un minuto de la hora, así que convoqué a los míos alrededor de la mesa. Hice para ellos un relato lo más parecido posible al que le había hecho al inspector jefe. Con la misma mezcla de información y desinformación, no fuera a ser que al cruzar las versiones, eventualidad que no podía descartar, alguien diera en desconfiar y se imaginara lo que no me convenía. Me habría gustado, cómo no, tener unos subordinados con los que pudiera ser absolutamente diáfana, y compartir con ellos los riesgos y la carga de no atenerme del todo a las reglas establecidas. Pero no era el caso y tampoco iba a servir de nada lamentarse. Quizá con el tiempo, si aquello salía bien y no me abrían expediente, podría llegar a construir con alguno la solidaridad y la confianza necesarias. Tal vez con Guadalupe, tal vez incluso con Gutiérrez, si la inesperada sintonía que había encontrado con él se mantenía y afianzaba lo suficiente como para hacerme olvidar que era uno de los que se habían dejado enredar entre las sábanas de la inspectora Rosario Mañas.

Cuando terminé de contarles mis gestiones y de exponerles el plan que había acordado con el jefe, los recorrí con la mirada.

—¿Dudas, observaciones, objeciones, exabruptos? —pregunté—. Ahora o nunca, una vez en harina espero obediencia ciega.

—¿Podemos fiarnos de ese capitán? —preguntó Rafael.

—¿Puede fiarse él de nosotros? —se la devolví.

—No estoy cien por cien seguro —bromeó.

Todos se echaron a reír. Le agradecí al subinspector que hubiera dado con la manera de deshacer de un plumazo la gravedad del cónclave. En realidad quería que cada uno expusiera su criterio. No aspiraba a que me demostraran sumisión perruna, esa que goza de tan infundado predicamento entre buena parte de los que ostentan puestos de jefatura a lo largo y ancho de la vieja piel de toro.

—Respondiendo a tu pregunta —retomé el hilo—, creo que sí, que podemos fiarnos. Me viene recomendado por alguien de total garantía, él no pierde nada, y pasamos a deberle un favor.

—Que no tardará en cobrarse —dedujo Gallardo.

—Cuando pase la factura, la atendemos y en paz. Ya sabe hasta dónde podemos y no podemos llegar. No es ningún novato.

—El montaje, bien pensado, tiene muchas ventajas —ponderó Gutiérrez—. Son ellos, que ya no tienen nada que ver con nuestra muerta, los que entran, hacen el gasto y dan la cara. Y así nosotros podemos sacar lo que buscamos sin poner sobre aviso a nadie.

—¿Cuándo será? —preguntó Guadalupe.

—El capitán tiene que conseguir la bendición de sus jefes, pero la idea es atacar cuanto antes. Se trata de despistar a los malos, más que de darles un golpe en toda regla. Tenemos que estar preparados para que sea en cualquier momento. Aunque lo primero es que la asistente social nos diga la calle y el objetivo, o sea, la controladora, para pasárselos a ellos. Espero que no se retrase demasiado.

—¿Dónde hablaremos con la chica? ¿Tendremos que acercarnos a donde los guardias? —se interesó Miguel.

—No. Es mejor que no sea ni allí ni aquí. Hay casas de acogida, de unas monjas que las ayudan a salir de la calle. La idea es que se vaya lo más lejos posible, pero antes pasará por alguna de las que tienen en Madrid. Ahí es donde creo que deberíamos verla.

—Es donde estará más tranquila —razonó Guadalupe.

—Y hablando de todo un poco, ¿tenemos una idea de qué es lo que sabe esa chica? —me consultó Gutiérrez.

—Lo que nos dijo la asistente social. Guadalupe y Sergio estaban allí conmigo, ellos te lo pueden contar lo mismo que yo. Parece que conocía a la desaparecida, y si coincide que estaba en la misma calle, a lo mejor puede darnos alguna pista de con quién se fue, en caso de que se la llevara un cliente. A través de ella, y de la controladora, podemos averiguar qué red la estaba explotando, lo que a su vez nos podría conducir a su identidad y también a contemplar como eventuales sospechosos a los que la manejaban, si al final se impone la teoría de que fueron ellos los que decidieron matarla.

—No está mal —juzgó Gutiérrez—. Un mundo, comparado con lo poco que hemos juntado hasta aquí. Si la asistente social esa no nos la está clavando para salvar a una chica que le cae bien.

Consideré la posibilidad. Había que contar con ella.

—Lo veremos. Si es así, ya me cuidaré de que lo lamente.

—No creo que Torres sea tan idiota como para jugárnosla —dijo Gallardo—. La pista es buena, otra cosa es que al final nos vaya a dar material que nos sirva para llegar a lo que buscamos.

Miguel metió entonces baza:

—¿Y no vamos a interrogar a la controladora?

—No —descarté—. Nosotros no. Le pediré al capitán que se lo deje caer, por si acaso. Que si sabe algo de una chica desaparecida en la colonia en los últimos meses. Lo bastante de pasada como para que no pueda atar cabos. De todos modos, la experiencia de los que saben de estas redes permite pronosticar que no dirá ni pío.

—¿Y eso no tiene vuelta de hoja? —terció Gutiérrez.

—¿Qué quieres decir?

El subinspector arrugó la frente, pensativo.

—Si tenemos que dar por hecho que no vamos a poder contar con ella. Si el crimen no tiene nada que ver con la mafia para la que trabaja, es decir, si fue un cliente, quizá se la pueda convencer para que colabore, a cambio de darle un trato mejor a lo suyo.

—Antes que a ella, tendrás que convencer de que se lo autorice al maromo que le da las órdenes —dijo Gallardo.

—Pues al maromo, si se sabe quién es. Basta con hacerle ver que no pierde nada y puede ganar algo por echarnos una mano.

—Estamos adelantando acontecimientos —dije—. Vamos a ver con qué nos encontramos exactamente, cómo reacciona cuando la detengan los guardias, y a partir de ahí decidimos. No digo que no sea una posibilidad, Rafael, pero es prematuro plantearla. Mientras tanto, nos toca estar a la espera. Así que armaos de paciencia.

Disolví la reunión y cada uno volvió a sus quehaceres. Hacia media mañana me entró un wasap de Bermejo: «A mi seño tampoco le suena mal la música. Espero indicaciones para proceder». Tuve que decirle que seguía pendiente de poder dárselas y le pregunté cuándo podría actuar, una vez que las tuviera. No dudó: «El lunes tengo hueco y podría contar con el apoyo necesario». Tuve que aguantarme para no llamar a Antonia Torres, pero me pareció que era mejor no atosigarla. Mi prudencia dio sus frutos: al final de la mañana sonó mi teléfono y era ella. Se me aceleró el corazón.

—Vamos allá —me dijo, con voz rotunda; y sin dejarme tiempo para responder, añadió—: ¿Tienes papel y boli? Voy a darte la calle y unas señas que permitirán a tus compañeros identificarlas.

18
Edith

Me pasé aquel fin de semana mordiéndome las uñas. Y eso que traté de distraerme, aprovechando que Alberto tenía libre y que los niños, después de dejar de verme a todas horas, como había sido la tónica durante siete meses, parecían echar de menos a su madre. Fuimos al cine, a comer, incluso nos dejamos caer el sábado por la tarde por el Parque de Atracciones para montarnos en las montañas rusas. Durante todo el tiempo, en segundo plano mental, no dejaba de darle vueltas a lo que me aguardaba la semana siguiente, y a la información que había conseguido reunir en los últimos días.

Cuando le facilité al capitán Bermejo todas las indicaciones que me había dado Antonia Torres, me confirmó que el tramo de calle en cuestión estaba bajo el control de la organización que acababan de desmantelar en parte, y que disponían de pruebas, gráficas y de otra índole, de la actividad delictiva que llevaba a cabo su encargada sobre el terreno, por lo que no había ningún inconveniente en ir por ella. Me dijo algo más: entre la documentación que obraba en sus diligencias, había listados de las mujeres que habían pasado por las manos de la red en los últimos meses, con sus nombres y apellidos, o los nombres y apellidos que habían dado en su día para solicitar papeles o acceder a las ayudas de los servicios sociales. No era nada improbable que allí estuviera la chica a la que buscábamos.

El lunes, desde primera hora de la mañana, estuve junto a mi equipo pegada al teléfono. Por razones de sigilo, ni siquiera nos acercamos al lugar de la operación. Según me adelantó Bermejo, iba a ser rápida y quirúrgica: se limitarían a acordonar la calle, detener a la controladora y llevarse, para identificarlas, a las chicas a su cargo; entre ellas, nuestra potencial testigo. La idea era entrar y salir en no más de quince minutos, para remover lo menos posible el avispero y estar ya lejos cuando corriera la alarma por los diversos sectores y se movilizaran las distintas mafias. Además de los nigerianos, había que cuidarse de los rumanos, con diferencia los más poderosos en la colonia y los que acaparaban, también, las mejores esquinas.

El teléfono sonó por fin hacia la una. Bermejo parecía tranquilo, como si llamara desde la terraza donde se tomaba el vermú.

—Las tenemos —dijo—. A las dos. A la mala la hemos puesto a enfriar en el calabozo y a la buena le hemos dado café y bocadillo. Puedes decirle a Antonia Torres que venga cuando quiera a verla. O si lo prefieres la llamo y se lo digo yo. Tengo su número.

—Deja que la llame yo. Le dije esta mañana que seríais vosotros los que entraríais, pero quiero que vea que estoy encima.

—Como quieras. La casa a la que yo la llevaría está en el barrio de Tetuán, si quieres te doy la dirección. Las acerco yo en mi coche, así de paso les hago una visita a las monjitas, que siempre nos echan una mano y me gusta, si puedo, presentarles mis respetos.

—¿A qué hora estaréis por ahí?

—Depende de lo que tarde la asistente social. También quiero darle antes una vuelta a la detenida. Para situarla y para tomarle la temperatura. Pero para eso tengo que esperar al abogado.

—Por supuesto.

—No quiero que nos denuncie por vulnerar sus derechos. Tras la última reforma de la ley hay que cogérsela con papel de fumar.

—Y que lo digas. Yo llamo a Antonia y te cuento.

—Espero tus noticias.

Llevo mal, como cualquiera, que se ventile en manos ajenas lo que es de mi máximo interés, pero en aquella situación no tenía otra que encomendarme al buen hacer de otros. Así que llamé a Antonia Torres, que me prometió personarse en las oficinas de la UCO a la mayor brevedad posible, informé a Bermejo y seguí esperando. Por no desperdiciar el tiempo, me puse a pensar en la estrategia para cuando llegara el momento de hablar con la chica. Luego reuní al equipo y tomé y compartí con ellos las primeras decisiones.

—Creo que es mejor que vayamos sólo Guadalupe y yo. No os lo toméis a mal, pero en la charla que vamos a tener con ella no creo que nos ayude precisamente la presencia de testosterona.

—No pasa nada, ya habrá que echar abajo alguna puerta, con un poco de suerte —observó el subinspector Gutiérrez.

—Tal vez, eso os lo dejamos —asentí—. Sí me gustaría que estéis en la oficina esta tarde, o al menos localizables, por si surge algo que haya que comprobar sobre la marcha. Identidades, etcétera.

—A tus órdenes —dijo Gallardo.

Al final, eran cerca de las cinco cuando pudimos, por fin, acceder a nuestra testigo. En la puerta de la casa de acogida, en un modesto edificio de viviendas, nos esperaba el capitán Bermejo. Le presenté a Guadalupe y antes de llevarnos hasta la chica se paró a resumirme las novedades que había ido acumulando durante el día.

—La operación ha sido limpia, para eso estaba bien preparada, y la hemos zanjado sin contratiempos. Hemos liberado e identificado a seis chicas. Dos, incluida la que os interesa, han aceptado la protección que les hemos ofrecido, no para que testifiquen contra sus explotadores, que ya les hemos aclarado que no lo necesitamos, sino para salir de la calle. Las otras cuatro me imagino que a estas alturas estarán buscando la manera de volver a ponerse a disposición de la organización. Es triste, pero es lo que hay cuando llevas mucho tiempo siendo el juguete de la voluntad ajena. Con la controladora hice lo que dijimos, pero ni siquiera ha abierto la boca. Creo que el abogado le ha hecho ver que con lo que tenemos contra ella lo más probable es que la juez la ponga en libertad con cargos, así que tiene todavía menos presión para cooperar con la Benemérita.

—Con eso contábamos.

—Imagino que al final de esta semana estará otra vez en la calle, dedicándose a lo que le sirve para pagarse las facturas.

—¿Y nuestra chica?

—Edith Osayande, parece que es su nombre verdadero. Veintiún años, uno y medio entre nosotros. Llegó por carretera desde Italia, vía Bilbao, el itinerario que ya te conté el otro día. Parece decidida y también parece que confía mucho en la asistente social. Ahora a ver lo que sois capaces de hacer que os cuente. Id poco a poco.

—Seremos cuidadosas —dije, mientras cruzaba una mirada con Guadalupe, que parecía algo más nerviosa de lo habitual.

—Después de vosotras —invitó el capitán, con su caballerosidad pasada de moda. Como todo en la vida, depende de quién te la muestre y cómo. A él no le quedaba paternalista, como a otros.

Bermejo nos presentó a una de las monjas, la madre Asunción, una mujer vivaracha y escueta de cincuenta y pocos años, vestida con polo gris y pantalones vaqueros, que me estrechó la mano con la fuerza de un estibador. Fue ella quien nos guio hasta la habitación donde estaba Antonia Torres junto a la chica recién liberada.

Lo primero que me llamó la atención en ella fue su estatura. Pasaba con holgura del metro setenta y cinco, lo que quería decir que era algo más alta que yo. Lo segundo fue la expresión de su rostro. Había en él una especie de cansancio extremo, infinito. No como el que produce el ejercicio físico o una larga jornada de trabajo. Era un cansancio que la traspasaba y la aviejaba, no sólo más allá de los veintiún años que decía su biografía, sino más allá de la edad de la persona más longeva del mundo. Era un cansancio de siglos o de miles de años; los mismos que llevaban tantas mujeres como ella, puestas en fila a lo largo de su estirpe, acatando un destino cruel y miserable impuesto por generaciones de congéneres sin alma. Sus ojos eran negros como un charco de petróleo, deslumbrantes y a la vez insondables. Se los busqué y me quedé ahí atrapada, dudando de si sería capaz de sostenerlos durante mucho tiempo. Por suerte, en ese instante Antonia Torres vio llegada la ocasión de intervenir.

—Son Manuela y Guadalupe, Edith —le explicó, extremando la delicadeza y vaciándose por completo de la mujer descreída, incluso algo cínica, que también era—. Son de la Policía y les gustaría hablar de aquello que te conté antes. Si tú te ves en condiciones de hacerlo. Puedes confiar en ellas, porque nada de lo que les digas saldrá de esta habitación ni constará en ninguna parte. ¿No es así, inspectora?

—Así es —confirmé, extendiéndole la mano.

Me la aceptó y la apretó sin apenas fuerza, mientras miraba en otra dirección. No pude evitar volverme y comprobar que estaba mirando, casi fascinada, a mi compañera Guadalupe. Lo último que se esperaba, probablemente, era una policía de su mismo color de piel. Guadalupe, sin decir nada, le ofreció la mano, y me pareció, no se lo pregunté nunca, que a ella se la apretaba como no había hecho conmigo. Las dos se miraron y en ese intercambio fluyó una energía remota y para mí desconocida, una conexión que luego no podría dejar de creer que había sido decisiva para llegar al resultado que tuvo aquella conversación. Guadalupe le dijo con voz dulce:

—Hola, Edith, cómo te encuentras.

Edith no contestó, se limitó a sacudir lentamente la cabeza a un lado y a otro, mientras sus ojos se humedecían. La madre Asunción estuvo entonces al quite. Se acercó a ella, la agarró por los hombros, no sin esfuerzo, porque casi le doblaba la envergadura, y la abrazó con energía. Sabía que el calor de la piel y la carne humana era en aquella coyuntura mucho más valioso que las palabras, ese artificio que usamos para decirnos, pero también para ocultarnos.

—Tranquila, muchacha, todo está bien —le susurró al oído.

Gracias a la monja y a Antonia, que me demostró que cuando quería podía ser una virtuosa en el manejo de la mano izquierda, pudimos calmarla y generar en ella la confianza necesaria para que nos dijera lo que sabía. Viendo cómo se desenvolvía la entrevista, dejé que Guadalupe llevara la voz cantante. Quién fuera la jefa y a la vez la responsable de la investigación era irrelevante en aquellos momentos. Y Guadalupe, enfrentada a una responsabilidad que no podía rehuir, demostró que estaba preparada para asumirla.

—Cuéntame, Edith —se acercó a la cuestión, con una suavidad que excedía mis capacidades—, ¿conocías mucho a esa chica?

—Un poco —respondió Edith, aún dubitativa.

—¿Desde cuándo?

—Un mes, o así. Estuvimos viviendo en el mismo piso.

—¿Sabes su nombre?

Asintió con la cabeza, despacio, varias veces.

—¿Te importaría decírnoslo?

Edith Osayande cruzó una mirada con Antonia Torres, otra con la monja y otra conmigo. Hice mis mejores esfuerzos por disimular la ansiedad con que esperaba sus palabras; por no hacerle sentir el peligro que tal vez, y sin quererlo, era yo para su vida y su futuro.

—Se llamaba Dayesi —dijo.

—¿Dayesi algo más?

—Dayesi Bello.

En ese justo momento, era de temer, vino a visitarme una de mis malditas taquicardias. Era para mí una dificultad bien conocida, que había aprendido a combatir. Durante los siguientes minutos, mientras no perdía detalle del interrogatorio, me apliqué al control de mi respiración, hasta que logré bajar poco a poco las pulsaciones.

—¿Sabes de dónde venía?

—Benin City. Como yo. De otra parte de la ciudad.

—¿Te contó cómo llegó hasta aquí?

—Como todas. Primero el desierto, luego el mar. Y antes de aquí, me parece, Italia... —Dio la impresión de que dudaba.

—No lo sabes seguro.

—Sí, ella decía Italia. No sé si algún sitio más.

—¿Y cuándo dejaste de verla?

—Unos tres meses, más o menos.

—¿Cuándo fue la última vez que la viste? ¿Dónde estabas?

—En la colonia. Una mañana, me acuerdo —dijo, con firmeza—. Llegó cliente y fui yo con él. Cuando volví, ella no estaba.

—¿Se había ido con otro cliente?

—Eso dijo jefa. Christy.

La controladora, me confirmó Antonia Torres con el gesto.

—¿Y qué pasó luego?

—Pasaron horas y Christy se puso nerviosa. Dayesi no volvía. Llamó teléfono, a Dayesi primero, pero nada. Luego estuvo más rato llamando teléfono, a Dayesi y los jefes. Cada vez más nerviosa.

—¿Te dijo algo?

—A mí no, pero gritaba al teléfono. Que Dayesi se había ido con cliente y no volvía. Que no cogía teléfono. Y así.

—No te sabrás por casualidad el número de Dayesi...

—No, ese teléfono era sólo para jefa, Christy.

—Y ya no volviste a verla, a Dayesi quiero decir.

—Ya no volví a verla, no.

Guadalupe calló. Vi que buscaba mi aprobación para proseguir. Se la otorgué sobre la marcha, no podía estar llevándola mejor.

—¿Dijo algo Christy algún otro día, después?

—De Dayesi no. Sí dijo que no podemos ir en coche con clientes fuera de colonia, que nos quedamos cerca, y si cliente quiere ir fuera nos bajamos en primer semáforo. Yo pienso que por Dayesi.

—¿Crees que se fue en un coche entonces?

—Eso creo. Christy por teléfono a jefes dijo eso. Que Dayesi se fue en coche y que son dos los que se la llevan.

—¿Dos? ¿Y le oíste decir algo de cómo eran?

—Dos, sólo dijo eso.

—¿Y del coche? ¿El color? ¿Dijo si era grande o pequeño?

—Eso no sé. No dijo.

Hasta allí parecía que podíamos llegar. No era poco: comparado con lo que hasta entonces teníamos, era una enormidad. Lo que Edith nos había contado orientaba la investigación hacia una de las dos líneas que habíamos tenido que considerar a la vez, o lo que es lo mismo, apuntaba a un crimen cometido por un cliente, o varios, y ajeno a la organización. Si durante meses nos había sido imposible que nadie nos contara nada no era porque los jefes de la mafia quisieran encubrir su propia fechoría, sino porque allí la regla general era que en boca cerrada no entraban moscas. También, se me ocurrió de pronto, podía haber otro interés para no denunciar ni dejar que se conociese la desaparición de Dayesi: quién sabe si no seguían percibiendo alguna ayuda a su nombre, que quedaría cancelada tan pronto como se supiera que ya no se contaba entre los vivos.

Le hice seña a Guadalupe, también a Antonia y a la monja, de que con aquello era suficiente. Me quedaba ahora pensar cómo iba a seguir adelante con las piezas que la chica nos proporcionaba y que, sin colmar nuestras expectativas, algún juego nos podían dar.

Edith se dirigió de improviso a mí. No le habíamos dicho nada, pero se limitó a aplicar las categorías habituales y dedujo que yo era allí la que mandaba, y no mi compañera de piel más oscura.

—Tienes que prometer que no dices nada a Christy.

—Prometido —le dije, sin pestañear—. No tengas miedo, Edith, estás en buenas manos, te van a llevar muy lejos de aquí.

—Yo tengo miedo —exclamó, con la voz quebrada—. Ellos saben mucho. Y hacen magia. Tú tienes mucho cuidado, me juras.

Antonia Torres le pasó la mano por el hombro.

—No te preocupes por eso. La madre Asunción te va a llevar a un sitio que ellos no saben. Y el capitán me dice que puede hacer que te quiten la magia esa mala que te hicieron. No temas.

—¿De verdad? —preguntó, incrédula.

—De verdad.

—Y ahora —intervino la madre Asunción, tomándola con fuerza del brazo— vamos a dejar que Edith descanse y se bañe y se ponga ropa limpia. Y luego tenemos cena rica. ¿Te gusta el pescado?

Fue el momento en que todas, salvo ella, tuvimos la sensación de que estábamos felizmente de más, y no teníamos por qué ocupar más espacio ni más minutos en la vida de Edith, para la que se abría una etapa que, con suerte, ya no tendría nada que ver con la policía. Antes de irnos, le agradecí a Antonia Torres que hubiera cumplido su palabra, y a la religiosa su ayuda y su valor. La madre Asunción me observó con una placidez que nada parecía poder turbar.

—No hay de qué. ¿A qué cosa mejor podría dedicar una la vida? —Y dirigiéndose también a Guadalupe, nos deseó—: Que tengáis suerte y encontréis lo que buscáis, pero no os olvidéis de mirar por esta niña, que ya ha tenido bastante la pobre en este mundo.

No pude sino asentir ante tan justificada petición. También Kant habría acatado, sin objeción alguna, aquel imperativo categórico.

19
Okeke

El capitán Bermejo dejó que sus ojos vagaran por el espacio de la cafetería, que a aquella hora de la mañana se veía poco concurrida. Luego bajó la mirada a su taza, donde pareció buscar una respuesta. Al cabo de unos segundos, volvió a mirarme y me preguntó:

—¿Estás segura?

—¿Qué podemos perder? —se la devolví.

—Perder, lo que se dice perder, no mucho.

—¿Pero?

—Tampoco podemos ofrecerle gran cosa. Y habría que hacerlo de manera que no sospeche que hemos hablado con Edith.

—No tiene por qué, si lo hacemos bien.

—Hay que pedir permisos a la prisión. Y yo a mis jefes.

—¿Crees que nos los denegarán?

—No, explicándolo bien.

—Probemos, entonces.

Bermejo se quedó observándome con curiosidad. Lo que acababa de exponerle era una maniobra extravagante y de resultado más bien incierto, pero en honor a la verdad no se debía, o no sólo, a mi imaginación calenturienta. No había hecho otra cosa que recoger la idea que me había dado días atrás uno de los subinspectores bajo mi mando, el intrépido Gutiérrez. Teniendo en cuenta que Edith no era capaz de darnos más señas de los clientes que se habían llevado a Dayesi, y que aquella que sí podía darlas, su controladora, Christy, se negaba a hablar con nosotros, lo que le había planteado al capitán Bermejo era que fuéramos a ver a uno de los jefes de la organización, que estaba preso a la espera de juicio en la cárcel de Alcalá-Meco, para tratar de ablandarle y pedirle que nos ayudara en una investigación de la que, al fin y al cabo, nada tenía que temer. Desde el día anterior tenía a mi equipo trabajando con las imágenes de las cámaras de vigilancia, buscando los coches en los que se viera a dos hombres y una mujer de color, pero las imágenes no siempre estaban tomadas desde el ángulo óptimo para examinar el interior del habitáculo, y no podía dejar de pensar que aquella mujer que no quería hablar, y a la que Bermejo, antes de que le venciera el plazo, tenía que poner a disposición del juez, guardaba en su memoria la clave para proporcionarnos un atajo a nuestro objetivo. No contaba con que hubiera apuntado la matrícula, pero si podía darnos el color y una idea del modelo ya nos reducía bastante la búsqueda.

—Tienes la costumbre de salirte con la tuya, ¿eh? —concluyó el capitán, como resultado de aquel escrutinio de mi persona.

—No creas, alguna que otra frustración cargo a

las espaldas —le desengañé—. Pero nunca me gusta dejar de intentarlo.

—¿Quieres que lo consulte, entonces?

—Quiero.

—Quizá tú deberías decírselo a tu inspector jefe.

—Ahora le llamo. Le convenzo seguro.

Bermejo se echó a reír.

—Como para decirte a ti que no.

—Eso mismo procuraré que piense él.

—Bueno, parece que no tengo otra. ¿Me esperas?

—Claro, me pido otro café.

—No te muevas de aquí. La tarjeta de visitante lleva un chip y sabremos si has accedido a alguna zona prohibida, para espiarnos —bromeó.

—Descuida, que aquí me quedo.

Estábamos en las dependencias de la UCO, a donde me había desplazado para recabar algunos datos y para hacerle en persona aquella propuesta. Entre otras informaciones que obraban en sus diligencias, me había confirmado la identidad de Dayesi Bello, así como su fecha aproximada de llegada a España, vía Vizcaya. Los servicios sociales de aquella provincia tenían registrada su presencia al menos desde diciembre del año anterior. Respecto de su llegada a Madrid, no teníamos otra fuente que el testimonio de Edith. Fueron estos detalles los que le di en primer lugar a mi inspector jefe, antes de contarle lo que acababa de tratar con Bermejo y pedirle su visto bueno para hacer aquella visita. A Carranco le costó encajarlo.

—¿Que vas a ir a la cárcel a hablar con un proxeneta?

—Esa es la idea.

—Vamos a ver, esto hay que pensarlo un poco mejor.

—No tiene peligro. Voy con Bermejo, que le conoce y controla, y me ayudará a hacerle la envolvente. Y con lo que nos dijo la chica, creo que podemos descartar que esté implicado en el crimen.

—Muy rápido sacas tú conclusiones.

—Es un testimonio creíble. Y la reacción que nos describió de la controladora, cuando la chica no volvió, deja poco lugar a dudas.

—¿Y si te equivocas?

—¿Y si acierto? ¿Y si le convenzo?

Pude oír el resoplido de Carranco en la línea.

—No quiero que vayas sola. Aunque te lleve el capitán.

—No pensaba ir sola. De hecho, en cuanto termine de hablar contigo tenía pensado llamar al subinspector Gutiérrez. Me vendrá bien y además es lo justo, a fin de cuentas la idea la tuvo él.

—¿Gutiérrez?

No supe qué le chocaba más: que me llevara a Gutiérrez, que la idea fuera suya o la suma de las dos cosas. En todo caso, siempre da gusto desconcertar al jefe. Tras un breve silencio, capituló.

—Está bien. Pero me llamas en cuanto salgas y me cuentas.

—Eso haré. Gracias, jefe.

Avisé a Gutiérrez y le pedí que estuviera preparado para salir en cualquier momento para Alcalá-Meco; tan pronto como Bermejo me confirmara que teníamos el permiso de sus jefes y el de la cárcel.

El subinspector recibió la noticia con indisimulable alborozo.

—Aquí espero, con las llaves en la mano.

Al final, todo fue un poco más largo y arduo de lo que me habría gustado. A Bermejo no le pusieron inconveniente sus jefes, pero el permiso de la prisión, que no contaba con nuestra petición y tenía sus tiempos y sus protocolos, fue más difícil de conseguir. Gracias a la intervención del teniente coronel jefe de Bermejo, y utilizando el poderoso argumento de que de la conversación con el interno podían desprenderse pistas decisivas para esclarecer un homicidio no resuelto, del que en ningún caso pretendíamos acusarle, accedieron a nuestra solicitud, no sin advertirnos que en última instancia sería el preso el que decidiría si quería o no hablar con nosotros.

Por suerte, aquel mediodía y aquella tarde podía contar con la cobertura de Alberto. Le llamé a la hora de la comida, para saludar a los chicos y decirle que no sabía cuándo llegaría y que tal vez no fuera pronto. También le conté que tenía que ir a la cárcel.

—¿Y eso? —preguntó.

—Para hablar con un posible informante.

—Estáis avanzando, entonces.

—Algo así.

—Me alegro. ¿Vas a contarme algo?

—Nada hasta que resolvamos, y lo sepa y lo autorice su señoría.

—¿De verdad? No serás capaz.

—Lo seré. Tú no me conoces metida en mi papel.

—Ya me voy haciendo una idea.

—Oye, gracias por cubrir la retaguardia.

—Porque eres tú. Por otra no lo haría.

—Te quiero, doctor.

—Y yo a ti. Inspectora.

No era la primera vez que entraba en una cárcel. Ni siquiera la primera vez que entraba en aquella cárcel, que no era ni la mejor ni la peor de las que había visitado. Salía perdiendo por goleada frente a Soto del Real, dentro de la propia Comunidad de Madrid, con su aire puro de la sierra y sus jardines; pero ganaba por mucho a otras, por ejemplo a la de Herrera de la Mancha, con sus patios mínimos y sus corredores invariablemente siniestros. En cualquier caso, nunca era agradable atravesar la cadena de puertas blindadas, ni respirar el aire de los privados de libertad, un aire enrarecido con un olor tan indefinible como característico. El capitán Bermejo se identificó y nos identificó ante sus compañeros guardias civiles que se ocupaban de la seguridad exterior de la prisión, lo que nos hizo el trámite de entrada algo más liviano. Antes de hablar con el recluso, nos recibió en su despacho el subdirector del centro. Era un hombre alto, de mediana edad, piel algo blancuzca y talante estoico. Nos dijo que al interno le habían advertido de quiénes éramos y de que queríamos hablar con él de una investigación donde no estaba imputado. Que no había dicho que no, porque la visita rompía su rutina carcelaria, algo que un preso agradecía siempre, pero que tampoco contáramos con que estuviera demasiado dispuesto a colaborar. Y añadió:

—Es un preso inteligente, adaptado, con buen comportamiento, pero sabe bien el terreno que pisa y mejor aún lo que le conviene. Si quieren sacar algo de él, les recomiendo que no lo olviden.

—Yo ya he tenido el gusto de tratar con él —dijo Bermejo.

—Yo no, así que le agradezco la sugerencia —dije yo.

Nos permitieron entrevistarnos con él en un locutorio espacioso, sin cristal ni seguridad de por medio. Cuando lo trajeron, me alegré de estar acompañada por dos hombres curtidos en la lucha contra la delincuencia, y uno de ellos además en el levantamiento diario de pesas de bastantes kilos. John Okeke, que así era como se llamaba nuestro interlocutor, era un tiparraco de uno noventa y tantos, tieso y robusto como una estatua de mármol negro. Tenía unos ojos vivos y profundos, que parecían mirarte desde una distancia insalvable. Tuve que esforzarme en recordar, y con las mismas olvidar, que aquel individuo se ganaba la vida —bien— a costa del sufrimiento y el miedo y la degradación de sus compatriotas, a las que la mafia a la que pertenecía reclutaba cuando apenas eran unas niñas.

—Hola, John, ¿cómo te va? —le saludó Bermejo.

—Bien, esperando el juicio —dijo, mientras tomaba asiento bajo la atenta mirada del funcionario que lo conducía, y al que se le veía capaz de reducir con un solo brazo. Por suerte para él, había otros argumentos que movían a Okeke a comportarse dócilmente.

—Te presento a unos compañeros. Manuela y Rafael. Son de la Policía y llevan una investigación que no tiene nada que ver, para tu tranquilidad, con lo que nos juntó a ti y a mí hace un tiempo.

—Sí, eso es lo que me han dicho.

—Llevan meses en ello, y resulta que en las últimas semanas ha llegado a sus oídos, por diversos lados, un rumor que les gustaría confirmar contigo, si tú no tienes inconveniente, claro.

—Depende del rumor, y de lo que quieran de mí.

No sólo me fijé en el aplomo y la seguridad, no exenta por lo demás de apostura, de su lenguaje corporal. También constaté que, a diferencia de las chicas a las que explotaba, hablaba español con muy poco acento y un notable sentido de la economía y la precisión. Según me había contado Bermejo, no le había faltado tiempo para aprenderlo, llevaba más de siete años en España, pero no todos los extranjeros mostraban aquel aprovechamiento con el idioma.

—Ellos te dirán —invitó Bermejo—. Por mi parte te cuento que yo también he oído ese rumor, así que quizá algo haya, y por eso, cuando me han pedido venir a verte, no he podido negarme.

—Ya veo —tomó nota.

Era mi turno, así lo habíamos acordado antes. Procuré escoger bien las palabras, y a la vez mostrarme entera y fría ante él, que no debía concederle a una mujer, supuse, ni el beneficio de la duda.

—Hola, John, ¿te importa que te tutee?

—Para nada. Manuela era, ¿no?

—Manuela, sí. Estamos investigando un homicidio. Una chica africana apareció descuartizada en dos vertederos distintos. Hace tres meses, a lo mejor te suena la noticia, salió en algún periódico.

—No leo periódicos.

No iba a ponerlo fácil. Por si me había creído otra cosa.

—En fin, nos está costando, y no hemos podido confirmar su identidad todavía —mentí—, pero hemos ido reuniendo indicios que la sitúan en la Colonia Marconi. Y varias de nuestras fuentes nos han apuntado que por aquellas fechas desapareció de allí una chica. Que se la llevaron unos clientes y que nunca volvió.

John Okeke se mantuvo casi imperturbable. Tan sólo se permitió inspirar un par de veces con un poco más de fuerza, según pude advertir gracias al ensanchamiento de las aletas de su nariz.

—Primera noticia —dijo—. No sé qué les ha contado el capitán, él tiene sus teorías, pero ya le dije a él que me dedico a negocios de exportación e importación. No tengo nada que ver con eso.

Bermejo le obsequió una sonrisa beatífica. Y le aclaró:

—Ya te he dicho que esto no tiene nada que ver con la polémica que tenemos tú y yo, y bueno, también el juez que te ha metido aquí. Sé que tú eres un hombre bien informado y con muchos contactos entre tus compatriotas. Quizá te han contado algo, o si no, sabes de alguien que podría saber, y quizá podría ayudar a la inspectora.

Okeke se cruzó de brazos.

—Por qué.

El capitán y yo intercambiamos una mirada. Le dejé a él.

—Han matado a una pobre chica, de tu país —le respondió—. La estrangularon, le quemaron la cara, la partieron en trozos, la tiraron a la basura. No han podido encontrar todavía todos los pedazos. Tenemos las fotos, nos pareció de mal gusto traértelas, pero es un horror lo que le hicieron. Si pudieras echarnos una mano, si supieras de alguien que nos pudiera echar una mano, ayudarías a que el que lo hizo pague por tratarla de esa manera tan inhumana. Míralo por ahí: después de todo, es una buena acción y no pierdes nada.

—Vuelvo a preguntarte —insistió el preso—. Por qué.

Por si teníamos alguna duda, Okeke nos acababa de hacer sentir el valor que le daba a la esclava que había perecido por culpa de los crudos gajes del oficio al que él y sus jefes la habían arrojado.

—John, eres un hombre listo, tienes estudios y sé que también sabes de leyes —le halagó astutamente el oído Bermejo.

—Un poco, sólo.

—Lo bastante. Cualquier trato que quieras plantear lo tiene que negociar tu abogado con el fiscal, y al fiscal yo no puedo decirle lo que tiene que hacer, yo sólo estoy para lo que me manden. Lo que sí puedo decirle es que en esto te portaste con nosotros. Y los fiscales, pregúntale al abogado, suelen tener esos detalles en cuenta.

—No me suena que eso que dices sea gran cosa.

—Hay otra manera de verlo —intervino entonces Gutiérrez.

El capitán lo observó con inquietud. Yo, con ganas de fulminarle. Me fallaron, sin embargo, los reflejos para interrumpirle, o quizá fue que una parte de mí, esa que encontraba estimulante jugar de vez en cuando todo a la ruleta rusa, prevaleció sobre la más cerebral.

—Qué manera es esa —se interesó Okeke.

—Tenemos que seguir investigando, los jueces nos empujan a hacerlo —explicó, como si lo lamentara—. Si no podemos dar con esos clientes, que sería lo deseable, acabaremos dudando de esos rumores, y tendremos que mirar otras posibilidades. No es nuestra idea, pero hay quien nos sugiere que a la chica pudieron matarla los suyos, los mismos que la tenían en la calle. Nos tocará remover el tema de la trata, con el agravante de un homicidio. En España no hay muchos homicidios, así que cuando tenemos uno todo se toma más en serio, y los jueces tienden a ser mucho más puñeteros.

—Vaya —procesó el proxeneta.

—En cambio, imagine que confirmamos ese rumor, damos con la pista de esos clientes, los detenemos, etcétera. No sólo se apunta un tanto, si puede ayudarnos. También se aleja un problema.

John Okeke puso entonces cara de póker.

—Quizá sea mucho suponer que ese es mi problema.

—Quizá —le concedió Gutiérrez.

Yo contenía la respiración, mientras pensaba en diversas formas cruentas y humillantes de hacerle notar al subinspector Gutiérrez quién mandaba allí. Bermejo, por suerte, era más templado.

—Detuvimos ayer a una compatriota tuya, Christy Ikande —le dijo al nigeriano, como de pasada—. Mañana la llevamos al juez, no le cargaremos las tintas, pasado mañana estará en la calle. No sé, a lo mejor eso te da alguna idea, sobre lo que hemos hablado.

Okeke no se precipitó. Miró al capitán y a Gutiérrez y dijo:

—Siempre es bueno saber.

20

Christy

No me hizo ni puñetera gracia que el proxeneta sólo pareciera dirigirse con su enigmática frase final a los dos hombres que me acompañaban y a mí me ignorase olímpicamente. Quizá por efecto de aquel mosqueo, hice algo que no debía: reprender a Gutiérrez en presencia de Bermejo, que era un extraño a nuestro equipo.

—La próxima vez que se te ocurra intentar algo que no hayamos pactado previamente, me haces por lo menos una seña para que yo te diga si puedes seguir adelante o no —le espeté mientras salíamos al aparcamiento de la prisión. La noche era cálida y pegajosa, con un punto de hervor febril, como correspondía al julio madrileño.

—Ha salido bien, jefa —se defendió.

—¿Y tú qué sabes? El cabronazo ese no ha hecho otra cosa que restregarnos por la cara que le servíamos para echar el rato.

—Esperemos acontecimientos —insistió en su optimismo.

—Perdón por meterme donde no me llaman, pero creo que el subinspector tiene razón —medió Bermejo, prudente.

—¿Tú crees? ¿Que va a dejarse doblar el brazo así de fácil?

Bermejo pasó por alto mi tono desabrido.

—Yo no voy a apostar, pero conozco a esta fauna. La jugada ha sido inteligente, le ha puesto una zanahoria delante y no se nos ha cerrado en banda ni se ha cabreado. Ha dejado la puerta abierta.

—¿A qué?

—A pensárselo. Ahora habrá que ver qué acaba decidiendo.

—Va a entrar —auguró Gutiérrez, desatado.

—Bueno, vamos a verlo —dije—. Si entra, retiro mis palabras y a lo mejor hasta te pido disculpas. Si se nos cierra y pasa, te apunto el negativo en mi libreta negra y te advierto que soy una rencorosa: no olvido jamás una falta ajena, y menos de un subordinado.

—Y luego dicen de la disciplina militar —observó Bermejo, con aire socarrón—. Esto a mí me acojona mucho más.

Gutiérrez trató entonces de apaciguarme.

—No te enfades, jefa. Verás cómo al final me lo agradeces.

Tenía que reconocérselo, a Gutiérrez: tenía desparpajo y no le faltaba encanto, ni para meter la pata ni para defender su travesura. Lo que no hacía que la situación me resultara menos irritante, ni iba a servirle como atenuante si al final no conseguíamos nada.

Comprendí que además de la osadía y el gracejo al subinspector Rafael Gutiérrez le asistía la fortuna cuando dos días después me sonó el móvil y en la pantalla vi que era el capitán Bermejo. Tras el saludo de rigor, pasó sin más preámbulos a darme la noticia:

—Has perdido tu apuesta, inspectora.

—¿Y eso?

—¿Estás sentada?

—No, pero da igual.

—Acaba de venir a verme el abogado de Okeke. Por cierto, que tiene uno bastante bueno, no me extrañaría que lo hayan hablado y haya sido él quien le aconsejara lo que ha venido a decirme.

—¿Y qué es lo que te ha dicho?

—Me ha dado una dirección.

—Joder, qué dirección es esa —estallé, impaciente.

—Te toca a ti comprobarlo —dijo, sin alterarse—. Según dice el abogado, es el piso por donde para Christy Ikande, que ayer salió en libertad con una módica fianza, en parte, permite que lo subraye, gracias a los buenos oficios de la Benemérita, por si todavía crees en las casualidades providenciales o la benevolencia judicial.

—¿Y qué me voy a encontrar si voy allí?

—De nuevo tendrás que averiguarlo. Yo me limito a repetir lo que el abogado me ha dicho: te encontrarás, según él, a alguien que esta vez no va a guardar silencio, aunque tendrás que elegir bien las preguntas, porque sólo te contestará a las que le convengan.

—¿Y se prestará a testificar formalmente?

—Eso ya es un poco más difícil. Dependerá de Fiscalía, a la que tengo que trasladarle una propuesta del abogado. Por lo pronto, que Christy os reciba en su piso es su prueba de buena voluntad.

—Dime dónde está ese piso.

—¿Conoces San Cristóbal de los Ángeles?

Conocía San Cristóbal de los Ángeles. Para decirlo todo, no era la primera vez que me llevaban allí mis investigaciones. Años atrás, en un momento más bien malo de mi vida, cuando todavía andaba encajando a duras penas la separación, la monoparentalidad y el resto de novedosas miserias que definían mi existencia, había ido allí a detener al cabecilla de una banda y responsable de un homicidio, que había tenido la mala idea de ponérseme chulo y provocado en mí la idea aún peor de sacar la Beretta y hacerle callar clavándosela en los riñones. El hecho trascendió, libré el pellejo por poco, a fin de cuentas se trataba de un menor de diecisiete años, o lo que es lo mismo, de alguien a quien la ley protege más que incrimina, y si bien no me pasó nada, aquel exceso mío se convirtió en uno de los argumentos preferidos de la inspectora Mañas para desacreditarme siempre que se presentaba la ocasión. No acude una con el mejor de los ánimos al lugar donde ya patinó antes, pero era lo que había y me dije que más me valía alejar el recuerdo de mi mente.

Dado el carácter del lugar, me pareció que esta vez era oportuno acudir con el equipo al completo. A Guadalupe la prefería para la interlocución con la testigo, a la vista de su buen desempeño con Edith, y los otros podían sacarnos de allí a mamporros si se hacía necesario. Aunque me fastidiara, Gutiérrez merecía saborear además su éxito, que no sólo le había valido librarse de la amonestación anterior, sino también que su arisca inspectora, contra su costumbre y hasta su naturaleza, le diera la razón y su brazo a torcer.

De todos modos, mientras íbamos de camino, me recriminé por el prejuicio por el que me dejaba llevar, y que era ominosamente coincidente con algo que había leído durante mi convalecencia en un curioso librito escrito por una científica de datos norteamericana llamada Cathy O'Neil; una experta en algoritmos que, entre otros, analizaba los que utilizaba la policía norteamericana para prevenir la delincuencia, a partir de la distribución geográfica de hechos criminales. La idea parecía buena, pero a la postre introducía un sesgo perverso: al mandar más policías a ciertos lugares, aumentaban las identificaciones y los encontronazos con la población, lo que entre otros efectos generaba más delitos de resistencia a la autoridad. Así, los barrios señalados como peligrosos por el algoritmo acababan condenados a serlo, y coincidía que siempre venían a ser los barrios más pobres, con más afroamericanos, etcétera. Los algoritmos no son jamás asépticos, llevan incrustadas opiniones, advertía O'Neil, y esas opiniones hacen que sean una y otra vez demoledores para el que menos tiene y favorables para quien disfruta de mejor posición. El título del libro lo decía todo: *Armas de destrucción matemática*.

Nosotros no usábamos esas herramientas sofisticadas, que tenían que ver además con otro de mis intereses personales: la incidencia de la geografía, en este caso de la geografía urbana, en la conducta humana y más en concreto en su vertiente criminal. La ciudad, ya lo dijo Walter Benjamin, con una frase que conforme la leí se me quedó grabada a fuego, es una fantasmagoría: una geografía artificial e irreal que damos por auténtica, y que se debe apartar para ver la verdad que late debajo. Mi prejuicio no disponía de la capacidad amplificadora y devastadora de un algoritmo puesto a su servicio, pero era igualmente pernicioso y no dejaba de ser un estorbo y una distorsión para llegar a la verdad que estaba buscando. Tenía que limpiarme los ojos y los oídos y el cerebro para volver allí, a aquel barrio donde había nacido un famoso futbolista que según decían no había creído oportuno volver a frecuentar sus calles tras convertirse en millonario, pero donde cada mañana mucha gente honrada se levantaba temprano para tratar de sacar adelante a los suyos.

Las señas que nos había pasado Bermejo nos condujeron hasta un edificio de viviendas de considerable altura, un paralelepípedo gris y liso que no habría ganado ningún concurso de arquitectura, ni con toda probabilidad se diseñó con ese objetivo. Decidí que Miguel se quedara en el coche, habíamos traído el Audi grande, que podía ser objeto de deseo para algún profesional del ramo, pero más allá de ese temor genérico me pareció aconsejable que alguien se quedara fuera, pendiente de lo que se movía alrededor. Con Guadalupe a mi lado, y Gutiérrez y Gallardo tras nosotras, me dirigí al portal. Era un tercero, así que preferí las escaleras. Así tenía más tiempo para hacerme al panorama, y podíamos acceder al rellano con mayor seguridad. No nos cruzamos a nadie en los seis tramos de escaleras. Al pasar por el segundo, nos recibió un reguetón que sonaba a un volumen desaforado. Se veía que por allí no se estilaba mucho lo de acercarse a decirle al vecino escandaloso que bajara la música.

Una vez en el tercero, buscamos la puerta B. Se la veía recién barnizada y tenía al pie un felpudo también nuevo y limpio. Toqué al timbre un par de veces. Al cabo de unos segundos, se oyeron unos pasos que avanzaban sobre unos tacones y luego una voz:

—¿Quién es? ¿Qué quiere?

—Manuela —anuncié—. Creo que me esperaba. ¿Christy?

La puerta giró entonces lentamente sobre sus goznes, hasta que nos dejó ver a una mujer que tal vez no pasaba de los veinticinco, pero aparentaba unos cuantos más. Llevaba una camiseta fucsia de unas dos tallas menos que la suya y unos *shorts* de color rojo, como los tacones acharolados que no parecían la mejor opción para andar por casa, salvo que aquella fuera su manera de vengarse del vecino del segundo. Nos examinó a todos de arriba abajo y preguntó:

—¿Por qué tantos? Estoy sola.

—Por seguridad —respondí, sin excesiva imaginación—. Y por si a mí se me pasa preguntarle alguna cosa importante.

—No tengo mucho que decir.

—¿Podríamos pasar?

—No tengo asientos para todos.

—Ellos se quedan de pie —la tranquilicé.

Un minuto después estábamos sentadas las tres,

Guadalupe y yo en un sofá espartano de dos plazas y ella en una butaca de madera y loneta, todo claramente adquirido en IKEA. La sala tenía las cuatro paredes desnudas y transmitía poca sensación de hogar, pero estaba limpia y no le faltaba algún que otro detalle. Encima de la mesita de centro había unas flores artificiales. Frente al sofá, sobre un mueble al efecto, de IKEA también, la joya de la corona, el único tesoro que poseía aquella mujer y que le alegraba la vida: una televisión plana de última generación y no menos de cincuenta pulgadas.

Probé el agua antes de lanzarme:

—Nos han dicho que está usted dispuesta a hablar.

Christy me observó con desconfianza. Me fijé en su semblante, a la vez alerta y sin expectativas, como si la supervivencia en la que se había instalado, y que al final la había llevado a colaborar con sus explotadores para explotar a otras como ella, le mereciera y a la vez no le mereciera la pena. Aunque no lo había dado todo por perdido, y por eso seguía resistiendo de aquella forma degradada y oscura, parecía anhelar secretamente que alguien acabara con su viacrucis. A lo mejor no celebraba del todo que la hubieran puesto en libertad, desde luego no celebraba que estuviéramos allí, ni verse hablando con nosotros, pero le habían dado la orden y no tenía otra.

—Sólo diré lo que sé de Dayesi y lo que vi. Nada más.

—¿Por dónde prefiere empezar? —preguntó Guadalupe.

—Me da igual.

Se lo dijo como si ella pudiera entenderla un poco mejor que el resto, pero también con una íntima convicción, o eso creí percibir, de que una africana que tenía pasaporte español y chapa de policía era mucho menos africana, y tan alienígena respecto de su mundo, como pudiéramos serlo los demás. Hacía tiempo que Christy Ikande no se hacía ilusiones. No quise calcular cuántos años, exactamente.

—Vamos a lo fácil —me adelanté—. Qué es lo que vio.

—Vi a uno de ellos, el que se bajó del coche. Era alto, así como usted. —Señaló a Gutiérrez—. Fuerte. Joven, no sé decirle qué edad, llevaba barba y el pelo así largo. Vi cómo hablaba con Dayesi y se ponían de acuerdo. Fue rápido. Antes de marcharse con ellos, ella me miró y se despidió con la mano. Y ya no la he visto más.

—¿Cómo era el coche? —preguntó Guadalupe.

—Grande. Color plata. ¿Ranchera se dice?

—¿De esos largos, con portón atrás? —le precisé.

—Así —confirmó—. Se me hizo raro, para unos chicos jóvenes. Es más un coche de padre de familia.

—¿Sabría decirnos qué modelo?

—No, eso no. No entiendo mucho de coches. Y hay tantos que es difícil aprenderlos. Lo que sí me dio tiempo fue a mirar la matrícula. Lo hago siempre que algo me parece raro, por si acaso.

—¿Tiene la matrícula? —pregunté, estupefacta.

—Entera no. Sólo los números. Era fácil acordarse. 4224.

—¿Y de las letras ninguna?

—No, no me dio tiempo, arrancó y ya no las vi.

—¿El coche se veía nuevo o viejo? —consultó Guadalupe.

—Nuevo no. Muy viejo tampoco.

Había muchos coches con el 4224 en la matrícula. Que fueran plateados y de modelo ranchera ya no serían tantos. Si aquella mujer no nos estaba mintiendo o no la engañaba a ella su memoria, nos hallábamos tan cerca como no podía imaginar que estaríamos en apenas una semana desde que había asumido aquel caso. Aunque la emoción me sacudiera, tenía que hacer por mantener la calma.

—¿Cómo era el chico? —escarbó Guadalupe—. ¿Moreno, rubio?

—Moreno, de pelo. Piel blanca, como todos.

Aquella última referencia sonó a incriminación y a un reproche que Gutiérrez y Gallardo, como representantes naturales de su sexo en la sala, encajaron con mansedumbre. Retomé el hilo:

—Y de esa chica, cómo era, Da... —fingí no recordar.

—Dayesi.

—Eso, Dayesi —repetí—. ¿Qué nos puedes contar?

Christy tomó aire. Algo se había endurecido en ella de pronto. Me di cuenta de que mi pregunta la llevaba a un territorio que no le resultaba confortable. El de su propia responsabilidad y, sobre todo, el de sus obligaciones para con quienes le daban las órdenes.

—Puedo contar poco —advirtió—. Sólo voy a decir tres cosas, y no me preguntéis más, por favor.

La primera: era de Nigeria y no tiene aquí familia, ni nadie. La segunda: yo sólo la conocía de unas pocas semanas, y de la calle, nada más. La tercera: tengo su número de teléfono, aunque no lo coge desde que desapareció.

Me di cuenta de que John Okeke había llegado después de todo a la conclusión de que le compensaba jugar aquella carta. La chica, me imaginé que a través del abogado, estaba perfectamente instruida. Y lo que tenía para nosotros era material de primera. Daba igual que nadie cogiera aquel teléfono. Con el número podíamos rastrear sus posicionamientos, y si quienes habían matado a Dayesi no habían estado diligentes para apagarlo, aquel, junto a la matrícula, era otro clavo para su ataúd. Por alguna razón, y no pude evitar pensar en lo que le había dicho Gutiérrez en la cárcel, Okeke había pasado a creer que le interesaba no sólo que avanzáramos en nuestra investigación, sino que tuviéramos lo necesario para completarla con éxito.

—¿Nos puedes dar ese número?

Christy se echó mano al escote y sacó un papel doblado en cuatro. Con tinta roja, y una caligrafía redonda y pulcramente alineada, había escrito en él las palabras «Dayesi Bello» y nueve cifras.

De vuelta a la Brigada, en el coche, no podía dejar de pensar en aquella mujer y en su papel en el horror. Pregunté a los míos:

—¿Alguien aquí ha leído a Primo Levi?

—¿A quién? —preguntaron los cuatro al unísono.

—Vale, no me hace falta que me digáis más. Es

un italiano que estuvo en Auschwitz. Una cosa que impacta es cómo describe a los *Kapos*, los prisioneros que arreaban a los otros prisioneros. Se sabían tan condenados como el resto, pero tenían mejor comida, les traían prisioneras ucranianas. Ahora les ponen una tele grande.

Se hizo el silencio en el habitáculo. Temí haber sido demasiado burra; a veces me pasa. Y de pronto, me acordé de la frase del libro que más me había estremecido, cuando lo leí. Hablaba de los escasos ratos de asueto de los recluidos en el *Lager*: «Durante unas horas, podemos ser infelices a la manera de los hombres libres».

21

Villegas

Me fijé en la muy distinta reacción que provocaba en mis hijos la presencia de Eva, la prima de Alberto que había venido a casa para ocuparse de ellos aquella tarde, en la que él volvía a estar de guardia y a mí me esperaban unas cuantas horas de trabajo. A los dos se los había ganado en apenas un cuarto de hora, pero mientras Manuel se dedicaba a enseñarle, halagado por la atención de la chica, sus libros sobre dinosaurios, mitología y secretos del cosmos, a David se le habían puesto los ojos como dos paelleras y, por más que trataba de evitarlo, no podía dejar de ponderar de soslayo las curvas y demás rasgos físicos de la estudiante de medicina. Por un momento, como tantas veces me había pasado a lo largo de su crianza, me pareció entrañable aquella simplicidad del carácter masculino, aunque no ignoraba que como toda luz tenía su reverso oscuro: lo que nos hace más encantadores es también lo que nos puede convertir en la peor de las calamidades. El mundo mejoraría mucho si el personal, y aquí incluyo a hombres y mujeres, aprendiera a recelar de lo que cree que son sus virtudes y a conocer y aceptar mejor sus vicios, para poder mantener unas y otros dentro de los límites de lo tolerable, de cara a uno mismo y sobre todo de cara al prójimo inocente. Confié en que aquella chica, como parecía, estuviera centrada y supiera torear la situación, porque a mi pobre hijo le superaba por completo.

Mi teléfono vibró con un wasap. Era el subinspector Gutiérrez, que me esperaba ya abajo en el coche. Le di las últimas instrucciones a Eva, que asintió con aire solvente, y antes de coger la puerta me dirigí a las dos personas que allí llevaban mis genes y apellido.

—Vosotros, espero que no le quitéis a esta chica las ganas de volver. Y que os portéis con ella como dos caballeros. ¿Oído?

David enrojeció de una manera tan violenta que me hizo sentir culpable. Manuel, en cambio, puso esa cara que solía poner cuando su madre le defraudaba. Qué me había creído, parecía decir.

—Seguro que se portan bien —dijo Eva—. Son un encanto.

El corazón de David ya no podía bombear más sangre a su cara; Manuel sólo creyó que se le hacía justicia. Con esa sensación, que por una vez me hacía preocuparme más por mi benjamín que por mi primogénito, salí de casa dispuesta a olvidarme de ellos, porque lo que me reclamaba era una gestión crucial para el desarrollo de la investigación. La cita que teníamos aquella tarde Gutiérrez y yo, a las cuatro y media, era nada menos que con el magistrado-juez de instrucción Cristóbal Villegas. Dicho de otro modo: con quien estaba accidentalmente a cargo, durante las vacaciones estivales de su compañera, del juzgado que instruía el homicidio de quien con muy alta probabilidad podíamos afirmar ya que se llamaba Dayesi Bello. Le había llamado esa misma mañana el inspector jefe Carranco, para decirle que por fin teníamos avances significativos y que iríamos a verle para pedirle diligencias. Ahora nos tocaba a Gutiérrez y a mí ser capaces de venderle la mercancía policial que llevábamos en nuestras carpetas, y de que lo consiguiéramos o no dependía que pudiéramos llegar antes o después a la meta perseguida.

El magistrado Villegas nos recibió en su despacho. Como todos los despachos judiciales, o todos los que yo conocía, lo primero que llamaba la atención era la acumulación de papelote, tan impropia del siglo XXI, pero tenazmente instalada en una administración de justicia que, en esencia, seguía rigiéndose por leyes decimonónicas. Unas leyes que nadie —y menos aún los políticos, como potenciales clientes— parecía tener gran interés en poner al día. Era Villegas un hombre al filo de la cincuentena, quizá había doblado ya la esquina, aunque lo disimulaba con un porte todavía juvenil, gracias al cabello poblado y a una planta que delataba el ejercicio físico regular. Nos invitó a sentarnos y a que le contáramos. No me pareció que nos acogiera con recelo ni con todo lo contrario. Estaba tan dispuesto a escucharnos como a buscarle las vueltas a nuestra propuesta.

Le puse en antecedentes de todo lo que no sabía, lo que incluía tanto el crimen en sí como las pesquisas, más bien infructuosas, de los primeros tres meses. Le conté también, en la parte que podía y no me comprometía, tampoco ante Gutiérrez, el camino que había seguido desde que me había hecho cargo del asunto y el punto hasta el que habíamos llegado, incluidas la identificación provisional de la víctima y la obtención de pistas concretas sobre los autores. Aquí fue donde el magistrado me interrumpió por primera vez:

—Y esas dos chicas, ¿están dispuestas a testificar?

Un viejo zorro, pensé, aunque en realidad no dejaba de contar con ello. Había encontrado nuestro punto débil a la primera.

—El testimonio de una no es decisivo, ni imprescindible —dije, con tanta firmeza como pude—. Además, está muy asustada, no podemos contar con ella y prefiere no constar en diligencias.

—¿Y la otra?

—Está imputada en otra causa, por trata. Hay una posibilidad. Los abogados le han propuesto un trato a la Fiscalía, no sabemos en qué acabará la negociación. En último extremo, hay que recordar que tenemos restos biológicos, que serán la prueba definitiva.

—Ya, pero interesará saber cómo hemos llegado hasta ahí.

—De momento, averiguaciones policiales. —Era todo lo que le podía ofrecer—. Más adelante, quizá podamos contar con ella.

—Bueno —dijo, escéptico—. En fin. Continúe.

—Con los números y la indicación del modelo de coche que nos facilitó Christy Ikande, la controladora, hemos examinado todas las imágenes grabadas por las cámaras de la zona y hemos encontrado una coincidencia absoluta: color, tipo de vehículo, hora de paso; es muy raro que sea otro que el coche que buscamos. Tras hacer las comprobaciones oportunas en la base de datos de Tráfico, hemos averiguado que su titular es Sagrario Massana Torrero, vecina de Valencia de cincuenta y cinco años de edad, empresaria.

—Eso no parece muy coherente, ¿no?

—A primera vista, no, pero buscando un poco más, con ayuda de nuestros compañeros de Valencia, hemos sabido que Sagrario tiene un hijo de veinticuatro años, Josep o Pep González Massana, que hasta el pasado año académico cursaba sus estudios en la Universidad Carlos III de Madrid, campus de Getafe, y que residía junto a otros dos compañeros, en régimen de alquiler, en un piso situado en el barrio de esa ciudad conocido como Getafe Norte.

—Eso ya tiene otro color —admitió.

Ahí noté, al fin, que el juez había empezado a respetarme.

—Sus dos compañeros de piso —proseguí— se llaman Jacobo Vela Domínguez, de veintitrés años, y originario de Albacete, y Raúl Jesús Tabarca Pérez, de veintidós años, vecino de Cuenca.

—¿Y qué más sabemos de ellos?

—Jacobo y Josep han concluido este año, con buena nota, sus estudios de grado. Nos las hemos arreglado para acceder a sus TFG: uno lo ha hecho sobre los costes de las guerras de Irak y Afganistán y el otro sobre el impacto negativo de la globalización sobre el poder y la influencia de los viejos Estados-nación. Ninguno es lo que se dice muy original en sus planteamientos ni en las conclusiones, pero están escritos de forma bastante decente, ya quisiera algún gran hombre o alguna gran mujer de los que salen en el telediario haber podido enseñar algo así en su día para justificar su título.

El juez arrugó el ceño. Quizá me había pasado de irónica.

—En cuanto al tercero, Raúl Jesús —retomé el hilo, ya sin ironías—, le falta el último curso y el TFG, así que no tenemos más pistas sobre él que las que nos dan las redes sociales. Los tres tienen perfiles activos de Facebook, Twitter e Instagram. En realidad, actualizan sólo con cierta asiduidad su cuenta de Instagram, y Josep y Jacobo se dejan caer por Twitter de vez en cuando. En Facebook sólo reaccionan, si acaso, a alguna publicación ajena en la que los etiquetan.

—¿Son perfiles abiertos, restringidos?

—Los de Twitter abiertos, los otros restringidos. Pero no cuesta que te dejen entrar, ya sabe cómo son los jóvenes con los *likes* y los *followers*, uno de nuestros agentes se ha colado sin dificultad.

—¿Y qué se desprende de esos perfiles?

Su señoría, hube de reconocerlo, sabía qué preguntar.

—Hay algún detalle curioso. Un silencio absoluto en la semana siguiente a la desaparición de Dayesi en los perfiles de Josep y de Jacobo, mientras que Raúl prosigue su actividad normal. Las fotos de este último en esos días son, además, de Cuenca, lo que nos hace dudar de si estaba en Madrid cuando se produjeron los hechos. Por lo demás, chavales corrientes de su edad: fiestas, fútbol, películas de acción, series de tele, comentarios machistas sobre mujeres famosas o no, y quizá pocas lecturas para justificar que sepan redactar con tanta corrección, pero esto ya es una maldad por mi parte.

Logré arrancarle una sonrisa. Me pareció todo un triunfo.

—Anécdotas aparte, señoría —intervino Gutiérrez—, el perfil de estos chicos nos resulta bastante compatible con algo que habíamos visto antes en la investigación. También ha salido en algún reportaje periodístico. —Y le alargó uno que llevaba este titular: «Polvos de película por quince euros»—. Entre la clientela de la prostitución de más bajo coste, como es la de la Colonia Marconi, donde ejercía nuestra víctima, hay bastantes chavales jóvenes, universitarios. Les atrae, de entrada, el bajo precio, pero lo puede ver en las entrevistas que salen en este reportaje: coincide también que ven a las africanas que se prostituyen en la calle como una mera mercancía por la que apenas sienten empatía ni consideración. Todo lo que les importa, si me disculpa la crudeza, es que se trata de alguien cuya carne y cuya sumisión sexual pueden comprar por muy poco dinero.

Esta vez Gutiérrez no se estaba saltando el guion. Había sido yo misma quien le había dicho cuándo intervenir y cómo hacerlo, con el cálculo de que aquello pondría en mayor aprieto al juez —como el hombre que a fin de cuentas era, y ante la mujer que yo no dejaba de ser, aunque fuera a verle como policía a sus órdenes— si era Rafael quien se lo planteaba. Comprobé con satisfacción que mi estratagema de guerra psicológica daba el resultado apetecido. El juez se leyó aquel reportaje con atención; no de cabo a rabo, pero casi.

—Dios santo, qué gente y qué mundo estamos creando —dijo.

—Es lo que hay —observé—. Con eso nos toca trabajar.

El magistrado Villegas dejó escapar un profundo suspiro.

—Muy bien, y qué es lo que quieren que les dé.

Era el momento de la verdad. Eché mano de toda mi habilidad como vendedora de cosméticos, que tampoco era demasiada.

—De momento, poca cosa. Queremos cerciorarnos más antes de ir por ellos. Nos bastaría con que la compañía telefónica nos diera todos los datos de sus teléfonos y el de la chica. Movimientos, llamadas, etcétera. Y si su señoría lo considera pertinente, nos gustaría ponerles una escucha a los dos que resultan más sospechosos. Si se pudiera pinchar el teléfono del tercero, tampoco vendría mal, sobre todo para descartarlo, pero entiendo que eso es más peliagudo.

Lo habíamos preparado bien, y antes de llevárselo al juez se lo había tenido que vender a Carranco, cuyas pegas y cautelas me alegraba ahora de haber tenido que superar. Para eso, entre otras cosas, estaban los jefes, o al menos los no demasiado malos, como día a día me iba persuadiendo de que era aquel que me tocaba: para protegerte de tus propios entusiasmos. Si a eso le añadían el valor para respaldarte cuando tus acciones bajo sus órdenes le pisaban el callo a alguien con propensión a ofenderse, nada más se les podía pedir. El magistrado Cristóbal Villegas miró aquel papel con los números de teléfono y los nombres de los titulares y resolvió:

—Estoy de acuerdo. Y les voy a intervenir también el teléfono del otro chico. Sólo por quince días. Para que me lo descarten.

—Si podemos —precisé.

—Si pueden, faltaría más —concedió—. Pónganse al habla con la letrada, y esta misma tarde les firmo los mandamientos.

—Muchas gracias, señoría.

—Y si esto confirma lo que suponen ustedes, habrá que montar un buen zafarrancho. Con entradas y registros en Valencia, Albacete y Getafe, como mínimo, así que avísenme con antelación.

—Así lo haremos —se comprometió Gutiérrez.

El juez se quedó un instante releyendo el papel.

—Dayesi Bello —dijo en voz alta—. ¿Qué edad tenía?

—No sabemos. Veinte, veintiuno como mucho —respondí.

—Joder —exclamó.

Era, coincidí, el mejor resumen posible.

La tarde, como ya preveíamos, fue larga. El resto del equipo se había quedado en la Brigada, listo para poner en marcha todo tan pronto como tuviéramos los mandamientos. Al subinspector y a mí nos tocó hablar con la letrada de la Administración de Justicia, a quien a su vez ya había puesto sobre aviso el juez, para que diera curso a todos los documentos pertinentes. Jugaba a nuestro favor que aquel día el juzgado estuviera de guardia, lo que nos permitía adelantar las tareas esa misma tarde. Con los mandamientos en nuestro poder, y a través del departamento de coordinación, Miguel y Guadalupe se ocuparon de contactar con las compañías telefónicas afectadas para hacerles las solicitudes de información y poner en marcha las tres escuchas autorizadas. Sobre las diez de la noche, ya habíamos puesto todo en pie, las redes estaban tendidas y sólo quedaba que los peces entraran en ellas. Contemplé con satisfacción a aquella gente que me había recibido dos semanas atrás como una jefa por completo desacreditada y que sin embargo, y a pesar de ello, había sabido dar el callo para conseguir lo que ahora teníamos. Un homicidio, que parecía poco menos que irresoluble, encarrilado y a punto de caramelo. Me pareció que debía reconocérselo.

—Gracias a todos, chicos. Mientras el país dormía la siesta, y ahora se ceba y se cuece en los chiringuitos, vosotros habéis estado aquí para sacar este marrón adelante. Mi gratitud eterna.

—Madrid es muchísimo más interesante en verano de lo que la gente se cree —dijo Gallardo, con su circunspección habitual—. Si lo supieran, no se irían, pero es mejor que no se enteren. Así los que no nos marchamos podemos disfrutarlo en todo su esplendor.

—Así y todo —dije—. En fin, salvo que alguno quiera quedarse a escuchar esos teléfonos, que no hace maldita la falta, mañana estará todo grabado, os podéis ir todos a casa. Y descansar, o no.

—Yo me abro —dijo Gutiérrez—, que estoy en

fase promocional con la novia y como le haga muchas de estas la voy a perder.

—Yo me marcho también, a ver si mi picoleto ha sido capaz de hacerse la cena —se le sumó Guadalupe.

—Pues yo me voy a dar una vuelta por ahí —dijo Gallardo.

Miguel no dijo nada. Decidí darle una orden inapelable:

—No te vas a quedar aquí solo. Anda, en marcha. Una cosa, tú tienes acceso a los perfiles de Josep y de Jacobo, ¿no?

—A los de los dos. En Instagram y en Facebook.

—Mañana te hago un encarguito. Vamos, puerta.

Resultaba especialmente gratificante tenerles puesta la oreja a nuestros objetivos, por fin, y no lanzarnos en seguida a escucharlos; dejar sin más que la noche acumulase lo que hablaran e hicieran a través de sus teléfonos y comprobarlo al día siguiente. Tan pocas veces la vida es eso: estar seguro de que tienes lo que quieres, y no necesitar velar, hasta la angustia, por conservarlo. De camino a casa, llamé por el manos libres a Eva, para avisarla de que iba de regreso, y a Alberto, para oír su voz y ver cómo marchaba la guardia.

—Suenas rara —me dijo.

—¿Rara cómo?

—No sé. Feliz, diría.

Me pilló con las defensas bajas. Se me empañaron los ojos y todo.

—Es que me acabo de dar cuenta de que lo soy —le admití—. Yo me creía que ya nunca más iba a serlo, pero mira tú.

—Sorpresas te da la vida.

—Si sabes esperarla. Si te enseñan a esperarla.

Supuse que entendía lo que quería decirle. En ese momento oí otra voz en la línea. Lo interpreté al vuelo: tenían un aviso. Colgó, casi sin tiempo para despedirse, y me dejó pensando en lo que le acababa de decir. Entonces me acordé de una tarea que tenía pendiente. Marqué el número de Roberto Martín, el periodista; a esa hora de la noche estaba en mejor forma. Me atendió con voz campechana.

—Hombre, inspectora. Ya me sabe mal no tener nada, aún.

—No lo esperaba. ¿Puedes apuntar? Yo sí tengo algo para ti.

—Que no vas a regalarme, supongo.

—Naturalmente que no.

22

El reventón

Tan pronto como Roberto me mandó el enlace, leí lo que había escrito y busqué entre sus líneas el pago que habíamos acordado por la primicia. No tardé en encontrarlo: ahí estaba, al final del párrafo segundo, a una altura del artículo donde aún no se había rendido la mayoría de los lectores y convenientemente destacado en negrita: «Las recientes intervenciones policiales desarrolladas en la Colonia Marconi contra las redes de trata han permitido abrir nuevas vías de investigación en la denominada Operación Vertedero, iniciada tras el hallazgo de restos humanos, pertenecientes a una misma mujer de origen africano, en los vertederos de Valdemingómez y de Pinto». El artículo hablaba de su tema, la polémica en torno a la basura de la Comunidad y su tratamiento, pero aprovechaba hábilmente para darle un tinte macabro con la historia de la mujer descuartizada y, sobre todo, para deslizar esa noticia, que él se apuntaba el tanto de dar antes que nadie y a mí me iba a servir para realizar una pequeña operación de aceleración en nuestras pesquisas. Tras comprobar que el periodista había cumplido, le contesté por la misma vía segura por la que me había mandado el enlace, una cuenta de correo ajena al servicio: «Prueba superada. Seguiremos negociando en el futuro». Y me fui sin más demora a buscar a Miguel, a quien le pasé aquel enlace y le di instrucciones concretas sobre su utilización.

Era aquella una técnica que no solía fallar, salvo que uno se viera frente a delincuentes muy experimentados o muy sobre aviso de la vigilancia policial, y ninguna de esas circunstancias se daba aquí. Fue cuestión de apenas unas horas. Las escuchas telefónicas, que hasta ese momento no habían arrojado ningún resultado, ni siquiera nos habían permitido acceder a ninguna comunicación entre los dos principales sospechosos, nos dieron la primera señal clara de que estábamos en la línea correcta. Fue Jacobo, el chaval que vivía en Albacete, el que marcó el número de Pep, el valenciano.

—Pep, tío, cómo estás.

—Aquí, en la playita, ¿y tú?

—Bien, bien. Bueno, aquí hace un calor de cojones.

—Y qué te cuentas.

—Oye, mira una cosa que te he mandado por correo.

—Qué cosa.

—No sé, es la hostia de raro. Me ha llegado por Face, de un perfil que no sé quién es.

—¿No sabes quién tienes en el Face?

—Ni tú, cabrón, quién lo sabe.

—Y de qué va.

—De basuras. En Madrid.

Se hizo un silencio en la línea.

—No me jodas.

—Léelo. De entrada acojona, pero creo que son buenas noticias.

—Joder, tío, me estás dando mal rollo.

—Que no, que ya verás. Pero es mejor que lo leas.

—Lo miro en cuanto llegue a casa.

Como era de esperar, volvieron a comunicarse esa misma noche. Esta vez fue Pep el que llamó a Jacobo. Sonaba algo inquieto.

—Eh, ya lo he visto.

—¿Y lo ves como yo?

—No sé. Me preocupa un poco, pero leyéndolo bien, parece que tienes razón tú. Que van por otro lado, por los negratas.

—Tiene toda la pinta.

—Lo que me mosquea es que te haya llegado a ti esa noticia.

—Ya, y a mí. Pero puede ser una casualidad.

—¿Tú crees? No sé, tío. Me raya un huevo.

—No hay que pensar en eso.

—Se dice fácil.

—Más fácil lo tienes tú que yo. Tú ahí estás, en la playa, piensa en mí que ando aquí en Albacete, achicharrándome.

—Oye, vente si quieres.

—No te digo que no. ¿Me haría sitio tu vieja?

—Sitio hay. Todo es comentárselo.

—Me lo voy a pensar, ¿eh?

—Tú mismo.

—Ya te llamo si eso. Y olvídate de Madrid.

—Lo procuraré.

Esperé aún un par de días, hasta tener completamente procesada la información de sus teléfonos y el de Dayesi. Entre otros detalles sospechosos, pero no del todo concluyentes, logramos establecer con un margen de error mínimo que las posiciones de sus móviles eran coincidentes con las del terminal de Dayesi, desde la hora del mediodía en que ella abandonó la Colonia Marconi hasta la de la tarde en que se perdió su señal en una antena que daba servicio a la zona de Getafe donde estaba el piso que compartían los dos estudiantes. Con ese indicio, más todos los anteriores, reuní al equipo y les pedí su opinión sobre si había llegado el momento de reventar.

—Para mí, sin ninguna duda —se adelantó Gutiérrez.

—Me sumo —dijo Guadalupe.

—Quizá las escuchas nos proporcionen algo más en los próximos días. Los dos le deben de estar dando aún vueltas —dudó Miguel.

—Para mí está maduro, y los dos son flojos. Estos dos confiesan y todo —apostó Gallardo, contra su tendencia natural.

Tres a uno, un tanteo abultado que me inclinaba a dejarme llevar por el impulso que ya sentía antes de pedirles su parecer. De modo que me fui a ver a Carranco y le propuse ir a tratar de persuadir al juez para que nos autorizara a entrar en las casas de los dos sospechosos y en el piso de Getafe, que en ese momento estaba vacío y a la espera de nuevos inquilinos para el curso siguiente. Carranco me escuchó con un aire extraño, como si estuviera pensando en otra cosa, lo que no dejó de sorprenderme, cuando llegábamos al final de aquel camino que nos había costado meses de trabajo. Sólo cuando terminé de darle mis argumentos a favor de ir a por ellos me dio a conocer las razones de su preocupación, que nada tenían que ver con mi propuesta.

—Me ha llamado esta mañana el comisario Galván.

—Ah. Vaya —no pude evitar decir.

—Parece que la inspectora Mañas ha decidido volver antes de sus vacaciones. Me gustaría haberme enterado por ella, pero ha sido el comisario quien me ha llamado para decirme que considera que es ella quien debe hacerse cargo del remate de la operación.

—Mira tú. ¿Y eso por qué? Si lo ha justificado de alguna manera.

—Porque le resulta más fiable, dice.

—Dicho de otro modo, porque yo le resulto menos fiable.

—Sí, también puedes decirlo así —aceptó, sombrío.

—Dejando al margen que en tres meses ella no consiguió nada y he sido yo quien ha desatascado esto en dos semanas.

Carranco me observó con gesto serio.

—La injusticia me molesta como a ti, Mauri —aclaró.

—¿Y? ¿Le voy envolviendo ya mi trabajo con un lacito rosa a la inspectora Mañas para que se cuelgue todas las medallas?

El inspector jefe negó con la cabeza.

—En absoluto. Le he dicho al comisario que según mi criterio profesional eres tú quien debe cerrar la operación. Y le he mandado a la inspectora Mañas un mensaje diciéndole que no hace falta que interrumpa sus vacaciones. He preferido no hablar con ella.

No pude esconderle mis pensamientos.

—Me declaro estupefacta, jefe.

—¿Por?

—Galván es Galván. Ni perdón ni olvido. Que me pregunten a mí, o a cualquiera de las víctimas con cuyas costillas se ha construido la escalera que lo ha llevado a donde está. ¿Eres consciente?

—Lo soy —asintió—, pero también soy consciente de algunas otras cosas, que quiero que queden entre tú y yo. Asuntos Internos anda tras él, y lo que es peor: hay unas diligencias en un juzgado. Además de putear a su gente, que eso puede que le salga gratis, a Galván le dio por andar en malas compañías. Gente como él. Quiero decir comisarios. Quiero decir comisarios que sienten mayor amor por el incremento de sus cuentas corrientes particulares que por el servicio a la ciudadanía, el uniforme que se ponen los días de gala y la institución a la que ese uniforme representa. Todos sabemos o sospechamos quiénes son y el tiempo que llevan sirviéndose de los medios del Estado al que deberían servir para su provecho y el de gente que nada tiene que ver con el bien común. Lo que parece es que los astros se han alineado al fin en su contra y la tienda y lo que daba se les ha venido abajo. No hay mal que cien años dure.

—¿De verdad? ¿Cómo lo sabes?

—Tengo algún amigo en Asuntos Internos. Hablan poco, pero he tenido que testificar en las diligencias que llevan contra él.

De repente, vi a Carranco, y su actitud, y su comportamiento conmigo desde mi regreso, bajo una nueva e inesperada luz. Cuántas veces se nos escapan claves cruciales de lo que sucede y más nos afecta, cuántas veces nos permitimos análisis superficiales, erróneos o disparatados porque no conocemos bien lo que nos concierne ni el terreno que pisamos. Había oído rumores sobre Galván, al igual que sobre otros comisarios, pero estaba muy lejos de ser consciente de que los problemas habían empezado a cercarlos de aquella manera. Era por otro lado un gesto de inusual confianza por parte de mi inspector jefe que descendiera a darme aquellas informaciones, lo que por otro lado creaba un vínculo nada banal entre ambos.

—¿Y cómo ha reaccionado él si puedo saberlo? —pregunté.

—Me ha insistido en su indicación, pero yo me he mantenido en mi criterio y le he pedido que me lo ordene por escrito.

—¿Y si lo ordena por escrito?

Carranco me miró con un aplomo que no le imaginaba.

—No lo va a hacer.

—¿Y si lo acaban exculpando?

—No lo van a exculpar.

—Muy seguro estás.

—Cuando algo se acaba, se acaba, y se sabe. Lo que ocurre es que aquel a quien afecta suele ser el último en darse cuenta.

—Le echas un par de pelotas, de todos modos.

—Los cobardes sobran en este negocio.

—Mañas volverá, a pesar del mensaje.

—Que vuelva. Ya le daré algo que hacer. Vete a ver al juez.

Siempre me gustó el verbo: *reventar*. Es la mejor manera de decir, con esa contundencia catártica que tiene el castellano, que algo ya no se puede aguantar más. Que uno ya ha llegado a su límite o, en la jerga policial, que ha llegado la hora de dar el paso de la teoría a la práctica, de la conjetura al zapatazo. Lo de *reventón* ya me gustaba menos, me hacía pensar siempre en el pinchazo de una rueda, pero era la palabra usual entre nosotros y resultaba imposible sustraerse a su empleo. Con las pruebas que le llevé, el juez Villegas no dudó en ordenarnos las entradas y registros que le solicitábamos. Como el tiempo apremiaba, porque la ley —con buen criterio, visto el ganado que a veces se cuela entre nosotros— establece que los policías sólo podemos disponer de un ciudadano durante tres días para averiguar la verdad, lo organizamos para que fueran agentes de Valencia y Albacete, con el apoyo de Gallardo los primeros y de Gutiérrez los segundos, los que detuvieran a los chavales. Ellos se encargarían de registrar sus habitaciones, donde no esperaba que guardaran nada incriminatorio, y de traerlos a la mayor brevedad a Madrid. Por mi parte, y aunque implicara perderme el momento de la detención, que siempre tiene su gusanillo, me reservé la entrada y registro del piso de Getafe, junto a Guadalupe y Miguel y nuestro personal de Policía Científica. Allí sí que importaba, manifiestamente, hacer una inspección y una toma de muestras a conciencia, porque parecía más que probable que fuera la escena del crimen. Igual que nos interesaba hacer la mejor toma de muestras posible del Ford Mondeo ranchera de la madre de Pep, el valenciano, donde, según nuestra hipótesis, Dayesi había viajado viva y quizá también muerta.

Antes de meterme en aquel lío tenía que dejar cubierto el frente doméstico, en varios sentidos. Además de organizarlo con Alberto y su prima para que alguien pudiera encargarse de mis hijos durante los tres días que me disponía a desaparecer de sus vidas, me tocó disculparme con mi médico particular porque me veía obligada a aplazar la sorpresa, en forma de cena misteriosa, que había tenido el detalle de querer darme. Alberto no pudo ocultar en un primer momento su decepción, casi contrariedad, pero al final se hizo cargo de la emergencia con la generosidad que le caracterizaba.

—No pasa nada —dijo—. Llamo y cancelo la reserva. Y cuando acabes, vuelvo a reservar. Así nos sirve para celebrarlo.

—Lo siento, de verdad.

—Bueno, ya me compensarás. Prométeme que tendrás cuidado.

—Descuida. Estaré protegida. Y estos no son peligrosos.

—¿Estás segura?

—Es curioso, pero el caso se da con más frecuencia de lo que la gente se piensa. Muchos homicidas son inofensivos, salvo para las personas que tienen la mala suerte de verse a su merced.

No le dije, porque eso ya implicaba entrar en demasiados detalles, y revelar el secreto sumarial, que la actuación que me había reservado era la menos peligrosa de todas. Ni siquiera nos exigió forzar la puerta. Bastó con contactar con el propietario del piso y mostrarle la orden del juez. Él mismo nos abrió la puerta del piso con su llave, y vio con estupor cómo entrábamos en la vivienda de su propiedad para registrarla y peinarla como escenario criminal. A simple vista, no era más que un piso de estudiantes como cualquier otro: con el mismo mobiliario barato y algo maltratado, y con vestigios que al ama de casa que llevaba bajo mi piel de policía le permitían apostar que durante años las labores de limpieza se habían hecho de forma poco concienzuda, cuando se habían hecho. La placa, la encimera, los baños, los filos de los muebles, el parqué, los sillones, daban fe de que quienes allí vivían, sólo durante unos meses, tenían otras prioridades en la vida, que no necesariamente tenían que ver con el estudio. En todo caso, a simple vista, no había nada que delatara que allí se hubiera matado y descuartizado a una persona. Tendrían que ser los del mono blanco los que hallaran algún rastro de esas operaciones. Quizá, pensé, había sido el único día que los inquilinos se habían tomado en serio la tarea de limpiar y desinfectar.

—¿El piso lo alquila usted con plaza de garaje? —le pregunté al propietario.

—Depende. Si los chavales tienen coche... A estos sí.

—¿Podemos bajar a verla?

—Claro.

Después de ver la plaza, cuyo número dimos a los nuestros para que peinaran también sus inmediaciones, dejé allí a Miguel con los de la Científica para que completaran la recogida de muestras. Yo me volví con Guadalupe a la oficina, para coordinar desde allí las detenciones y los registros de Albacete y Valencia y esperar a que nos trajeran a los dos sospechosos. El primero que llegó, a eso del mediodía, fue Jacobo Vela, el que vivía en Albacete. Al verlo al lado de Gutiérrez, que le sacaba casi un palmo, comprendí que no podía ser el que nos había descrito Christy como el joven alto que había cerrado la transacción con Dayesi, sino el otro. Era un muchacho de pelo claro y ojos grises y complexión más o menos fuerte, aunque tenía un aire derrotado y desvalido. Tras dejarlo en el calabozo, para que fuera haciéndose al encierro, el subinspector me informó:

—Quiere confesar, dice.

—No antes de que esté presente el abogado —rechacé—. Ya está de camino. Si viene roto, que nos acabe sirviendo para algo.

—¿Y si el abogado le hace cambiar de opinión?

—Mala suerte. Habrá que correr el riesgo.

Dos horas después, lo teníamos en la sala de interrogatorios, con el abogado a su lado. Era la hora de la verdad, para todos.

—¿Sigues queriendo hablar, Jacobo? —le pregunté.

—Ya sabes que no te lo aconsejo —le dijo el abogado.

—Sí —me respondió Jacobo, ignorando aquella advertencia.

—Adelante.

Miró a su abogado, luego a nosotros, luego al suelo. Sin apartar de ahí la vista, empezó a recitar, como si estuviera en trance:

—*Nada sale bien cuando dejas que te hagan el que no eres...*

23
Pep

Cuando Jacobo Vela terminó su relato, me volví a Guadalupe. Sin palabras, me confirmó que lo tenía registrado todo. Intercambié una mirada con Gutiérrez. Estaba de pie, con los brazos cruzados, en un rincón de la habitación. Estiró con disimulo el pulgar de su mano derecha, que mantenía incrustada bajo la axila izquierda. Luego le eché una ojeada al abogado de oficio, en cuyo rostro había una expresión alucinada, y por último me dirigí al detenido:

—¿Estás seguro de eso que acabas de contarnos, Jacobo?

Hizo subir y bajar varias veces la barbilla, en silencio.

—Quizá quieras comentarlo con tu abogado antes de firmar la declaración. No tenemos, que te quede claro, el menor interés en presionarte para que digas eso, u otra cosa. Nos interesa la verdad y, además de tu declaración, tenemos otras formas de buscarla.

—Ya, ya lo sé —dijo, con voz mustia.

—Te das cuenta de lo que nos estás diciendo, ¿no?

Volvió a asentir.

—No te va a servir para librarte. En lo que nos has contado hay varios delitos graves que se te van a imputar y que implican años de prisión. Si quieres mantener tu autoinculpación, se considerará como atenuante, pero no te exonerará de responsabilidad.

—No lo pretendo. Sé que la tengo.

—Y dime, ¿por qué decides colaborar con nosotros?

—Se lo he dicho antes. Llevo meses esperando este momento. En el fondo de mi corazón, sabía que llegaría. Que no nos libraríamos. Ahora siento que tengo que pagarlo: es la única forma de quedar en paz. O de intentarlo, por lo menos. Yo no era ese.

—¿Quién no eras?

—El que dejó que pasara aquello. El que hizo lo que le he dicho.

—Si lo que nos has dicho es la verdad, me temo que tendremos pruebas de que lo eras. Tu ADN, y alguna cosa más, tal vez.

—Eso era mi cuerpo, nada más. Dentro no estaba yo.

—Tu alma, quieres decir.

—Llámelo como prefiera.

—Hay quien dice que el alma no es más que la idea del cuerpo.

—¿Quién lo dice?

—Lo decía. Se llamaba Spinoza, a lo mejor te suena.

—Sí, me suena. Del bachillerato —recordó—. Yo me entiendo, lo que quiero decirle es que tengo que quitarme de encima a ese que hizo lo que me ha traído aquí. Ya sé que de usted, de la ley y de la cárcel no voy a poder escaparme. Por eso me doy cuenta de que lo mejor es ponérselo fácil a ustedes, ya se lo he dicho al abogado.

—Necesitaremos algún detalle más.

—¿Cuál?

—¿Ayudaste a sujetar a la chica? ¿O lo hizo solo Pep?

—Ya le verá, cuando se lo traigan. No le hacía falta ayuda. La chica no era muy grande. Tenía fuerza y era peleona, sí, pero Pep anda por el uno noventa y no le costó nada hacerse con ella.

—¿Con qué la estranguló?

—Con su propio vestido.

—¿Le ayudaste a descuartizarla?

—No, ya le he dicho que no.

—¿Con qué lo hizo?

—No se lo va a creer. Ni usted ni sus compañeros.

—Prueba.

Jacobo puso cara de horror.

—Con cuchillos —dijo—. Con los mismos cuchillos que había en la cocina. No teníamos nada más. Con eso se arregló.

—¿Y cómo la quemó?

—Le roció la cara con alcohol y luego le echó una cerilla. Dijo que así, si la encontraban, nunca podrían reconocerla.

—Se equivocó —dije—. Es complicado lo de predecir el futuro.

—Pues sí —admitió, con resignación.

—¿Y se deshizo él solo del cadáver? ¿No le echaste una mano?

—No, se lo repito. La troceó de manera que pudiera meterla en bolsas, salvo la parte más grande. Esa la envolvió en una manta. Y luego esperó a la madrugada, la bajó al garaje y la metió en el coche. Me acuerdo perfectamente de lo que me dijo, cuando volvió.

—¿Qué te dijo?

Se quedó absorto, como si acabara de ver un fantasma.

—Que era una suerte que el coche de su madre fuera ranchera. Que la negra había cabido sin problemas. Que hasta sobraba sitio.

Le observé con detenimiento. Él notó que lo hacía.

—Y si lo veías tan claro, que acabaríamos dando contigo y con tu amigo, ¿por qué no viniste a denunciarlo antes? —pregunté

—Ya sabe usted. La esperanza nunca se pierde del todo.

Le dejamos leer la declaración y le pregunté si quería firmarla. El abogado cumplió con su deber recordándole que no tenía por qué hacerlo, a lo que su defendido replicó, con gesto derrotado:

—La firmo y acabamos con esto. Me duele mucho la cabeza.

Cuando lo devolvimos al calabozo, me encontré con Gallardo, que acababa de llegar de Valencia. Me dio las novedades.

—El coche está ya incautado y en manos de los compañeros de la Policía Científica de Valencia. A simple vista, hay restos de manchas en el maletero que muy bien podrían ser lo que buscamos.

—No me digas —exclamé.

—Te digo, pero habrá que esperar a que procesen las muestras. En cuanto al Pep este, es un tiarrón que no veas. Al principio trató de resistirse, incluso quiso escapar. Desde que le hemos puesto las pulseras con las manos a la espalda y un par de ángeles de la guarda de su mismo porte parece que se ha tranquilizado un poco. No ha designado abogado, ni él ni la familia, a la que he dejado en su casa en estado de *shock*, supongo que ya vendrán de camino.

—El abogado de oficio está avisado.

—Ya está aquí. Abogada —informó Guadalupe.

—Pues cuando queráis, pido que lo traigan —ofreció Gallardo—. Eso sí, por precaución, yo diría a los que lo traen que se queden.

—Vayamos poco a poco —le paré—. Jacobo acaba de confesar. Que estuvieron con la chica y que el otro la mató y la descuartizó.

—Querrás decir entonces que ha culpado al otro.

—No del todo. Admite haber tenido relaciones sexuales forzadas con la chica, y que no hizo nada por impedir que Pep la golpeara y la acabara estrangulando. Que incluso disfrutó con ello.

—Cómo está la juventud —juzgó, mientras cabeceaba.

—La pregunta, señores —me dirigí a Guadalupe y a Gutiérrez—, es si nos lo creemos. Qué me decís. Cómo lo habéis visto.

—A mí me ha parecido convincente —dijo Gutiérrez.

—Yo creo que hay que esperar —opinó Guadalupe.

—¿A qué? —preguntó Gutiérrez.

—A ver qué es lo que nos cuenta el otro, por lo pronto.

—No le decimos que su compañero ha confesado —les advertí a todos—. Dejamos que sea él mismo. ¿Estamos?

Los tres asintieron al mismo tiempo. Después de pensarlo bien, me incliné por entrar sólo con Gutiérrez, dejando fuera a Guadalupe y a Gallardo. Aunque podrían seguir desde fuera todo lo que dijera, así reducía el número de interlocutores. Cuando nos lo trajeron a la sala de interrogatorios donde ya lo esperábamos Gutiérrez y yo, Pep me dio una impresión contradictoria. Era verdad que se trataba de un tipo aparatoso, tanto que intimidaba un poco. Sin embargo, lo que vi en su semblante fue a alguien completamente desmoronado. Quizá él no había contado, como su compañero, con que al final acabaríamos pillándole, y los tres meses largos que había pasado sin que nadie le inquietara debían de haberle llevado a relajarse. Era Pep moreno, de cabello y de tez. Gastaba una melena despeinada y una barba rala y sin arreglar. Se notaba que frecuentaba la playa y su bronceado volvía algo desasosegantes sus ojos verdosos.

—Quitadle las esposas —ordené a los agentes que lo traían.

—¿Lo ha pensado bien? —preguntó el que estaba al mando.

—Sí. Aquí no va a armar jaleo, ¿verdad?

Pep no dijo nada. Miraba todo como una especie de zombi.

—Así podremos hablar más relajados —continué—. Antes de nada, aquí está tu abogada de oficio. Ya sabes que puedes llamar a otro en cualquier momento, pero mientras no nos digas otra cosa te atenderá ella. Si quieres hablar a solas con ella antes, es tu derecho, sólo espero que en ese caso te comportes como es debido.

—¿A qué se refiere? —intervino la abogada.

—A que no la tome como rehén —dije, con mi mejor sonrisa—. Según me cuentan mis compañeros, se resistió a la detención.

—Eso no es verdad. Me puse nervioso, nada más —protestó Pep.

—Lo que fuera. ¿Quieres entonces que os deje solos?

—No, no hace falta.

—¿Lo has pensado bien? —le dijo la abogada.

—Si estoy aquí, es que la cosa pinta mal.

—Tienes derecho a no declarar —recordó la abogada, aunque ya se lo habíamos dicho nosotros—. Es más, mientras no sepa lo que hay, te recomiendo encarecidamente que no respondas a nada.

—Quiero hablar.

—¿Hablar? ¿Por qué?

—Quiero confesar. No tiene ningún sentido negarlo.

—Piénsalo —le insistió la letrada—. Te va a perjudicar.

—¿No le han dicho lo que tienen contra mí?

—Muy vagamente. He hecho constar mi protesta, para el juicio.

Pep la miró entonces con expresión melancólica.

—A mí no me hace falta más. Me lo han dejado

claro durante el viaje. Tienen testigos. El coche. Los móviles. Y en el cuerpo de la chica quedó algo. Si no hubiera aparecido... Pero apareció.

Me apunté preguntar luego a Gallardo qué le había largado.

—Puede ser un farol —le avisó la abogada—. No piques.

—No es un farol, me parece, pero da igual. Quiero hablar.

—Está bien —los interrumpí—. El detenido, informado de sus derechos y apercibido por su letrada, aquí presente, accede a hablar. Así que si le parece, señor don Josep González Massana —opté por darle el tratamiento más formal—, procedemos sin más demora.

—Cuando usted diga.

—Cuénteme qué pasó el 4 de abril de este año, como lo recuerde usted y de la manera más ordenada y detallada posible.

Pep hizo memoria. Tomó aire. Y se dejó ir.

—Ese día estábamos de celebración. Jacobo y yo acabábamos de saber que nos habían calificado el TFG con un sobresaliente, lo que quería decir que ya éramos graduados, los dos. La idea salió de él, yo en mi vida había ido a aquel lugar, nunca había estado siquiera con una... en fin, ya saben a qué me refiero, con una...

—Prostituta —le ayudé.

—Él sí había ido más veces, con otra gente, y como él era quien se conocía el sitio, le dejé que llevara el coche. Fuimos allí, era una especie de polígono, a la entrada de Villaverde, bastante cutre...

—Tiene nombre. Colonia Marconi.

—Ahí, sí. Me dijo que lo mejor era ir donde las negras, que eran más baratas y que hacían de todo, que con ellas era una pasada. Al llegar a la calle la fue recorriendo despacio, hasta que nos fijamos en una que nos gustó más que las otras. Era algo más bajita, algo más fina. Tenía buen cuerpo y a mí, le comenté, me imponía menos que las demás que había. Entonces me dijo que bajara y le preguntara.

—Así que el trato lo cerró usted.

—No del todo. Yo le pregunté y ella me respondió veinte euros. Se lo dije a Jacobo y él le pidió que se acercara. Ella se acercó hasta la puerta del conductor y él le preguntó cuánto era venirse a casa con nosotros y hacerlo con los dos. Ella dudó de entrada, como si la tarifa de aquello no estuviera clara. Luego nos dijo que cincuenta, si la casa no estaba lejos y la traíamos de vuelta al polígono.

—Y así quedaron —deduje.

—Jacobo trató de bajar, a cuarenta, pero ella se le plantó. Que la jefa estaba mirando y que no podía irse y volver sólo con cuarenta. Al final yo convencí a Jacobo para que no regateara más.

—Y ella se subió al coche.

—Antes se despidió de otra de las chicas. Creo que era la jefa, porque hizo un gesto como si le diera permiso. Montó en el asiento de atrás y la llevamos al piso de Getafe. Está a unos cinco minutos, poco más, ella nos dijo que era una suerte que viviéramos tan cerca, y nos preguntó si íbamos mucho a buscar chicas al polígono.

—¿Ella cómo estaba? ¿Confiada, tranquila?

—Parecía bastante segura. Pequeñita pero con

carácter. Cuando llegamos al bloque y vio que era nuevo y que metíamos el coche en el garaje subterráneo nos preguntó si teníamos mucho dinero. Yo iba muy nervioso, nunca había hecho aquello y encima metíamos a la chica en el piso. Jacobo, en cambio, era como si lo hubiera estado haciendo toda la vida. Me veía tenso y me dijo que me relajara.

—Pero usted no terminaba de relajarse.

—No, la verdad. Además, se lo reconozco, estaba excitado. La chica me gustaba, y olía de una manera, con un perfume que...

—Continúe.

—Aparcamos el coche y fuimos al ascensor. Yo temía todo el rato que nos cruzáramos con algún vecino, pero Jacobo iba tan ancho. «La suerte es de los valientes», me decía, burlándose de mí. Lo cierto es que llegamos hasta el piso sin cruzarnos con nadie.

—Y una vez en el piso, ¿qué pasó?

—La chica fue al grano. Se puso a quitarnos la ropa a los dos, y luego dejó que la desnudáramos nosotros. Preguntó quién iba a ser el primero, y si teníamos condones o usábamos los suyos.

Pep se quedó súbitamente callado.

—¿Y? —le animé.

—Ahí fue donde empezó a torcerse todo.

—¿Por qué?

—Jacobo insistió en hacerlo sin goma. La chica dijo que «ni de coña», me acuerdo que usó esas palabras, me llamó la atención en ella. Jacobo le dijo entonces que vale, pero que tampoco tuviera tanta prisa, que nos animara un poco antes. La chica se puso a ello, pero a partir de ahí yo ya tuve la sensación de que había mal rollo. La chica estaba seria, yo miraba a Jacobo y me parecía que rumiaba algo, hasta que la agarró y la tumbó en la cama. La chica se revolvió, le preguntó qué hacía, pero él le tapó la boca y trató de abrirle las piernas. Entonces me pidió que le ayudara a sujetarla, y yo...

Otra vez parecieron faltarle las palabras. O las fuerzas.

—Usted qué.

—Yo... le ayudé.

—Le ayudó.

—Él me dijo que a veces les gustaba ponerlo difícil, que era una puta y que no pasaba nada. Al final consiguió... eso, penetrarla. Y después me dijo que me la sujetaba y que le diera yo. Mientras nos cambiábamos de sitio, cogió el vestido de ella, que era así, de licra. Y cuando yo ya estaba con ella, se lo puso alrededor del cuello y le apretó. La chica se quedó muy quieta, como paralizada. Él le dijo que si colaboraba no apretaría mucho, sólo lo justo para que...

—Para qué —volví a tirarle de la lengua.

—Para que le gustara más.

—El problema es que acabó apretando algo más que eso.

Pep sacudió la cabeza a un lado y a otro.

—No sé por qué. Por qué apretó tanto, por qué yo no le dije que parara, cuando la chica se puso a temblar. Creí que no pasaría nada, que lo tenía controlado, pero de pronto se quedó quieta.

—¿De pronto?

—Así lo recuerdo yo.

—¿Y entonces?

—Yo me quedé helado. Tardé mucho en reaccionar. Cuando me quise dar cuenta, él se la había llevado al baño. Y allí...

—¿La descuartizó? —pregunté.

Pep calló. Aquel silencio fue su forma de otorgar.

—Vaya —concluí—. ¿Conoce usted el dilema del prisionero?

—¿El qué? —preguntó, con aire desorientado.

—Nada —dije, mirando a Gutiérrez—. Cosas mías.

24
Jacobo

Había citado a todos los miembros del equipo a las ocho de la mañana, después de recomendarles la noche anterior que hicieran por dormir bien y de intentarlo yo también por mi parte. Ya contaba con que ni Pep ni Jacobo iban a pasar una buena noche en nuestros calabozos, que tan lejos estaban de ser un alojamiento con encanto. Esa ventaja que les llevábamos en la confrontación que teníamos por delante.

Una vez que los tuve a todos sentados y expectantes en torno a la mesa de reuniones, declaré abierta la tormenta de ideas.

—A ver, quién tiene agallas de empezar.

Se miraron unos a otros, esperando del arrojo ajeno. Después de un momento de duda, fue Gutiérrez quien levantó la mano.

—Adelante, Rafael —le invité.

—He estado pensando toda la noche en eso que le dijiste ayer a Pep, lo del dilema del prisionero. Tal y como suele plantearse, no tiene mucho que ver con la realidad: confesar o no hacerlo, asumir la culpa o cargarla a otro, no produce en las situaciones de la vida real consecuencias tan diferentes como las que la formulación usual del dilema presupone. Está bien para la teoría de juegos, pero no sirve de mucho en la gestión del criminal de su propia expectativa ni en la del policía para buscar la verdad. Menos aún en este caso, en el que los dos lo tienen crudo, con su rastro biológico en el cadáver.

—Eso todavía tiene que confirmarlo el laboratorio —recordó el subinspector Gallardo.

—Me sorprendería que no lo confirmara —dijo Gutiérrez.

Gallardo porfió:

—Espérate, por si acaso.

—Bueno, a lo que iba —retomó Gutiérrez—. Lo que importa es que uno o los dos mienten y a la vez los dos nos suministran una parte de la verdad. Es probable que lo hagan en aquello en lo que coinciden, pero también en lo otro, incluso si mienten. La mejor forma de armar una mentira es pegarla con trozos de verdad.

—Hasta ahí, comparto el análisis —apunté.

—La cosa es cómo pillamos la mentira, de uno, del otro o de los dos. A mí el relato más coherente, más vivo y más preciso me parece el de Jacobo. Pep titubea más, ataja más, se calla más. Además, era el que tenía las llaves del coche, el que negoció con Dayesi, y el más fuerte para reducir por las malas a la chica y acogotar al otro.

—He ahí una apuesta —dije—. ¿Y los demás, qué creéis?

—Me gustaría poder tenerlo tan claro —dijo Guadalupe.

—Yo voto al revés que Rafa. Miente Jacobo —dijo Gallardo.

—Ahora me dices por qué. ¿Y tú, Miguel?

El miembro de menor rango del grupo optó por la prudencia.

—Estoy con Guadalupe. No lo veo claro.

—¿Por qué crees que miente Jacobo? —le pregunté a Gallardo.

—Que sea más bajo no quiere decir nada. Acordaos de Joe Pesci en *Casino*. Yo vine con Pep desde Valencia. Tres horas de coche dan para mucho. Le dejé caer que teníamos de todo contra ellos.

—Lo que, por cierto, no sé si fue buena idea —le recriminé.

—Diría que sí. Vi cómo se iba deshaciendo por el camino, cómo los nervios se lo iban comiendo. Difícil, así, inventar un cuento.

—Salvo que ya lo tuviera inventado —objetó Gutiérrez.

—¿Y nadie piensa que quizá mientan los dos? —pregunté.

—¿Esa es tu teoría? —me sondeó Guadalupe.

—No. Yo estoy contigo y con Miguel. Y antes de meternos otra vez con ellos, creo que tenemos que pasar del borroso terreno de la intuición, donde parece que andamos por ahora, al del análisis de los indicios con que contamos. Y me aplico el cuento yo la primera. Os doy tres horas: espero que para entonces me traigáis otra cosa que vuestro caprichoso parecer. Quiero detalles. Concretos.

Me dediqué a repasar todas las conversaciones telefónicas que les habíamos grabado a uno y a otro, las dos que habían tenido entre ellos y las declaraciones de ambos. Luego analicé sus publicaciones en las redes sociales, y el material, poco por el momento, que nos habían pasado del contenido de sus ordenadores. Todo empezó de pronto a llevarme en la misma dirección, pero antes de darla por buena hice un ejercicio complementario. De la cuenta de Instagram de uno y de otro seleccioné la fotografía en que mejor se los veía. Era, en ambos casos, un selfi. El de Pep, con la playa valenciana de fondo. El de Jacobo, en mitad de la plaza Mayor de Madrid.

Hube de admitir que eran dos chicos razonablemente guapos, con unos ojos que no te dejaban indiferente. Pensé que tal vez a Dayesi le había parecido que dentro de la miseria de su trabajo era un golpe de suerte irse con ellos, dos jóvenes con estudios, monos y aseados, frente al material de derribo que tendría que soportar. Tal vez hasta creyó que estaba más segura con ellos que con otros: a menudo así es como vamos derechos hacia el peligro, por creer erróneamente que podemos bajar la guardia. Lo de hacerse selfis sin parar es una costumbre contemporánea que no consigo terminar de comprender. Puede existir alguna razón excepcional, de vez en cuando, para apuntar hacia uno mismo la propia mirada. Hasta ahí alcanzo. Tener que ponerte todo el rato delante de la vida y de las cosas, mostrándote sin necesidad, es lo que ya se me escapa.

Amplié las dos fotografías hasta que ocuparon toda la pantalla. Miré a uno y luego a otro. Cada vez lo veía más claro, pero lo que terminó de decidirme fue algo que Miguel, antes de la reunión, me trajo impreso en un par de folios. La impaciencia le pudo: en los ojos le brillaba la excitación de la caza. Me tendió el primer papel.

—No vas a creerte lo que acabo de encontrar. Lee esto.

Lo leí con avidez. Era la confirmación de un formulario recibida por correo electrónico. La dirección era un montón de números. Luego Miguel me pasó un pantallazo de una página web, un foro de internet. En ambos folios vi la misma palabra, subrayada. No pude aguantarme.

—¿De quién de los dos es?

Lento, casi solemne, me señaló entonces uno de los dos rostros que llenaban la pantalla de mi ordenador. Pensé que la reunión iba a ser más breve de lo previsto y que en lugar de debatir correspondía dedicarla a poner en común la estrategia que íbamos a adoptar.

Podríamos haberlo hecho al revés, quizá, aunque en los asuntos humanos el orden suele alterar el producto. El caso es que al final decidí empezar por Pep. La secuencia del interrogatorio iba a ser la misma en los dos casos: de entrada, descubrirles que el otro había confesado que habían estado con la chica y se sacudía la culpa de la muerte y el descuartizamiento del cadáver; acto seguido, invitarlos a reconsiderar lo que habían dicho en la primera declaración; y por último, ponerlos a prueba. Cuando le dije a Pep que su compañero de piso le responsabilizaba de haber matado a la chica, se quedó por un momento sin habla. Tenía aspecto de haber dormido poco, unas ojeras pronunciadas y una mirada apagada y vencida. Sin embargo, no tardó en encendérsele, una vez que procesó mis palabras.

—Qué hijo de puta —maldijo—. Tenía que haberlo denunciado, me está bien empleado por ser tan gilipollas de encubrirlo.

—Así que Jacobo miente —traduje para mí.

—Como un bellaco. Qué cabrón.

Los ojos le echaban chispas. Junto a mí, en esta ocasión, estaba la oficial Guadalupe. Desde que la vio allí, Pep me pareció mucho más intranquilo, lo que me ratificó que había sido una buena idea.

—Convéncenos —le reté.

—Él era el que conocía aquel sitio, el que tenía experiencia en ir de putas, él fue el que me lo propuso y el que lo organizó todo.

—Eso lo dices tú —le hice notar.

—Lo pueden comprobar. ¿No tienen acaso su móvil, no pueden reconstruir todos sus movimientos, como en las películas?

—De los últimos meses, sólo.

—Habrá dejado más pistas. Hablen con la gente con la que iba.

—¿Los conoces?

—Imagino que serían de su carrera.

—Eso es un poco impreciso. El coche era tuyo. Creo que vamos a encontrar restos en el maletero. Piensa algo más convincente.

Pep rompió entonces a llorar.

—Joder, que yo no fui, se lo juro, cómo puedo convencerlos.

—Dinos algo que tenga más peso. ¿Puedo preguntarte algo?

—El qué.

Al fin lo tenía donde quería. Descargué el golpe sin piedad.

—¿Le obligaste a que te la chupara?

—¿Qué?

—A Jacobo, ¿le obligaste a que te la chupara, allí, con la chica ya muerta? —repetí, secamente—. Eso es lo que él nos ha dicho.

A Pep se le desencajó el gesto.

—Eso es mentira, me cago en todo —gritó, con voz desgarrada.

—Cálmate —le aconsejé.

Empezó a removerse en el asiento, frenético. Los dos agentes que lo vigilaban se aprestaron por si tenían que intervenir.

—Que te calmes —le repetí—. Mira aquí.

Se contuvo a duras penas. Su abogada no osaba ni respirar.

—Mira a mi compañera —le ordené—. Guadalupe, por favor, ponte de pie. Acércate a él. Y tú, mírala. Que la mires, digo.

Guadalupe, ya lo teníamos hablado, hizo como le decía. Luego, se inclinó y apoyó en la mesa sus dos brazos, negros y desnudos.

—Fíjate en su piel —le pedí a Pep.

Él empezó a sacudir la cabeza de un lado a otro.

—Es igual que la que cortaste con esos cuchillos. Mírala bien, es de una persona, hay sangre debajo, y vida, y dolor. Cómo te sientes, sabiendo que la compraste como si fuera carne de animal.

—Ya está bien, se está pasando usted —saltó la abogada.

—Hago mi trabajo, usted limítese a hacer el suyo —le espeté—. Dime, Pep, ¿sientes algo al acordarte o no sientes nada?

Pep cerró los ojos y se tapó la cara con las manos. De pronto, empezó a llorar con hipos y sacudidas, mientras gritaba:

—¡Le estoy diciendo la verdad, que yo no la maté, joder!

—Está bien, lleváoslo —di por concluida la representación.

Nos tomamos media hora de descanso, antes de traer al otro. A mí me vino bien, pero sobre todo me pareció que a Guadalupe le hacía falta. Le pregunté si se sentía con fuerzas o si prefería que esta vez me acompañara otro. La oficial Larbi echó mano de todo su pundonor profesional, que no era poco, para dejármelo claro:

—Ni pensarlo. Aquí es donde tengo que estar.

—Pues vamos a ello.

Tampoco Jacobo había pasado una buena noche ni transmitía la sensación de hallarse en un momento de plenitud vital. Parecía, sin embargo, un poco más entero que su compañero. Era, de los dos, el que tenía un discurso más elaborado, por lo que había visto en el primer interrogatorio, de modo que escogí con él una aproximación completamente diferente. Antes de empezar, me percaté de que la presencia de Guadalupe no le perturbaba tanto como al otro.

—¿Qué tal has dormido, Jacobo? —pregunté, para tantearle.

—Poco, y no muy bien, la verdad.

—¿No te preguntas por qué volvemos a hablar contigo?

—No sé. ¿Por qué?

—Hay alguna discrepancia entre tu declaración y la de Pep.

—¿Discrepancia? ¿Qué discrepancia?

—Él dice que la estrangulaste y la descuartizaste tú.

—¿Cómo? —exclamó, con una sonrisa nerviosa.

—Ahora hablamos de eso. ¿Eres buen lector, Jacobo?

—Bueno, con el agobio de la carrera, regular, ¿por qué?

—¿Has leído *Si esto es un hombre*, de Primo Levi?

—Pues no. A qué viene esto.

—Me acordaba de algo que dice al principio. —Hice memoria—. Que dentro de todos nosotros, como una infección latente, hay una convicción que nos dice que todo extranjero es un enemigo. Cuando dejamos que eso se convierta en un principio, cuando aceptamos que el extranjero es algo distinto de nosotros y de peor condición, se acaba llegando a Auschwitz. Él estuvo allí. Y sobrevivió.

Jacobo meneó la cabeza, incrédulo.

—No entiendo nada. ¿Qué quiere decirme con eso?

—A ver cómo te lo explico. Tengo una sospecha respecto de ti. Creo que empezaste pensando que era normal, incluso justo, que pudieras comprar por veinte euros a una negra para tu desahogo sexual. A fin de cuentas, son extranjeras, están aquí de prestado y ya pueden darse un canto en los dientes con que un español se las tire pagándoles algo, tampoco hay que permitir que se suban a la parra con el precio. Luego sucedieron cosas, te viste con una negra muerta entre las manos, y pensaste que eso no podía arruinarte la vida; que no era más que un trozo de carne forastera. O sea, de alguien que no valía lo que tú. Y diste con la solución: trocearla y a la basura.

—¿Por qué me dice todas esas barbaridades?

—Porque estás mintiendo, Jacobo.

—¿Cómo que estoy mintiendo?

—Lo pensaba antes de entrar aquí, pero ahora estoy segura. Tú estás mintiendo, y ese otro desgraciado al que quieres cargarle el muerto, la muerta en este caso, es el que nos dice la verdad.

Jacobo se revolvió, entre sorprendido y cabreado.

—Estoy alucinando, de verdad —protestó—. ¿Y usted es policía? Ese hijo de puta de Pep la ha engañado como a un chino.

—A estas alturas de la historia, es dudoso que los chinos sean tan tontos como supone esa expresión xenófoba —bromeé—, pero que eches mano de ella me confirma en mi conclusión. Eres tú quien lo manejaba a él, y también has querido liarnos a nosotros.

—¿Por qué, porque usted lo dice?

No me enfadé. Preferí sonreírle con beatitud.

—Porque yo lo digo y porque tú, sin querer, nos lo has dicho también. Os teníamos pinchados los teléfonos, y pudimos oír cómo hablabais hace unos días. Si lo analizas, es evidente quién maneja la situación y quién se deja influir. También me he estudiado las dos declaraciones. Está claro, también, quién tiene mejor armado lo que cuenta y quién es más deslavazado al recordar lo que pasó.

—Así que él lo tiene mejor armado que yo, según usted.

No pude disimular el placer que me causaba descolocarle.

—No, tu relato está mejor construido que el suyo. Demasiado, de hecho, y demasiado adornado. Eres un buen actor, lo reconozco, aunque a veces se te va la mano un poco. ¿Has hecho teatro?

—¿Y ya está? ¿Por eso resulta que estoy mintiendo?

—No, también por lo tranquilo que estás mientras ves aquí a mi compañera, Guadalupe, que algo debería remover dentro de ti. A tu compañero le resultaba mucho más incómodo verla. Hace un rato ha perdido incluso los papeles. Tú no. Tú aguantas. Eres duro.

Jacobo se volvió entonces al abogado.

—Dígale que eso no es nada. Que eso es una mierda, joder.

El abogado se limitó a recordarle:

—Te recomendé que no confesaras.

—Hay algo más —le dije, mientras le alargaba los folios que me había dado Miguel—. Mira qué *e-mail*. Está sacado de tu cuenta de correo de la universidad, la que usaste para darte de alta en ya sabes qué foro. El mismo en el que con un *nick* que ahí dice que era tuyo contabas lo que molaba y lo barato que salía tirarse a las negritas.

—Eso no es prueba de nada —dijo, con un hilo de voz.

—Es una prueba de que mentiste al decir que el putero era tu amigo y que tú sólo te dejaste arrastrar por él. Y corrobora el resto.

—Si usted lo dice.

Ya ni se esforzaba en mantener el papel. No me pude callar.

—Lo digo, sí, y te voy a decir otra cosa, Jacobo, tu abogado te la confirmará. Con lo que hay y lo que habéis confesado, podríamos empapelaros a los dos por todo: la agresión sexual, el homicidio, la profanación del cadáver. Como autores o cooperadores necesarios, tanto da. Lo que voy a poner en mi informe es que la mataste tú. No por bajarle la pena al otro, sino porque me fastidia que quien me miente pueda salirse con la suya. Yo no seré quien dicte la sentencia, las cosas como son, pero seguro que eso no va a beneficiarte.

Ahí ya se quedó sin réplica. Me permití interpretarlo como su rendición, o lo más parecido a ella que le iba a poder arrancar.

25
Dayesi

La inspectora Rosario Mañas, si acaso me quedaba alguna duda la pulverizó cuando la vi aparecer por la puerta, tenía el don de la inoportunidad. Por alguna razón, quizá el mensaje de Carranco, quizá alguna dificultad en la logística familiar, no había cumplido inmediatamente su amenaza de regresar de sus vacaciones. Le dio por reincorporarse cuando apenas nos quedaban unas pocas horas para poner a nuestros dos detenidos a disposición del juez.

El grueso del trabajo estaba hecho: les habíamos dado otra vuelta a los dos en presencia de sus abogados y teníamos documentadas las pruebas y las conclusiones provisionales, a la espera de recibir los resultados del laboratorio, que no eran tan inmediatos como en las películas; entre otras cosas, porque nunca o rara vez consigues que dejen todo lo que están haciendo para ponerse con tus muestras. A la luz de lo obtenido, nos inclinábamos por concluir que lo que había ocurrido se parecía sustancialmente a lo que había contado Pep —con la duda sobre si la muerte había sido por culpa de una imprudencia o por dolo directo o eventual, ahí ya se las tendría que apañar quien juzgara el asunto— y tenía poco que ver, salvo en lo que coincidían, con la película que nos había colocado Jacobo. La credibilidad con que el uno se mantuvo en su versión y la negativa del otro a decirnos más contribuyeron a reforzar esa teoría.

Todo estaba ya ordenado, fundamentado y escrito, pero tenía al equipo cerrando los últimos flecos y a mí me quedaba echarles una última ojeada a los informes, antes de darlos definitivamente por buenos y firmarlos para elevarlos a la autoridad judicial. Así que no puedo decir que me resultara apetecible tener que volver a vérmelas con Rosario, que además venía, su rictus resultaba elocuente, con ganas de renovar sus votos de hostilidad hacia mi persona.

—Hola, Mauri —me abordó—. Me alegra verte de vuelta.

—Y a mí —respondí, sin alterarme—. ¿Qué tal en Asturias?

No le gustó que aludiera al sitio de su recreo.

—Bien, de maravilla. Y aquí, muy entretenidos, ¿no?

De pronto, me dio mucha pereza aquel duelo, la manera en que se iniciaba y el desarrollo que le podía prever. Decidí agarrar el toro por los cuernos y darle a la conversación un giro brusco.

—Sí, mucho trabajo, ahora te cuento, pero ¿sabes qué? —le dije, mientras enganchaba al vuelo el bolso—. Me va a venir bien parar un rato. Anda, ven, te invito a un café en el bar de enfrente.

No le dejé margen para negarse: mi repentina propuesta tuvo la virtud de pillarla con el paso cambiado y tan sólo cinco minutos después estaba sentada cara a cara con mi archienemiga, un par de cafés con leche por medio y por delante una conversación de la que Rosario, por más que lo intentaba, no acertaba a anticipar el tono ni los derroteros, pero que en mi mente yo veía cada vez más diáfana. Aprovechando su desconcierto, me adelanté a ponerla al corriente de cómo se había desarrollado la investigación que ella había dejado a medias hasta el momento en el que estábamos. No diría que hice para ella un resumen exhaustivo, y menos aún le confié lo que no me interesaba que supiera, pero tampoco me guardé nada de lo que necesitaba para comprender por qué y cómo habíamos llegado a la solución. A fin de cuentas, todo iba a quedar recogido en nuestras carpetas y podría consultarlas siempre que quisiera. Rosario no me interrumpió en ningún momento, parecía andar aún enfrascada en el empeño de intentar comprender el porqué de aquella invitación. Una vez terminado mi relato, no le di ni tiempo a digerirlo.

—Quería contarte todo esto —le expliqué, en tono conciliador—, pero hay otra razón para que quisiera hablar contigo a solas.

—¿Qué razón? —preguntó, con sincera curiosidad.

—Creo que tengo que pedirte disculpas.

—¿Por?

Rosario no daba crédito. Era lo último que debía de esperarse.

—Las dos lo sabemos. Perdí los estribos y me comporté contigo de una manera inadmisible. Estaba bajo el efecto de una conmoción tremenda, casi insoportable, es verdad, pero eso no es excusa.

—Bueno. Nunca es tarde —se limitó a decir, cauta.

—También estaba muy cabreada contigo, para que nos vamos, o te voy a engañar —añadí—. No sé quién te dijo qué, pero yo nunca supe nada de la academia de oposiciones de Rodrigo, y menos aún le ayudé a hacerse con esos exámenes. Me acostaba con él, llámalo una debilidad, o lo que te parezca, pero sé distinguir, y ni por él ni por nadie me habría dejado corromper de esa manera. El caso es que él está muerto y nada de eso tiene ya remedio, pero tú y yo seguimos aquí y lo más sensato es que nos entendamos. Aparte de la disculpa, me parece que tengo que agradecerte que no me denunciaras.

Sopesó durante un instante lo que acababa de recordarle.

—No creas que no lo estuve pensando.

Así era Rosario, borde y cicatera hasta para aceptar la gratitud y las disculpas ajenas. Tampoco contaba con que cambiara de un día para otro, ni nunca, ni esperaba que aquello fuera el inicio de una hermosa amistad: con que dejáramos de mantenernos en rumbo de colisión constante ya me valía. Decidí desplegar el resto del arsenal con que contaba para terminar de amansarla y desarmarla.

—También quería proponerte que vengas con nosotros a ver al juez. Tú fuiste quien empezó la investigación, cuando volví tiré de tus informes y de tu trabajo previo para situarme. Es lo justo.

Aquello sí que no se lo esperaba.

—¿El juez?

—La juez que lo llevaba está de vacaciones, hemos tenido que hacerlo todo, incluido el reventón, con el que la sustituye.

—No sé —dudó—. No sé si a estas alturas pinto algo ahí.

—Todavía quedan cosas que hacer —le dije—. Están pendientes los resultados de las muestras de ADN, y una de ellas tiene cierta importancia, para cerrar un fleco que no podemos olvidar.

—¿Cuál es esa muestra?

—La de Raúl, el tercer compañero de piso de los sospechosos. Tanto su teléfono como sus redes sociales y algunos testimonios lo sitúan en Cuenca el día del crimen, y nos ha facilitado la muestra por propia voluntad, lo que ya dice algo, pero en el cadáver había semen de una tercera persona, no vaya a resultar que al final...

—Era una prostituta. Quizá a otro cliente se le salió la goma.

—Por si acaso. Nunca se sabe. También recogimos muestras del piso y del coche, y habría que ver si finalmente podemos contar con el testimonio de Christy, la controladora. Si así fuera, montaríamos una rueda de reconocimiento con los dos, y tampoco estaría de más hacer una diligencia de reconocimiento visual del cadáver, por las fotos. En resumen, que queda tarea todavía, y no sé, ahora que has vuelto, lo mismo me pienso tomarme algún día en agosto. He tenido estas dos semanas bastante abandonada a la familia. Por eso creo que no estará mal que vengas y que te presente a su señoría.

A Rosario ya sólo le faltaba mirar en busca de la cámara oculta.

—Bueno, si tú crees que... —titubeó.

—Lo creo. Voy a pagar esto y les echamos un último vistazo a los papeles, antes de llevar a los dos graduados a su cita con la ley.

—Gracias, te debo un café.

No se me ocultaba el esfuerzo que le costaba decir aquello.

—Ya me lo pagarás. Ah, hay otra cosa. Se me olvidaba.

—Qué.

—Esta no es profesional. Personal, más bien.

—¿Personal?

La inspectora Mañas ya no podía con tanto sobresalto. Y aquel, el último, iba a ser el más gordo de todos. Por eso, y para que no viera en él el desquite que, a fin de cuentas, no dejaba de ser para mí, endulcé tanto como pude la mirada y el tono de mi voz.

—Alguien que no te quiere, que a lo mejor no me quiere a mí mucho tampoco, y que desde luego lo que quiere es que tú y yo nos queramos lo menos posible, me pasó esto hace algún tiempo.

Saqué mi teléfono móvil, lo que obró el efecto de intrigarla aún más de lo mucho que ya lo estaba. Su expresión era impagable.

—Estaba esperando a volver a verte para contártelo.

Trasteé en el menú hasta que accedí al contenido que buscaba.

—Comprenderás —le expliqué—, que esperara

a poder decírtelo en persona, y sin dejar rastro en ningún sitio. ¿Reconoces esto?

La inspectora Mañas reconoció, no podía ser de otra manera, las fotos de su cuenta secreta de Instagram. No eran, a decir verdad, tan comprometedoras como pueden llegar a ser unas fotos, de hecho en ninguna se le veía la cara, pero eran algo menos comedidas de lo que le convenía a una inspectora de policía; sobre todo si no quería convertirse en la comidilla y aun el hazmerreír de la Brigada.

—No sé qué piensa de mí quien me hizo llegar esto. No soy tan miserable como para utilizarlo. No tengo ninguna copia. Lo que te recomiendo es que borres este perfil antes de que circule más.

A Rosario se le acababa de helar la sangre en las venas.

—¿Quién ha podido...?

—No lo sé —mentí—. Mensaje anónimo. Siempre hay alguien a quien le apetece hacer daño, sobre todo si es a través de otro.

—Gracias —dijo, aturdida—. Esto, yo... No sé cómo...

—Tranquila. Estamos en paz. Anda, vamos a aligerar, que nos quedan sólo dos horas para incurrir en detención ilegal de un par de prometedores universitarios, no vayamos a cagarla al final.

Había vivido el ritual unas cuantas veces antes. Después de los tres días de calabozo e interrogatorio, y tener que aguantarle la jeta y en algún caso el mal aliento a un poli, el detenido por un delito grave que comparece ante el juez es una versión menoscabada de sí mismo hasta límites insospechados. Pep lo era, desde luego, tan grande y tan encogido entre los dos agentes que lo conducían; pero no menos lo era Jacobo, tan astuto, tan frío y tan enredador.

Allí los dejamos, en manos de la justicia, o la aproximación a ella de la que disponemos entre los Pirineos y África, que no es la mejor del mundo pero tampoco es la peor: bastaría con hacer una encuesta en nuestras cárceles y compararla con los resultados de otras. Tras la entrega de los detenidos y la papelería anexa, a plena satisfacción de la autoridad judicial, que era a fin de cuentas lo importante para mí, fui a darle novedades al inspector jefe Carranco. Me escuchó con semblante relajado, como disfrutando ya de la sensación de poder irse de vacaciones en unos días con aquella papeleta resuelta.

—Me he enterado de que te has llevado a Mañas —dijo.

—Le he propuesto venir. Y ella ha aceptado.

—Es un elegante detalle.

—Es lo que pensé que tenía que hacer.

—Quería decirte algo, Mauri.

—Tú dirás, jefe.

—Has hecho un trabajo brillante. No sólo bueno. Lo he estado pensando, y voy a proponerte para una recompensa.

No me esperaba aquello. Salí del paso como pude.

—He cumplido con mi deber, nada más. Y no soy más lista que Mañas, o que el resto de los compañeros. Simplemente, lo necesitaba más, tenía más hambre de resolverlo. Como la oficial Larbi. Ella tampoco tiró nunca la toalla, aunque por razones diferentes.

—Da igual el porqué. Esta empresa no ha sido justa contigo. Te ha hecho pagar demasiado caro, te hicimos pagar demasiado caro todos, un error que era humano, al fin y al cabo. Nos hace falta más gente como tú, que se lo crea y pelee. Y menos como otros.

—Jefe, que me voy a emocionar. Y me jode emocionarme.

—Yo lo propondré. Y ya harán lo que les dé la gana.

—No sufriré, pase lo que pase.

—Anda, ve a celebrarlo con el equipo. Os lo habéis ganado.

Fue una celebración barata y sobre la marcha. Un menú del día bien regado de cerveza y sangría, al que la inspectora Mañas excusó su asistencia porque, según alegó, tenía que hacerse cargo de sus hijos. No voy a decir que lo lamentara, no nací para la hipocresía. La reunión transcurrió mucho más distendida sin ella, incluso se dio el caso de que Gallardo dijera inconveniencias y contara chistes. A los postres, el subinspector Gutiérrez, achispado, tomó la palabra.

—No se me va a olvidar en la vida la cara de pánfilo de Jacobo cuando aquí la jefa le sacó lo de Auschwitz. Esa no la esperaba.

—Me perdonáis todos si me pongo demasiado solemne en este momento —intervine—, pero es que estuve releyendo a Primo Levi y la idea no se me va de la cabeza. Lo de estas chicas, a las que les quitan todo y las esclavizan, para echárselas a los blancos salidos que les alimentan el negocio a los que trafican con ellas, es lo más parecido a los campos, en el siglo XXI y en una sociedad que se dice democrática y libre. Y viene del mismo sitio, del desprecio al otro y la ignorancia de su dolor. De la indiferencia de la comunidad donde se venden y las compran, de los que la gobiernan, de quienes hacen unas leyes que no lo impiden. En lugar de pijamas de rayas llevan minifaldas rojas o amarillas, pero las vacían y las matan igual.

Se hizo un silencio tan espeso que llegue a sentirme culpable.

—Yo te agradezco que te pongas solemne —dijo Guadalupe.

—En cualquier caso —traté de aligerar el ambiente—, los aquí presentes hemos contribuido a lanzar un mensaje opuesto. La vida de una esclava desechable, a la que no echaba de menos nadie, ni los que se aprovechaban de ella ni los que la explotaban, vale lo mismo que la de cualquiera para la ley, y para exigirles responsabilidad a quienes se la quitaron. Eso ahí está también, y vale lo que vale.

—Brindamos por eso —propuso Gutiérrez, serio.

—Por Dayesi, que vuelve a tener nombre —dijo Guadalupe.

—Por Dayesi —la secundamos todos.

Mientras pagaba la cuenta, en la barra, se me acercó Gutiérrez.

—Que sepas, jefa, que algunos nunca hemos ido de putas.

—Lo sé, Rafael. Lo sé. —Su mirada me impedía no creerle.

Llevé a Guadalupe a su casa, alargando un poco

mi trayecto e incrementando con ello las probabilidades de caer en algún control de alcoholemia de la Policía Municipal que me acabara costando el carné de conducir. Era una conducta de riesgo, reprobable y de la que no voy a jactarme, pero consideré que debía llevarla, entre otras cosas para cerrar la conversación entre ambas que había empezado semanas atrás, y por la que me sentía en deuda con ella.

—No tienes que agradecerme nada —me dijo, dentro del coche, que acababa de parar ante el portal del edificio donde vivía.

—Tengo. Cuando caes en el pozo, lo que te falta es algo que te alumbre. Dejas de verlo, hasta de quererlo, y es lo único que vale y deberías apreciar. Pero has olvidado cómo, hace falta que te vuelvan a enseñar cómo hacerlo. «La luz sólo es preciosa en los intervalos oscuros», dice una frase que leí en un disco de Keith Jarrett que se llama así, *Dark Intervals*. Tú alumbraste mi intervalo oscuro.

—Las negras alumbramos poco en la oscuridad —bromeó.

—Yo puedo dar fe de que eso no es cierto.

—Y yo te agradezco que te dejaras liar y volvieras.

—Hay mucho mal en el mundo, todos los brazos son pocos.

—No sólo por eso, hay brazos y brazos.

—Basta ya. Que acabarás haciéndome la pelota.

Esa tarde me deparó un encuentro que hacía mucho tiempo que no se producía. Para variar, el padre de mis hijos se había ofrecido a hacerse cargo de ellos durante un día y una noche, mientras yo me entregaba a rematar la operación. Me los trajo a eso de las ocho, yo acababa de salir a pasear a la perra y nos encontramos en el portal. No debió de ser ni medio minuto, tenía el coche en doble fila, pero a Javier le dio tiempo a regalarme una de sus sonrisas de Casanova infalible y a echarme uno de sus no menos infalibles piropos:

—Todo el mundo lo dice. Vuelves a ser la estrella.

—De ahí a estrellada otra vez sólo hay un paso.

—Eso no te pasará a ti. Me alegra verte tan bien.

—Tú también tienes buen aspecto. Gracias por ocuparte.

Cuando se fue, le di la llave a David y le dije que no tardaría mucho. Después del encuentro con Javier, y de los acontecimientos del día, necesitaba estar un momento sola, o con Maggie, que era lo mismo, pero mejor. Caminé sin prisa por Rosales, y no sé por qué, me acordé entonces de Rodrigo. De lo que me había enseñado, de lo que me había dado, y sobre todo, de lo que le había querido, como recordaba lo que había querido a mi ex. El matiz era que Rodrigo estaba muerto y a un muerto, como a un perro, le puedes decir todo. Mirando la tarde que caía, ingrávida y majestuosa, le dije:

—Aquí sigo, ya ves. Y mientras yo esté, también estás tú, jefe.

Epílogo
Una mujer

Lo que quedaba a partir de ahí eran trámites, y por tanto rutina, pero cuando se trata de un homicidio la rutina tiene sus aristas, que pueden llegar a poner en aprietos al más curtido. A Jacobo y a Pep los despachó el juez a prisión incondicional, una decisión que pese a los recursos de sus abogados se mantuvo, y con más motivo cuando los análisis de ADN confirmaron que eran suyos dos de los rastros biológicos hallados en el cadáver de Dayesi. Del tercero, nunca se supo; lo que sí se comprobó fue que no pertenecía al compañero de piso de los imputados, Raúl, que quedó así libre de toda sospecha. Los buenos oficios del abogado de John Okeke en su negociación con la Fiscalía nos permitieron contar finalmente con la declaración de Christy, la controladora o *madame*, como la llamaba el capitán Bermejo, que también tuvo que pasar el mal rato de reconocer a la difunta por las fotos de su cabeza separada del cuerpo. Lo hizo, o hizo como que la reconocía, según le habían mandado, en beneficio del horizonte penal de sus jefes. No me hacía maldita la gracia que vieran suavizada su pena, pero el acuerdo implicaba cárcel para ellos, después de todo, y servía para apuntalar nuestro caso.

Hubo un trámite que resultó atroz, y que agradecí no tener que asumir personalmente. Me lo contó el compañero de Valencia que le devolvió a la madre de Pep el coche del que era propietaria, una vez que recogimos todas las muestras y el laboratorio nos confirmó que había en él restos de ADN y de sangre de Dayesi. Según me dijo, cuando le entregó las llaves, la mujer se quedó callada mirándolas y al cabo de un silencio interminable le preguntó, como ida:

—Y ahora qué vamos a hacer. Qué es lo que hemos criado.

El compañero no tenía la respuesta: tan sólo pudo consolarla de manera vaga y general, y decirle que esperara al resultado del juicio que establecería la responsabilidad final de su hijo. A mí, cuando me contó la amarga escena, se me ocurrió pensar que a los hijos no los criamos los padres, o los criamos sólo en cierta medida. La suficiente para cargar con la culpa de sus desmanes, por descontado; pero hay otra parte de la crianza que la hacemos entre todos, bajo el criterio de nadie y como lo quieren el azar y la torpeza de otros. Pep, me había dado la impresión tras interrogarlo tres veces, no era del todo un mal chico. Era alguien que no había aprendido a calibrar bien el peso y la gravedad de lo que uno hace, o deja de hacer, y la vida, como tiene por costumbre, iba a hacérselo pagar con creces.

Una vez que lo principal quedó más o menos encajado, me tomé unos días de vacaciones. No fuimos a ninguna parte: nos limitamos a disfrutar de Madrid en agosto. Como solía decir Gallardo, no lo valorábamos como se merecía. Entre otras cosas, sacamos tiempo para que Alberto me invitara a esa cena que se nos había quedado pendiente. Comprendí en qué consistía la sorpresa cuando llegamos a la pequeña plaza del Biombo, en pleno Madrid de los Austrias, y avisté el rótulo con el nombre del restaurante: Dans le Noir?

Por un momento, dudé de que Alberto hubiera tenido una buena idea. Había oído hablar de aquel sitio, donde el truco consistía en comer absolutamente a oscuras. Miré mi vestido, uno de los caros, con el temor de echarle un lamparón. Nos recibieron muy amables, con copas de cava incluidas, y esperamos nuestro turno en las sillas de la entrada mientras observábamos los pétalos de rosa esparcidos sobre las mesas. Antes de pasar, nos hicieron dejar los bolsos y los móviles en unas taquillas en la parte baja del restaurante.

Una vez dentro del salón comedor, la primera sensación resultó desconcertante; incluso producía algún desasosiego eso de tener los ojos abiertos y no ser capaz de ver nada. La mesa estaba preparada para doce comensales, seis parejas. Nuestro camarero-guía, que era invidente, nos colocó y luego nos sirvió con una seguridad pasmosa. Los papeles se invertían porque, en aquella situación, los que estábamos en desventaja éramos los que normalmente veíamos. No me lo tomé como un juego y creo poder decir que Alberto tampoco. Apenas nos sentamos me dio la mano, supongo que se imaginaba que yo estaba incómoda teniendo a varias parejas al lado, a apenas centímetros de nosotros, escuchando todo lo que decíamos.

Resultaba dificultoso comer a oscuras y, aunque Alberto tenía cierta facilidad para averiguar lo que estábamos comiendo sin verlo, a mí me costaba: debo formar parte de ese porcentaje de personas que comen con los ojos. En fin, allí estábamos, en la tiniebla absoluta, sin saber muy bien qué comíamos y quién estaba a nuestro lado, oyendo conversaciones ajenas y dejando que otros se empaparan de las nuestras, después de mucho tiempo sin hacer nada a solas. Y se suponía que aquel era un plan romántico, donde podríamos hablar de todas las cuestiones que mi trabajo había dejado aplazadas.

—Tranquila, es una ceguera temporal —dijo Alberto.

—¿Por qué has insistido tanto en venir aquí? —le pregunté.

—Porque quería quedarme a solas con tu voz.

—¿Y eso?

—Tengo que decirte algo, Manuela.

—Dispara. Por cierto, ¿tú sabes qué estamos comiendo?

—Una especie de hojaldre con verduras, diría. Hay un huevito de codorniz por alguna parte.

—Debo de ser muy torpe porque he dado tres vueltas al plato y no encuentro el huevito ese...

—Busca bien, porque está rico. Manuela...

—Qué era eso que me querías decir.

—Verás, desde que te reincorporaste al trabajo, o en realidad desde antes, le he estado dando vueltas a una idea. Estoy pensando en la posibilidad de estudiar una segunda carrera.

—¿Una segunda carrera? Pero si te encanta tu trabajo. Creía que era tu vocación, desde siempre. ¿Qué quieres estudiar ahora?

—Literatura comparada.

Alberto gestionaba desde hacía años un club de lectura en el Samur. Leían dos libros cada mes, los comentaban e invitaban a veces a los autores para conversar con ellos. No debía sorprenderme que Alberto tuviera inclinaciones literarias, era un gran lector, de hecho yo misma leía más desde que estaba con él, por no quedarme atrás. Me resultaba algo extraño, eso sí, que quisiera ser teórico de la literatura, pero sentí una sana envidia de su vitalidad: de que a sus años quisiera volver a coger la mochila para ir a la universidad con chicos de dieciocho y sintiera que tenía aún cosas por aprender.

—¿No dices nada? —me preguntó.

—Perdona, es que no me lo esperaba.

—Siempre me gustó mucho estudiar y, en cierto modo, lo echo de menos. Tu trabajo es muy absorbente, a veces me asfixio un poco en casa, esperándote; creo que me vendrá bien. Leer siempre me ha ayudado, creo que será positivo, lo mires por donde lo mires. Me servirá para ampliar conocimientos y no estaré tan encerrado.

—Bueno, si es lo que quieres.

—Te noto muy lacónica. Más que de costumbre, quiero decir.

—No, perdóname. Me parece bien, muy bien.

—¿Lo dices de veras? Entre las clases presenciales y los trabajos estaré muy liado. Sumado a que tus jornadas son como son y a mis turnos habituales, eso querrá decir que nos veremos poco...

—No puedo decir que me encante la idea de perderte de vista, pero entiendo que es importante para ti y tengo que apoyarte. Nos tendremos que organizar con los niños, pensar un poco la casa para poder meter más libros y hacerte un espacio para estudiar.

—Suena bien.

Era mi turno de dar noticias inesperadas.

—Me alegra, porque vamos a mudarnos.

—¿Cómo?

No podía ver su cara, pero me la imaginaba.

—Esta investigación, esas chicas que se prostituyen para pagar su deuda con sus explotadores, me han hecho pensar mucho.

—¿En qué? ¿Y por qué tenemos que mudarnos? Creí que habías solucionado las cosas con tu hermana. ¿Lo saben los chicos?

—No, me pareció que primero debía decírtelo a ti. Me niego a vivir asfixiada por mi deuda, Alberto. La deuda es una forma de dominación, la manera de chuparle a otro todo el valor de su vida y gobernar su destino. Vale para los individuos y para las sociedades; hay por ahí un tipo, un tal Lazzarato, que lo ha teorizado muy bien. Tienes que reducir la deuda que contraes al mínimo indispensable. Y la única manera, para mí, es vender el piso, liquidar la hipoteca, saldar cuentas con mi hermana y empezar de cero. En otro lugar, en otra casa, contigo. Con una biblioteca en la que quepan tus libros y los míos. Tendremos que marcharnos del centro de Madrid.

—Bueno, veo que está decidido —capituló.

—¿Por qué no brindamos? Por tu carrera, por la nueva casa. No sé si es vino tinto, rosado o blanco, pero para brindar nos sirve.

Brindamos. Nos reímos. Hacía tiempo que no me sentía tan bien. No lo teníamos todo claro, o no teníamos nada, mejor dicho; tal vez la vida no fuera más que eso, ir dando pasos en un largo camino de incertidumbres, donde los problemas al final se solucionan de forma improvisada según se van presentando. Nunca logramos tener una seguridad absoluta en nada, y al pensar esto me acordé contra mi voluntad de aquel poema por el que no había querido ni quería preguntarle, pero en medio de la oscuridad sentí una plenitud difícil de explicar y que podía resumirse, quizá, en el hecho de comprobar, una vez más, que Alberto era una apuesta buena y consistente, la mejor que había hecho hasta entonces.

A finales de aquel agosto me tocó a mí ser la que invitaba, esta vez a comer, a mi amiga y antigua compañera Martina, con quien tenía una deuda de esas que, excepcionalmente, no me molestaba asumir, y menos a la vista del rendimiento que me habían dado sus consejos y orientaciones. Mientras ella daba cuenta de una generosa ración de chuletón a la brasa, especialidad del Asador Donostiarra, y una de sus confesadas debilidades, le conté cómo había ido al final la investigación. Algunos detalles ya los sabía, gracias a sus fuentes, pero otros formaban parte del secreto policial y le gustó que se los diera; tuve la impresión de que eso le servía para reconectar con el tiempo perdido y el oficio que añoraba y no añoraba a la vez.

—No tenía ninguna duda de que lo desatascarías —dijo.

—Yo sí que las tenía —reconocí.

—Pero yo te conozco mejor. Y sé de tus recursos.

—Esto es para agradecerte por los que tú me diste.

—Nadie le da nada a nadie, Mauri. Sólo me limité a señalarte lo que ya podías tomar. Y si puedes, es mérito tuyo. Como es por mi culpa, al final, que yo ya no pueda estar ahí, donde estás tú.

—¿Lo echas de menos?

Martina me observó, plácida, desde la atalaya de su derrota.

—Nada. Y menos cuando me estoy zampando un chuletón así.

Pocos días después, fui con Miguel, que se ofreció a hacerme de chófer, a recoger al capitán Bermejo a su oficina. Había una visita que sentía que no podía dejar de hacer, aunque al final no hubiera sido necesaria para culminar la investigación, y Bermejo, como buen conocedor, se ofreció a hacerme de guía. En esa misma condición, le pidió a Miguel que le dejara el volante y me sugirió a mí que pasara al asiento de atrás, donde podía resultar invisible tras los cristales tintados del Audi de servicio. Por si lo necesitaba, me lo explicó:

—Cantaremos demasiado si te ven de copiloto.

Así, desde el asiento trasero, fue como vi el paisaje de la Colonia Marconi, el lugar donde Dayesi se prostituía y donde la fueron a buscar quienes después de comprar su cuerpo le arrancaron la vida y lo trocearon y lo tiraron a la basura. Estaba en Villaverde, dentro del término municipal de Madrid, sí, pero apenas a unos cientos de metros de Getafe. Era un espacio desolado, un polígono industrial que se había quedado en su mayor parte sin construir, con los viales y los solares abandonados. Allí, rigurosamente distribuidas por su origen y por la mafia que las controlaba, estaban las chicas: en una calle las rumanas, en otra las nigerianas, en otra las chinas. Había un espacio para las recién llegadas y otro para las mayores, mujeres ya tan castigadas por el oficio que tenían que bajar la tarifa, no quise ni preguntar a cuánto. Incluso había un sector para transexuales, que creaban conflicto porque le disputaban el mercado al resto.

Todo estaba alfombrado de pañuelos de papel, restos evidentes de los *servicios*: en algunas zonas casi parecía que hubiera nevado. Me fijé en que allí no había papeleras, quizá porque nadie quería ir a vaciarlas. No era un trozo de ciudad, de esa fantasmagoría que decía Benjamin: era un trozo de infierno, feo y deslucido. La verdad más áspera y demoledora, expresada en los cuerpos semidesnudos de las chicas y en los hombres que merodeaban por las calles en turismos, furgonetas, taxis, monovolúmenes familiares; que ponderaban la mercancía, cerraban el trato y consumían allí mismo, en el coche o tras una tapia o entre los matorrales, lo que habían pagado.

Bermejo las conocía a casi todas. Nos señaló a una:

—A esa chica la prostituye el marido. Que también le arrea, y que la usa como testaferro. Tiene treinta coches a su nombre.

—¿Cómo es posible? —dije.

—Para blanquear las ganancias. Y sí, he probado a convencerla para que denuncie. No hay manera. Le quiere. La protege, dice.

—Joder —dijo Miguel.

En su voz, como en la del capitán, había un sentimiento que no identifiqué en seguida. Era algo más que desagrado, algo más que bochorno. La vergüenza de saberse humano, que yo también sentía en aquel lugar, pero encima de ella la de ser hombre, como los que engrasaban con sus billetes aquella industria de la vejación.

Me acordé de aquello que dice en su *Historia secreta* mi admirado Procopio de Cesarea: «La maldad acostumbra a crecer entre los hombres más allá de todo límite, y si se ve guiada por la licencia que da la impunidad de hacer daño a los que caen en su poder, puede llegar a extremos que superan la imaginación». De pronto, en una esquina, reconocí a alguien. Era Christy. También ella reconoció a Bermejo. Vi, al rebasarla, cómo ambos se miraban. La vida seguía, en todo su espanto, en toda su injusticia, en toda su fatalidad.

Debo contarlo antes de cerrar esta historia. Ese invierno, de la mano de Bermejo y de sus contactos en la NCA británica, viajamos Gutiérrez y yo a Benin City. No íbamos allí a hacer turismo, sino a cumplir una misión. Aconsejada por el abogado de su hijo, la madre de Pep había depositado la fianza que la juez instructora del caso, tras reincorporarse de sus vacaciones, había fijado para hacer frente a la responsabilidad civil derivada del delito. Eran ciento veinte mil euros, la tasación preliminar de la vida de Dayesi y del sufrimiento que le habían infligido antes de matarla. Aquel dinero acabaría teniendo un dueño: los herederos legales de la difunta, que no eran otros que la familia que había dejado en su ciudad natal. Gracias a la embajada y a las autoridades nigerianas, pudimos localizarlos. Se trataba de identificarlos fehacientemente y arbitrar el mecanismo para, tras la sentencia firme, transferirles aquella suma que allí era una fortuna fabulosa, y que podía traerles más problemas que beneficios.

No podré olvidar, mientras viva, aquella calle de tierra y fango por la que correteaban las ratas y que había sido el escenario de la infancia de Dayesi. Tampoco al hombre que comprobamos que era su padre, y que no pude dejar de preguntarme, en todo el rato, si era también, como allí solía suceder, quien la había animado a viajar a Europa o, lo que es lo mismo, la había entregado a sus carceleros y a todos los que se habían servido de ella. De ser así, ¿tenía algo que ver con la justicia que terminara cobrando él, en nombre de ella, una indemnización por su muerte? Preferí fijarme en los niños y en las niñas que andaban por allí, también hijas suyas, y esperar que si le llegaba aquel dinero no se las vendería a los europeos, que nunca se paran a pensar cómo ni de dónde les llega lo que compran.

Mientras regresábamos a Lagos por esa carretera inenarrable, con Gutiérrez sumido en un silencio denso y sombrío a mi costado, sonó en mi cabeza una canción de mi adolescencia: «Que tu pena fuera sólo por mi culpa,/que mi culpa fuera sólo por amor». No era la negra flor de Radio Futura la que hizo que brotaran mis lágrimas y se disparara la taquicardia que procuré ocultar a mi compañero. Era, nada más y nada menos, una mujer. Nunca la había visto ni la vería viva, pero la sentía, dentro de mí. Con su nombre, con su vida única e irrepetible que para los míos, como todo, se traducía en una cifra que nada reparaba, pero reconocía, al fin, su dignidad.

Getafe-Illescas-Formentera,
15 de junio de 2018-28 de febrero de 2019

Agradecimientos

Los autores estamos en deuda con las personas que tuvieron la generosidad de leer este libro cuando aún era un manuscrito, y que nos ayudaron tanto con sus observaciones como con su aliento para terminarlo. Vaya pues nuestro agradecimiento para Juan José Silva, Manuel Silva, Carlos Soto, Emili Rosales, Anna Soldevila, Laure Merle d'Aubigné y Gloria Gutiérrez. Por su ayuda para llevarlo a la imprenta y a los lectores —y como en otras ocasiones para uno de los dos— esta gratitud se extiende a Alba Serrano y Alba Fité.

Tampoco habríamos podido darle a Manuela y a su aventura la forma que tienen sin la conversación enriquecedora que sostuvimos antes de empezar con personas que conocen bien su mundo, y que fueron providenciales para sacudirnos prejuicios y reflejar mejor sus circunstancias, en una ficción que con todo no deja de tomarse sus licencias y que no siempre es un reflejo exacto del mundo real, lo que tan sólo debe imputarse a los autores y a la novela que quisimos escribir. Va aquí nuestro reconocimiento para José Caro, Yolanda Lahoz, Myriam Velasco, José Nieto y Marta Álvarez.

Para conocer con mayor profundidad algunas de las oscuras realidades que asoman a la historia fue insustituible la aportación de los guardias civiles que prestan sus servicios en la lucha contra la trata de seres humanos. Este agradecimiento va dirigido a Javier Rogero y a los profesionales que bajo sus órdenes dedican sus esfuerzos a reducir la vergüenza que esta industria ilícita representa para la sociedad que la sostiene. No queremos dejar en este punto de mencionar el trabajo de periodistas como Irene Hernández Velasco, uno de cuyos reportajes sobre la prostitución en la Colonia Marconi de Madrid y la presencia de jóvenes universitarios entre su clientela, inspira la referencia que aparece en el capítulo 21.

Nuestro agradecimiento final, que también —o por encima de todo— es un homenaje, está al principio del libro pero debe reiterarse aquí. Va, contra el olvido, para Edith Napoleón, asesinada, descuartizada y arrojada a un contenedor de la basura en Boadilla del Monte (Madrid) en agosto de 2003. Y para Joaquín Palacios, amigo de los autores y uno de los servidores públicos que lograron esclarecer el crimen y llevar ante la justicia a su responsable. Esta novela, aunque no pretende contarla, nació de la historia que los unió a ambos, y que casi dieciséis años después sigue conmocionándonos y poniendo ante nosotros una pregunta sin respuesta que, a través de la ficción literaria, hemos querido trasladarle al lector.

Algunos títulos de la Serie Bevilacqua y Chamorro en Booket: